루즈마이론

엘라시아
마을

루즈벡 제국

세이지탈 산맥

원글 강

로스 강

슈프림 왕국

유니온

어퍼 그랜져

원글로스 왕국

아이노 강

정선
지역

리퍼블릭

로어 그랜져

벨런시아 강

레오

레슐트

벨런시아
공화국

시
아
라
인
만

제이드 대륙

기갑영검

아스카론
ASKARON

신가 판타지 장편 소설
FANTASY FRONTIER SPIRIT

기갑영검 아스카론 2

신가 판타지 장편 소설

초판 1쇄 찍은 날 § 2009년 3월 11일
초판 1쇄 펴낸 날 § 2009년 3월 20일

지은이 § 신가
펴낸이 § 서경석

편집장 § 문혜영
편집책임 § 서지현

펴낸곳 § 도서출판 청어람
등록번호 § 제1081-1-89호
등록일자 § 1999. 5. 31
어람번호 § 제1-1038호

주소 § 경기도 부천시 원미구 심곡2동 163-2 서경B/D 3F (우) 420-822
전화 § 032-656-4452 팩스 § 032-656-4453
http://www.chungeoram.com
E-mail § eoram99@chollian.net

ISBN 978-89-251-1723-2 04810
ISBN 978-89-251-1721-8 (세트)

기갑성검

아르카드

ASK ARD

신가 판타지 장편 소설

FANTASY FRONTIER SPIRIT

2

[은빛의 레퀴엠]

청어람

CONTENTS

CHAPTER 1
세 명의 불청객

　화려한 궁전이 갖가지 색의 불빛으로 빛나기 시작했다. 태양이 서쪽으로 사라지고 어둠이 드리울 무렵, 인간들은 자신들이 만들어낸 빛으로 땅 위를 장식했다.

　레오네인 동쪽의 별궁.

　오전의 건국절 기념식에 이어 국왕이 직접 개최하는 건국절 파티와 무도회의 장소로 막바지 준비에 한창이었다.

　건국절 기념식에 참석한 후 파티 준비를 위해 저택으로 돌아갔던 귀족들을 태운 마차가 속속들이 별궁으로 들어오고 있었다.

　바첼러 백작가의 저택에서도 네 대의 마차가 출발했다.

네 대의 마차 중 두 대는 곧장 별궁 쪽으로 향했지만, 다른 두 대가 향하는 방향은 달랐다. 한 대는 고급 저택가 안으로 사라졌고, 다른 한 대는 레오네인 성의 남문 쪽으로 향했다.

"응? 아버님은 어디로 가시는 거지?"

"글쎄."

이올린의 물음에 이안이 짧게 대답했다. 그다지 기분이 좋아 보이는 얼굴은 아니었다.

카를로 백작의 행선지에 대해 무언가 아는 것이 있는 듯했다. 오늘 오전에 이안은 아버지에게서 무도회에 참석할 거란 이야기를 들었다.

원래는 파티에만 잠시 얼굴을 비추고 영지로 돌아갈 계획이었다. 어머니가 신의 품으로 돌아간 지금 아버지의 파트너를 할 만한 사람은 없다는 것이 주된 이유였다.

있다고 해봐야 이올린이나 이레아지만 두 사람 모두 파트너를 정해서 무도회에 참석한다. 아버지가 파티만 참석하겠다고 했기 때문이다.

그런데 갑작스런 무도회의 참석이라니 이안은 무언가 가슴 한구석이 언짢은 기분에 얼굴이 굳어 있었다.

팔짱을 끼고 의자의 등받이에 몸을 묻은 이슈인은 두 눈을 감고 있었다. 태연한 얼굴을 하고 있었지만 심장은 그렇지 않았다. 쿵쾅거리며 평소보다 훨씬 많은 양의 피를 온몸에 보내고 있었다.

아르시안이 드레스를 입은 모습을 생각하니 좀처럼 진정할 수가 없었다.

"도착했습니다, 도련님."

마부의 알림에 이슈인은 마차 문을 열고 내렸다. 눈앞에 아르시안의 저택 현관문이 보였다.

"흐음."

조용히 깊은 숨을 들이쉰 이슈인이 현관문 안으로 들어섰다. 문 앞의 하인이 이슈인의 걸음에 맞춰 문을 열었다.

이미 이슈인의 도착 소식을 접한 아르시안이 그 앞에 서 있었다.

"아……!"

안으로 들어서자마자 서 있는 아르시안의 모습에 이슈인은 입을 벌린 채 멍하니 그녀를 쳐다보았다.

"이… 상한가요?"

갑자기 말이 없어진 이슈인의 모습에 아르시안이 걱정스레 물었다. 무언가 자신이 없는 모습이다.

'이런 기습이라니… 이건 반칙이야.'

머릿속을 맴도는 것은 생각일 뿐 소리로 바뀌지는 않았다.

이슈인이 계속해서 아무 말 없이 서 있자 아르시안의 얼굴에 작은 불안이 어렸다. 아무래도 이슈인이 자신의 모습을 마음에 들어하지 않는 것 같다고 생각한 것이다.

"역시… 저에게 이런 드레스는……."

아르시안이 풀 죽은 얼굴로 고개를 숙였다.

그제야 이슈인은 정신이 번쩍 들었다. 아르시안의 어두운 표정이 이슈인의 머리를 두들긴 것이다.

"아, 아냐!"

이슈인이 황급히 말했다. 조금이라도 대답이 늦어졌다가는 아르시안의 눈에서 눈물이라도 떨어질 것 같았기 때문이다.

다급히 말했기 때문일까, 소리가 제법 컸다. 덕분에 아르시안이 깜짝 놀라 두 눈을 동그랗게 뜨고 이슈인을 바라보았다. 그 모습이 또 그렇게 아름다울 수가 없었다. 이슈인의 얼굴이 발갛게 변했다.

"아, 아름다워."

이슈인이 더듬으며 말했다. 이미 얼굴은 빨갛게 익을 대로 익어 있었다.

또르르륵.

그 한마디가 열쇠가 된 것일까.

아르시안의 맑은 두 눈에서 투명한 눈물방울이 굴러떨어진다.

"왜, 왜?"

당황한 이슈인이 황급히 물었다. 어느새 손수건을 꺼내 아르시안의 눈물을 닦아주고 있었다.

"기뻐서요."

눈물 가득한 눈으로 생긋 웃으며 대답하는 아르시안의 얼굴은 세상에서 가장 완벽한 아름다움이었다.

이슈인의 에스코트로 아르시안은 이슈인이 타고 온 마차에 올랐다. 그렇게 두 사람을 태운 마차는 파티가 열리는 별궁으로 향했다.

파티장에는 이미 많은 귀족들이 모여 있었다. 화려하게 치장해 자신의 모습을 과시하는 듯한 그들의 얼굴에는 거만함과 당당함이 함께 있었다. 이슈인과 함께 들어오는 아르시안에게 다들 잠시 시선을 주었을 뿐 누구도 관심을 가지지 않았다.

백작가의 차남과 망국의 공주에게 관심을 보일 귀족은 이 자리에 없었다. 이곳은 왕도에서도 최고의 권력을 쥐고 있는 귀족들이 모이는 자리였다.

"여어, 좀 늦었다."

이안이 이슈인의 곁에 다가와 어깨를 쳤다.

"아, 형."

"오랜만에 뵙습니다, 벨런시아 공주님."

이슈인의 인사를 받은 이안은 아르시안에게 허리를 숙여 인사했다. 망국의 공주라 하나 왕족이다. 예를 보이는 것은 당연한 일이지만 아르시안으로서는 생소한 경험이었다. 사실 그녀에게 이런 예를 갖춰주는 사람은 거의 없었다.

더군다나 벨런시아라는 호칭을 들은 것이 얼마만인지 알수도 없었다. 공주라 호칭을 하더라도 그녀는 아르시안 공주였었다.

"응?"

이슈인의 눈이 급격히 커졌다. 이안의 옆에 있는 이를 보았기 때문이다.

"뭐야?"

그런 반응이 달갑지 않다는 듯 날이 선 물음이 이슈인에게 돌아왔다.

"정말 이올린 누나야?"

아름다웠다.

이올린이 본래 예쁘다는 것은 알고 있었지만 평소에 워낙 꾸미지 않은 채 편안한 모습으로 연구에만 몰두하였기에 이런 모습을 본 것은 처음이었다. 그런 만큼 놀람도 컸다.

"오빠, 여기 있었네?"

이레아가 이슈인을 발견하고 다가왔다. 그녀의 옆에는 맥이 서 있었다.

그렇게 바첼러 백작가의 남매가 한자리에 모였다. 이안과 이레아를 제외하고는 이 자리에서 다른 귀족의 관심을 받는 이는 없었다.

시간이 지날수록 고위 귀족들이 속속들이 등장하고 파티의 분위기는 무르익어 갔다. 이안이 다른 귀족들에게 인사를 하기 위해 먼저 자리를 폈다. 파트너인 이올린도 함께였다.

"후훗, 이게 누구야?"

그때 상당히 건방진 목소리가 이슈인의 귀를 자극했다. 이슈인의 시선이 소리가 들린 곳으로 향했다.

오랜만에 보는 얼굴이 거만한 표정으로 자리하고 있었다. 훈련소 수료 후 처음 보는 얼굴이다.

"변방 국경에서 세월 보내고 있는 이슈인 경 아닌가?"

비웃음이 가득한 얼굴로 말을 계속하는 이는 칼버튼이었다. 일 년 만에 보는데도 그 재수없는 얼굴은 여전했다.

"칼버튼 경이로군."

이슈인이 피식 웃으며 답했다. 저런 도발에 일일이 답할 필요는 없었다. 먼저 도발을 해온다는 것은 그쪽이 열등감을 느끼고 있다는 증거였다.

덩치가 작고 약한 개가 크게, 그리고 많이 짖는 법이다.

이슈인의 웃음에 칼버튼의 표정이 미미하게 변했다.

"망국의 왕족 아르시안 공주님을 뵙습니다."

허리를 숙여 예를 표했지만 이것은 명백한 조롱이었다. 굳이 망국의 왕족이라는 표현을 쓴 것은 그가 누구든 참기 힘든 발언이었다.

이슈인에게 아무런 효과가 없자 목표를 아르시안으로 바꾼 것이다. 이슈인의 얼굴에 진한 분노가 떠올랐다.

"라이오네 공작가의 이공자시죠? 그 쟁쟁한 위명은 항상 듣고 있답니다, 칼버튼 경."

오히려 아르시안이 담담한 웃음으로 그의 도발을 받아넘 겼다. 이미 이런 경험은 한두 번이 아니었다.

왕족이란 자신의 나라를 잃는 순간 이미 왕족이 아니게 된 다. 그동안 겪은 숱한 무시와 고초는 이런 애송이의 도발에 비할 바가 아니었다.

비록 나이는 아르시안이 어렸으나 그간의 경험은 그녀가 위였다. 온실 속의 화초처럼 주위의 떠받듦만 받고 살아온 칼 버튼이 상대할 수 있는 여인이 아니었다.

담담한 아르시안의 얼굴은 이슈인의 극렬한 분노도 가라 앉혔다. 대신 그 자리에는 얼음과도 같은 분노가 자리했다. 이슈인은 결코 이 모욕을 잊지 않을 것이다.

아르시안의 너무나 자연스러운 대처에 칼버튼의 얼굴에는 낭패의 빛이 짧게 스쳤다 사라졌다. 그의 시선이 다른 쪽을 향했다.

"레이디 이레아, 오랜만이군요. 더욱 아름다워지신 것 같 습니다."

이슈인을 볼 때와는 전혀 다른 얼굴이다. 그의 얼굴에는 미 소가 가득했으나 이레아의 두 눈에는 역겹게만 보였다.

"네, 오랜만이에요."

그래도 왕도의 내로라하는 귀족들이 모두 모인 무도회다. 예의에 어긋난 행동을 할 수는 없었다.

"저를 거절하시기에 얼마나 대단한 분과 오시나 했더니 마크 경이었군요."

그렇게 말하는 칼버튼의 얼굴에는 맥에 대한 무시가 가득했다.

하지만 맥은 피식 웃으며 칼버튼을 무시했다.

이미 칼버튼은 맥의 상대가 아니었다. 칼버튼은 아직 피어스 브레이크를 완성하지 못했다. 각자의 병과를 떠나 일대일로 붙는다면 칼버튼의 절대적인 열세였다.

"어머, 아버님께서 오셨네요. 죄송하지만 실례하겠습니다."

이레아가 멀리 입구에 들어서고 있는 카를로 백작의 얼굴을 발견하고는 그곳으로 걸음을 옮겼다. 당연히 이슈인과 아르시안, 맥도 그곳으로 향했다. 다른 곳에서 귀족들과 인사를 나누고 있던 이안과 이올린도 카를로 백작을 발견하고 그곳으로 향했다.

네 사람이 떠난 자리에 칼버튼과 그의 파트너만이 덩그러니 남았다.

"젠장, 정말 마음에 안 들어."

그는 낮은 목소리로 중얼거렸다.

'이런 녀석이 메틀라인의 미래를 책임질 두 명의 기사 중 하나라고? 마크 로지아라면 몰라도 이 녀석은 너무 과대평가되어 있어.'

칼버튼의 파트너인 오스린의 녹색 두 눈이 차갑게 빛났다.

"칼버튼 경, 이러실 거면 대체 왜 저를 파트너로 정하신 거죠?"

자신의 꿍꿍이가 어찌 되었든 칼버튼의 파트너는 자신이 었기에 불쾌한 심사를 드러냈다.

"이런, 죄송합니다, 레이디 오스린. 제가 저 녀석만 보면 제 자신을 잃어서요."

대답을 하는 칼버튼의 두 눈은 여전히 이슈인의 등을 노려 보고 있었다.

"조심해 주세요."

오스린은 이 정도면 파트너로서의 자존심은 세우려는 모 습으로 보일 것이라 생각했다. 자신이 이곳에 온 진정한 목적 은 무도회 따위를 즐기는 것이 아니었지만 그 목적을 이루려 면 무도회를 즐기는 자작 영애의 모습을 보여야 했다.

카를로 백작을 발견하고 그를 향해 다가가던 이슈인과 이 레아의 걸음이 멈췄다. 아버지의 옆에 낯익은, 그러나 무척이 나 오랫동안 보지 못한 얼굴이 함께 있었다.

"이런, 누님을 생각하지 못했구나."

그때 이슈인의 등 뒤에서 들려오는 이안의 목소리.

그는 너무나 오랜 시간 동안 보지 못했기에, 항상 바빴기에 설마 자신의 하나밖에 없는 누나가 이 파티에 오리라곤 생각 하지 못했다.

이제야 자신의 생각이 짧았음을 스스로에게 책망했다.

"오랜만이야, 다들."

카를로 백작보다 한 발 앞으로 나온 여인이 네 사람에게 생긋 웃으며 인사를 건넸다. 순간 주위가 화사하게 피어오르는 듯했다.

레이나 바첼러.

바첼러 백작가의 장녀였다.

"어떻게 온 거야? 바빠서 도무지 시간이 안 난다고 하더니."

이안이 한 발 앞으로 나서며 물었다.

"물론 바쁘지. 지금도 바빠. 일하러 왔으니까."

레이나는 여전히 웃는 얼굴로 말했다.

"일?"

막내 이레아가 끼어들었다.

"그래. 어떤 일인지는 나중에 말해줄게."

레이나가 장난스럽게 한쪽 눈을 찡긋하며 말했다. 이제 곧 서른의 나이를 바라보는 그녀였지만 여전히 소녀 같은 모습이었다.

레이나의 말에 이안의 얼굴에 고민이 어렸다.

자신은 누나가 무슨 일로 이곳에 왔는지 모른다. 누나가 평범한 귀족가의 여인이라면 고민할 이유가 없었다. 하지만 레이나는 대륙을 움직일 힘을 가진 몇 안 되는 여인 중 한 명이었다.

흙의 마탑 부탑주.

그것이 그녀의 신분이었다.

어쨌든 오랜만에 모든 가족이 한자리에 모였다.

"어라? 이분께서 이레아에게 들은 그분?"

레이나의 시선이 아르시안에게 향했다.

"처음 뵙겠습니다. 아르시안 로드 벨런시아라 합니다."

레이나의 시선을 받은 아르시안이 먼저 인사를 했다. 레이나의 모습을 보는 순간 자신도 모르게 한 것이다.

보통 사람이 아니었다.

"이런, 실례를 범했네요. 부디 용서를. 부족하나마 흙의 마탑 부탑주를 맡고 있는 레이나 바첼러입니다, 아르시안 로드 벨런시아 공주님."

레이나가 정중히 인사를 건넸다.

바첼러 백작가의 또 다른 힘이 바로 그녀였다.

마탑과의 공조. 그것은 엄청난 힘이었다.

현재 대륙에서 기간테스 제조에 관해 가장 뛰어난 기술을 가진 곳은 두 곳이었다.

루즈벡 제국과 불의 마탑.

기간테스 제조의 쌍벽이었다.

바첼러 백작가는 그런 두 거목을 앞지르겠다는 목표를 가지고 지난 세월 각고의 노력을 해왔고, 현재에 이르러 그 목표 달성이 코앞에 있다고 내부적으로 결론을 내린 상태다.

거기에는 레이나와 이올린, 이레아 세 자매의 역할이 지대

했다.

일반적으로 국가보다는 마탑이 기간테스의 제조에서 한발 앞서 있었다. 마탑이라는 곳 자체가 오직 기간테스의 개발과 제조를 위해 만들어진 마법사 길드였다.

레이나가 속한 흙의 마탑은 마탑 중 두세 번째 위치를 차지하는 곳이다.

레이나가 어린 시절 우연히 마탑주와 인연이 닿아 그의 제자로 들어가 지금에 이르러 부탑주의 지위에 오른 것이다. 덕분에 흙의 마탑이 가진 노하우를 많이 얻을 수 있었다. 물론 바첼러 백작가의 노하우도 흙의 마탑으로 많이 들어갔다.

등가교환.

일반적인 거래의 법칙이다. 불의 마탑과 루즈벡 제국이라는 공동의 목표가 있었기에 성립된 거래다.

현재 이레아가 개발 중인 마나 엔진에 대한 정보도 이미 흙의 마탑에 들어가 있는 상태다.

"이안, 오랜만에 가족이 모인 자리다. 그러니 고민은 잠시 미뤄두도록 해라."

카를로 백작이 누나의 갑작스러운 방문에 관련된 일이 무엇인지 골똘히 생각하는 이안에게 말했다. 모처럼 한 가족이 모두 모였다. 카를로 백작은 이곳에서까지 골치 아픈 정계의 일을 생각하고 싶지는 않았다. 자신뿐 아니라 아들도 그러기를 바라기에 한 말이다.

모처럼 온 가족이 모여 흐뭇한 카를로 백작의 마음을 더욱 흐뭇하게 해주는 이가 있었으니, 바로 이슈인의 곁에 있는 아르시안이었다.

그녀로 인해 아들이 행복해했기에 카를로 백작은 그녀가 너무 고맙고 기꺼웠다. 그녀가 어떤 신분의 사람인지, 그녀에 대해 어떤 계획이 있는지는 아무 상관이 없었다. 그것은 훗날 생각할 문제였다.

카를로 백작과 레이나의 등장으로 적지 않은 귀족들이 눈치를 보았으나 다가오지는 않았다. 카를로 백작이 잠시 자신들을 내버려 두라는 강렬한 기세를 내뿜고 있었기 때문이다.

그렇게 반가운 만남의 시간을 가지며 얼마의 시간이 흘렀다.

"국왕 전하 드십니다!"

시종장의 목소리가 울렸다.

파티가 한창 무르익은 이때 드디어 국왕이 모습을 드러내는 것이다.

'응?'

이슈인의 두 눈에 이채가 어렸다가 사라졌다.

세 곳에서 마나의 기이한 움직임이 순간적으로 잠깐 동안 보였다. 절대 정상적인 흐름이 아니었다. 무언가 불길한 느낌이 등을 훑고 지나갔다.

이슈인의 왼손이 날이 없는 가검이 꽂힌 검집을 쓰다듬

었다.

국왕의 등장에 장내의 모든 귀족들이 입구를 향해 허리를 숙였다. 국왕과 왕비가 함께 천천히 장내로 걸어 들어왔다.

"건국절 파티에 이렇게 많은 왕국의 기둥들이 모여주어 짐은 실로 기쁘오. 우리 메틀라인의 무궁한 발전을 위하여 모두 힘써주기 바라오."

짧은 국왕의 말이 끝나자 우레와 같은 박수가 터져 나왔다.

엠피엘 국왕은 웃으면서 손을 들어 귀족들의 박수에 화답했다.

음악이 흐르며 파티가 이어졌다.

이슈인이 고개를 갸웃거렸다.

국왕이 등장하던 순간 잠깐 나타났던 마나의 미묘한 움직임, 아니, 그것은 뒤틀림 같기도 했다. 그것이 사라졌다.

엠피엘 국왕이 등장하자 신료들이 그 주위로 모여들었다. 그들은 국왕의 신하였기에 당연한 행동이었다.

고위 귀족들부터 엠피엘 국왕에게 가 인사를 했다.

한 명의 공작과 두 명의 후작, 그리고 열 명의 백작이 걸음을 옮겼다. 당연히 카를로 백작도 포함되어 있었다. 두 명의 공작 중 한 명은 개인 사정으로 참석하지 않았다.

고위 귀족들과 국왕이 인사와 담소를 나누는 사이 이슈인은 계속해서 주변을 두리번거렸다.

"왜 그러세요?"

"아무것도 아니야."

의아한 표정으로 묻는 아르시안에게 미소를 지어준 후 이 슈인은 몸속의 마나를 활성화시켰다. 이곳을 흐르는 마나를 더욱 자세히 살피기 위함이었다. 하지만 역시 특별히 이상한 흐름은 없었다.

'착각이었나?'

찝찝했지만 아무리 찾아도 나오지 않았기에 이슈인은 곧 조금 전 그 이상한 흐름에 대한 생각을 지웠다. 그러나 온몸의 긴장감은 최고조에 달해 있었다. 석연치 않은 느낌과 불길한 예감이 자연적으로 그렇게 만들었다.

잠시 후, 무도회가 시작됐다.

왈츠가 흐르기 시작하면서 파티장 가운데가 넓게 비워졌다. 국왕과 왕비가 가장 먼저 그곳에서 춤을 선보였다. 국왕 부부의 춤이 끝나자 우레와 같은 박수가 쏟아졌다.

국왕 부부가 원래의 자리로 돌아가자 선남선녀들이 중앙으로 나와 함께 춤을 추기 시작했다.

"아름다운 레이디, 저에게 당신과 함께 춤을 출 수 있는 영광을 주시겠습니까?"

이슈인이 한 손을 내밀면서 우아한 모습으로 허리를 숙여 아르시안에게 신청했다.

"기꺼이."

미소 지은 얼굴로 아르시안은 이슈인의 손을 잡았다.

두 사람은 두 손을 잡고 음악에 몸을 맡겼다. 참으로 잘 어울리는 한 쌍이었다.

'이슈인 바첼러라…… 후훗. 그 자리는 너보다 나에게 더 잘 어울린다.'

그런 두 사람을 날카롭게 바라보는 한 쌍의 눈이 있었다.

케이프 카인 라이오네 대공자.

그였다.

아카데미의 졸업식 후 아르시안을 다시 보게 된 것이 처음이었다. 아르시안이 이슈인을 만난 이후부터는 거의 사교계에 모습을 드러내지 않았기에 쉽게 볼 수가 없었다.

그럼에도 그날 받은 강렬한 인상에 케이프는 쉬이 그녀를 잊을 수가 없던 차에 마침내 다시 보게 된 것이다.

그녀는 더욱 아름다워져 있었다.

케이프의 곁에는 그와 같은 곳을 바라보는 여인이 있었다. 단지 그녀의 시선은 이슈인에게 고정되어 있었다.

카롤라인 공녀였다. 오늘은 케이프의 파트너로 참석했다.

"아름다운 레이디, 저에게 당신과 함께 춤을 출 수 있는 무한한 영광을 주시겠습니까?"

맥이 이레아를 향해 손을 내밀었다.

이레아는 웃으면서 맥의 손을 맞잡았다.

"뿌득."

그 모습을 본 칼버튼의 두 눈에서 불이 번쩍였다. 그는 자신의 곁에 서 있는 파트너는 안중에도 없었다. 참으로 무례한 행동이었다.

'어이가 없는 도련님이로군.'

오스린은 자신의 그런 생각을 내색하지 않았다. 단지 무도회를 즐기고 싶은 귀족 아가씨의 역할에 충실하고자 했다.

"칼버튼 경, 저에게 춤을 신청하지 않으시나요?"

무도회에서 여자가 이렇게까지 말하는데 무시하는 것은 그야말로 큰 결례였다. 마지못해 춤을 신청한 칼버튼과 함께 오스린은 중앙으로 나와 왈츠의 선율에 몸을 맡겼다.

몸은 왈츠를 따라 춤을 추고 있으나 칼버튼의 시선은 내내 이레아를 향해 있었다. 오스린의 시선은 조심스레 연신 사방을 살폈다. 녹색 눈동자가 순간순간 날카롭게 빛나는 것이 예사 눈빛이 아니었다.

무도회의 분위기는 점점 무르익어 가고 있었다.

모처럼의 성대한 무도회는 모두를 취하게 만들었다. 홀을 가득 채운 아름다운 음악에, 파트너와 함께하는 왈츠에, 샹들리에의 빛을 영롱하게 사방으로 뿌리는 술잔에 사람들은 흠뻑 취해 있었다.

'시간은?'

'21시 28분.'

'2분 남았다.'

작은 수신호를 통한 은밀한 대화다. 자연스러운 몸짓 속에 녹아 있었기에 누구도 그것을 알아차리지 못했다.

중앙에는 여전히 사람들의 춤이 계속되고 있었다.

무도회에서 유일한 주변인 같은 근위기사들은 국왕 부부 주변을 철통같이 지키고 있었다.

이슈인은 역시 한쪽으로 나와 사람들이 춤을 추는 모습을 지켜보고 있었다. 마침 아르시안이 조금 지쳐 보일 때였다.

"조금 답답하지 않아?"

평소보다 많이 움직였기 때문일까. 아르시안의 얼굴은 살짝 상기되어 있었고 땀방울도 보였다.

"괜찮아요."

아르시안이 웃으며 답했다.

처음으로 이슈인과 함께한 무도회다. 아르시안은 이 분위기를 마음껏 즐기고 싶었기에 힘든 내색을 하지 않았다. 실제로도 마음만은 날아갈 듯 가벼웠다. 세상에서 가장 든든한 사람이 곁에 있는 덕이다.

음악도 종반부로 흐르고 서서히 사람들의 춤도 끝나가고 있었다.

대전에 걸린 시계 바늘이 움직여 9시 30분을 알렸다.

번쩍!

두 곳에서 섬광이 피어올랐다.

섬광이 피어오른 것과 동시에 가장 빨리 움직인 이는 이슈인이었다. 섬광이 피어오르기 전 머리의 한쪽에서 맴돌던 마나의 유동과 같은 흐름을 감지했기 때문이다.

거의 반사적인 움직임이었다.

챙!

이슈인의 등 뒤에는 국왕이 놀란 얼굴로 왕비를 감싼 채 서 있었다.

어느새 이슈인의 손에 들린 가검은 상대의 날카롭게 벼려진 검을 막아내고 있었다.

"젠장, 검에 마나를 불어넣는 수준이라니, 이건 예정에 없던 정보잖아."

붉은 머리칼을 가진 사내 블루덴은 푸른 눈동자에 낭패의 빛이 역력한 가운데 씹어뱉듯 중얼거렸다.

날이 세워지지 않은 연습용의 가검으로 저렇게 날카롭게 벼려진 검을 아무렇지도 않게 막아낸다는 것은 아무나 할 수 있는 일이 아니었다.

장내에는 침묵이 감돌았다.

지금 무슨 일이 일어난 것인지 도무지 감이 안 잡히는 것이다.

국왕의 앞을 지키며 적의 검을 막아선 청년이 있다. 근위기사들은 어쩌고 왜 그가 있는 것일까?

두 명의 괴한이 더 있었다. 근위기사들은 둘로 나뉘어 그 둘을 포위하고 있었다.

섬광이 번쩍인 순간 두 명의 근위기사만이 국왕의 곁을 지키고 나머지는 변고가 생긴 곳으로 몰려간 것이다. 그때 의외의 공격이 국왕을 향했다. 바로 곁의 근위기사들도 느끼지 못한 은밀한 검이.

그것을 이슈인이 느낀 것이다. 검이 뽑히려는 순간, 그러니까 섬광이 터지기 직전 이슈인은 이상한 마나의 흐름을 한 번 더 느꼈다. 처음 느낀 것과는 비교도 안 될 정도로 거대하고 명확했다.

"전하!"

이슈인이 상대의 공격을 막고 초침이 한 번 움직이는 정도의 시간이 흐른 후 근위기사 두 명이 국왕의 앞을 막아섰다. 나머지 근위기사들은 포위를 풀지 못했다.

자신들이 포위한 존재들이 입고 있는 갑옷 때문이었다.

트랜스 아머. 그것을 입고 있었다.

있을 수 없는 일이다.

트랜스 아머를 소환해 장착하게 하는 매개체를 포머(Former)라 부른다. 기간테스를 소환하는 리콜러와 비슷한 개념이다. 근위기사단에 소속된 인물이 아니라면 무도회장에 포머로 사용되는 무구를 가지고 들어올 수 없었다.

입구에서 마법사들이 이미 체크를 끝냈다. 그런데 그런 마법사들을 비웃기라도 하듯 트랜스 아머를 입은 두 인물이 검을 들고 서 있었다.

"꺄악!"

"이게 무슨 일이야?"

그제야 변고를 실감한 귀족들이 사방으로 흩어졌다. 날카로운 비명과 고성. 순식간에 파티장은 아수라장으로 변했다.

"네놈, 대단하군, 근위기사들도 느끼지 못한 나의 피어스 브레이크를 느끼다니. 게다가 막기까지 했어, 마나가 깃든 공격을."

푸른 눈의 사내 블루덴이 금세 정신을 추스르고 놀랍다는 듯이 말했다. 소란스러운 파티장과는 다른 곳에 있는 듯했다. 어차피 이런 소란을 만드는 것 역시 그들의 계획의 일부였다.

"하지만 계획에 차질은 없다. 어차피 그리 쉽게 죽일 수 있으리라 생각하진 않았으니까."

말 많은 암살자다.

"다음 단계 실행이다!"

그의 외침과 동시에 트랜스 아머를 입은 두 사람의 몸에서 광채가 나기 시작했다. 트랜스 아머에 순간적으로 많은 양의 마나가 흘러들어 갈 때 일어나는 현상이다.

"피어스 브레이크다!"

그 현상이 의미하는 바를 너무나 잘 아는 근위기사단장이 외쳤다.

근위기사단장인 타이거 백작은 이미 트랜스 아머를 착용하고 국왕과 왕비의 앞을 막아섰다. 피어스 브레이크가 날아오는 것을 대비한 것이다. 그의 트랜스 아머도 빛을 내기 시작했다.

하지만 다른 근위기사들은 트랜스 아머를 착용하지 못했다. 트랜스 아머를 착용할 때 순간적으로 생기는 무방비 상태 때문이다. 타이거 백작은 이슈인이 앞을 막아준 덕에 트랜스 아머를 착용할 수 있었다. 하지만 그것이 아니더라도 그는 트랜스 아머를 착용했을 것이다. 그래야만 적의 피어스 브레이크로부터 국왕을 지킬 수 있었기에.

"빌어먹을. 상대가 피어스 브레이크를 날리게 놔둘 겁니까!"

그때 우렁찬 외침과 함께 커다란 덩치의 인물이 날아들었다. 맥이었다. 그는 날이 없는 가검으로 피어스 브레이크를 준비 중이 한 사람을 찔러갔다.

무모한 행동이다.

푸욱.

하지만 그의 검은 트랜스 아머를 뚫었다.

피어스 브레이크를 펼치기 위해 마나가 잔뜩 모여 있는 트랜스 아머를 뚫었다.

믿을 수 없는 일이 다시 한 번 벌어진 것이다.

찔린 암살자도 어이가 없다는 눈으로 자신의 옆구리를 내려다보았다. 그의 트랜스 아머에서 빛이 급속도로 약해지기 시작했다.

트랜스 아머가 뚫리기는 했지만 치명상을 입지는 않았다. 단지 피어스 브레이크를 뿌리기 위해 모은 마나가 소멸했을 뿐이다.

"네놈!"

그때 또 다른 암살자가 맥을 향해 몸을 날렸다. 그는 피어스 브레이크를 펼치기 위한 준비가 끝난 상태였다.

"안 돼!"

이슈인과 대치한 블루덴이 동료의 돌발적인 행동에 놀라 외쳤다.

하지만 그의 검은 이미 움직이고 있었고, 거기에서 무지막지한 마나가 쏟아져 나오기 시작했다.

피어스 브레이크가 펼쳐진 것이다.

"샤이닝 어택!"

그의 외침과 함께 엄청난 빛이 무도회장을 집어삼켰다.

"크윽."

트랜스 아머를 착용하며 맥은 이를 악물었다.

하루 한 번 사용할 수 있는 자신의 피어스 브레이크는 이슈인에게 보여주기 위해 이미 사용했다. 지금은 자신의 몸으로 저 공격을 막아야 했다.

'빌어먹을, 두 방짜리로 해달라고 해야 했어.'

학창 시절, 이슈인과의 대화를 떠올리며 맥은 자신의 검에 모든 마나를 담아 상대의 공격에 맞섰다.

"맥!"

맥이 오늘은 더 이상 피어스 브레이크를 사용할 수 없다는 것을 아는 이슈인은 놀라서 맥을 불렀으나 그가 할 수 있는 것은 아무것도 없었다. 그저 그가 무사하기만을 간절히 바랄 뿐.

"홋. 다른 데 신경 쓸 여유 따위는 없을 텐데? 쉐도우 소드(Shadow Sword)!"

암살자, 블루덴의 검이 순간적으로 사라졌다. 그의 피어스 브레이크가 한 번 더 터진 것이다.

"큭."

이슈인은 재빨리 검을 휘둘렀다.

챙!

다시 한 번 막았다.

상대의 피어스 브레이크는 위력은 약했으나 검의 기척을 완전히 지우는 암살검의 종류였다. 보통의 기사였으면 속수무책이었을 피어스 브레이크다. 하지만 이슈인의 눈에는 보였다. 기척을 지우기 위해 억지로 비틀어 버린 마나의 부자연스러운 움직임이.

블루덴은 상대를 잘못 만난 것이다.

"젠장."

타이거 백작은 긴장한 눈으로 주변을 지켜보았다.

"전하, 물러나서야 합니다."

그도 자신의 아들이 걱정되었으나 그보다는 국왕의 안위가 먼저였다. 암살자들의 발이 묶인 지금이야말로 몸을 뺄 절호의 기회였다.

타이거 백작의 곁에 있던 부기사단장도 어느새 트랜스 아머를 착용했다. 두 사람은 국왕과 왕비의 앞을 지키며 천천히 뒷걸음쳤다. 어떻게든 적들로부터 멀어져야 했다.

쾅!

요란한 소리와 함께 맥의 모습이 드러났다. 상대의 강력한 공격에 뒤로 주욱 밀렸다. 다행히 맥은 무사했다.

뒤로 두 발짝 정도 물러선 상대도 마찬가지였다.

피어스 브레이크를 날린 암살자는 믿을 수 없다는 눈으로 맥을 쳐다보았다. 그럴 수밖에 없었다. 자신의 피어스 브레이크를 마나가 실린 검으로만 막아낸 것이다. 그게 가능할 리가 없었다.

"내 피어스 브레이크는 워낙 무지막지한 마나를 집어삼켜서 아직은 하루에 한 방이 한계지만 덕분에 내가 가진 마나의 양은 엄청나지. 비록 피어스 브레이크를 날리지 못한다 하더라도 결코 무시할 수 있는 수준이 아니야."

상대의 부릅뜬 눈을 보고는 맥이 씨익 웃으며 말했다.

"맥!"

이슈인이 친구의 이름을 외치며 그곳으로 움직였다.

"쳇, 괴물이 하나 있었군."

블루덴은 뒤로 훌쩍 물러서면서 말했다.

"이 단계는 실패다. 다음 단계다."

말을 하는 도중에도 그의 검은 바삐 움직였다. 근위기사에게 포위된 동료를 빼내기 위해서다. 검격 하나하나가 피어스 브레이크였기에 근위기사들도 속절없이 당했다. 기척도 없이 다가오는 검을 막기란 그들이라 해도 무척이나 어려운 일이었다.

"크윽."

휘하의 부하들이 당하는 모습에 검을 쥔 타이거 백작의 손등에 힘줄이 돋았다.

하지만 자신은 국왕을 지켜야 한다. 그것이 자신에게 있어 최고의 가치를 지닌 일이다. 섣불리 움직일 수 없었다.

근위기사들이 전열을 정비하는 사이 세 명의 암살자는 한곳에 모였다.

"괜찮아?"

어느새 맥의 곁으로 다가온 이슈인이 물었다.

"응."

살짝 떨리는 목소리는 그렇지 않다는 것을 알려주었다. 아무리 트랜스 아머라고는 하나 피어스 브레이크의 위력을 고스란히 맞았다. 괜찮을 리 없었다. 결국 조금 전의 그 미소는 허세였던 것이다.

'저 둘은 대체 어떻게 돼먹은 녀석들이지? 마크 로지아는 예상보다 더 강하고 이슈인 바첼러는 요주의 인물에 없었는데.'

칼버튼의 등뒤에서 오스린이 살짝 입술을 깨물었다. 계획이 엇나가도 너무도 크게 엇나갔다.

"괜찮을 겁니다. 제가 곁에 있으니까요."

그녀의 앞에 선 칼버튼이 살짝 돌아보며 자신만 믿으라는 듯 말했다. 입술을 깨문 모습이 걱정과 무서움 때문이라 생각한 듯했다.

전열을 정비한 근위기사들은 세 명의 암살자를 둥그렇게 포위했다.

무도회장은 이곳을 벗어나려는 귀족들 때문에 난장판이 되어버렸지만 그들이 대치한 곳만은 조용했다.

무서운 긴장감이 그곳을 지배했다.

무도회장의 입구는 대혼란이었다. 좁은 문으로 서로 벗어나려 하니 이리 엉키고 저리 밟히고, 도저히 귀족들의 모습이라고는 생각할 수 없었다.

하지만 왕국의 최고위 귀족이라는 자들은 과연 달랐다.

공작과 후작, 백작들은 국왕의 주위에서 자리를 지키며 날카로운 눈으로 상황을 주시했다.

이슈인이 살짝 뒤를 돌아보았다. 가족들은 모두 한곳에 모여 있었다. 형과 누나들, 여동생, 그리고 아르시안까지도.

그나마 저 자리에 큰누나가 있다는 것이 다행이었다. 비록 기간테스의 연구에 주력하는 마탑의 마법사라 하나 어쨌든 마법사다. 게다가 부탑주였다. 그만한 실력은 지니고 있었다.

레이나의 든든한 얼굴을 확인한 이슈인의 시선이 다시 암살자들을 향했다.

그 순간 보았다.

그들 주변으로 소용돌이치기 시작하는 마나의 격렬한 움직임을.

너무나 익숙한 움직임이다.

이슈인 자신 역시 거의 매일 보는 마나의 폭풍.

어떻게 이런 일이 가능한지 알 수는 없었지만 이슈인은 큰 소리로 외쳤다.

"기간테스다! 모두 도망쳐요!"

이슈인의 외침에 모두의 얼굴에 경악이 떠올랐다.

포머와 리콜러를 동시에 소유한 암살자들이라니. 아니, 그리고 어떻게 무도회장에 리콜러를 가지고 들어올 수 있단 말인가. 특별한 경우를 제외하고는 리콜러는 절대 가지고 들어올 수 없었다. 입구에서 마법사들이 철저히 체크하고 있었다.

"포머도 그렇고… 설마 하이드 리콜러인가?"

이안이 낭패한 얼굴로 중얼거렸다.

이슈인의 외침에도 불구하고 누구도 움직이지 않았다. 기간테스가 나타나지 않았기 때문이다.

'저 녀석이 어떻게…… 아직 시동어도 말하지 않았는데……'

이슈인의 외침에 오스린이 깜짝 놀랐다. 물론 순식간에 그 놀람은 사라졌다.

시동어를 외치기 전에 리콜러에 계약자의 마나를 불어넣어야 한다. 이슈인은 그 단계에서 일어나는 마나의 폭풍을 감지한 것이다.

이슈인이 마나의 흐름을 볼 수 있다는 사실을 모르는 암살자들은 깜짝 놀라 행동을 더욱 빨리했다.

반면 홀의 귀족들은 그 말을 믿지 못해 움직이지 않는 것이다.

"아버님! 빨리 전하를 모시고 피해야 합니다!"

하지만 이슈인의 능력을 어느 정도 알고 있는 맥은 큰소리로 외치며 다급히 움직였다. 이슈인의 말을 믿어서 손해를 본 적은 없었다.

타이거 백작은 아들의 갑작스러운 행동에 깜짝 놀라 어찌해야 할지 판단을 내리지 못했다.

"저 녀석은 어릴 때부터 기간테스와 살았습니다. 무언가 감지한 것이 있어서 그러는 것일 테니 일단 피하는 것이 좋겠습니다."

카를로 백작이 곁에서 거들었다.

"일단 서둘러 피하세. 난 경들을 믿네."

또 다른 암살자가 숨어 있을 가능성에 섣불리 움직이지 못하던 타이거 백작은 엠피엘 국왕의 말에 움직이는 것을 결정했다.

"알겠습니다, 전하."

타이거 백작은 천천히 이동하기 시작했다.

섣불리 움직였다가 다른 습격이 있을지도 모른다는 불안 때문이다.

하지만 이슈인은 답답했다. 당장 기간테스가 소환되면 이런 궁전은 금세 무너진다. 그 붕괴에 휘말릴지도 모를 위치에 국왕과 가족들이 있으니 절로 불안했다.

"더 빨리 움직이십시오!"

무도회장의 국왕 전용 입구까지 스무 걸음 정도 남았다.

"훗. 늦었다. 소환!"

"소환!"

"소환!"

세 사람의 입에서 동시에 터져 나온 시동어. 그와 동시에 그들 뒤의 공간이 일그러지기 시작했다.

기간테스가 모습을 드러내려 하고 있었다.

"우아아아아! 기간테스다!"

"이런 미친!!"

아비규환이 다시 한 번 찾아왔다.

아직 무도회장을 벗어나지 못한 귀족들은 서로 빨리 벗어나기 위해 다투었다. 이곳이 무너지면 속절없이 죽음을 맞이해야 하는 것이다.

그 순간 처음 보는 형태의 기간테스 세 기가 동시에 모습을 드러냈고, 세 명의 암살자는 민첩하게 콕피트로 들어갔다.

"젠장! 소환!"

자신까지 기간테스를 불러내면 더 큰 혼란이 올 것이지만 어쩔 수가 없었다. 저들을 막아야 했다. 이미 거대한 그 크기로 인해 천장이 뚫리고 건물의 파편이 떨어지고 있었다.

대경한 국왕 일행의 걸음이 빨라졌다.

그때 이슈인의 랩터2가 모습을 드러냈다.

이슈인은 재빨리 콕피트에 올랐다. 상대 기간테스들이 마나 엔진 음을 울리며 본격적으로 움직일 준비를 시작한 것이다.

"꺄악!!"

날카로운 비명이 터져 나왔다. 왕비의 목소리다.

국왕 일행의 머리 위에서 건물의 파편이 떨어지기 시작했다.

타이거 백작이 검을 휘둘러 파편을 제거했다. 하지만 덕분에 걸음이 더욱 느려졌다.

거대한 아수라장이 펼쳐졌다. 이미 입구 쪽의 귀족들은 상당수가 건물 더미에 깔렸다.

"크악!"

근위기사 한 명이 건물 더미에 깔렸다. 그들은 암살자들을 포위하고 있었기에 기간테스로부터 멀어지는 데 시간이 걸린 것이다.

기간테스의 본격적인 기동까지는 딜레이 타임이 존재한 다. 그사이 최대한 이곳을 벗어나야 했다. 세 기의 기간테스 를 트랜스 아머로 상대할 수 없는 이상 재빠른 후퇴만이 유일 한 방법이었다.

동시에 나타난 자국의 신형으로 보이는 기간테스 한 기에 희망을 걸 뿐이다.

"으악!"

딜레이 타임은 사람들의 예상보다 빠르게 끝났다. 막 움직 이기 시작한 기간테스의 발에 깔린 근위기사의 비명이 울렸 다.

"젠장!"

쓰러지는 근위기사들이 눈에 밟혔으나 이슈인은 그쪽으로 움직일 수가 없었다. 소환이 조금 늦은 만큼 딜레이 타임이 조금 남은 것이다.

메틀라인의 최신형인 랩터2와 별 차이가 없는 딜레이 타임 을 보이는 기간테스가 무려 세 기라니 대체 어디에서 나타났 는지 이슈인은 정신이 없었다.

그 와중에도 움직이지 않는 이들이 있었다.

무도회의 음악을 연주하기 위해 와 있는 왕실 악단이었다.

지휘자가 침중한 얼굴로 지휘봉을 움직이기 시작했다. 기사들도 정신이 없는 이 와중에 그들의 얼굴에도 두려움이 역력했지만 지휘자의 지휘에 맞춰 악기를 연주하기 시작했다.

천천히 음악이 흘러나오기 시작했다.

그들은 마치 다른 세계에 있는 듯했다. 절로 가슴이 숙연해지는 음악이다.

음악 때문일까? 공포와 혼란에 빠져 있던 사람들의 얼굴에 잠시의 평화가 찾아왔다. 그 모습을 확인한 지휘자는 미소를 지으며 계속해서 지휘봉을 움직였다. 연주자들은 더욱 열심히 자신의 악기를 연주했다.

근위기사들의 움직임이 좀 더 빨라졌다. 갑작스레 찾아온 혼란에서 벗어난 그들의 움직임은 깨끗했다.

'대단하군.'

이슈인은 새삼 음악가들에게 감탄했다. 기사들조차 혼란에 빠지는 이 갑작스러운 상황에 저런 의연한 모습이라니 대단했다. 그들 덕에 자신도 진정할 수 있었다.

"으악!"

그때 국왕 일행 중 누군가가 천장을 올려다보고는 커다란 비명을 질렀다. 모두의 시선이 그를 따랐다.

"저럴 수가!"

천장의 균열이 급속도로 확장되면서 거대한 건물 파편이 떨어지려 했다.

이슈인의 눈에도 보였다.

저 정도라면 트랜스 아머로 막기에도 무리였다.

그때 딜레이 타임이 끝났기에 이슈인이 재빨리 움직였다.

쾅!

이슈인이 움직임과 동시에 커다란 굉음이 울렸다.

국왕 일행이 서 있는 곳보다 넓은 너비의 파편이 떨어졌다. 그것을 은빛의 거인이 등으로 받치고 있었다. 그 덕에 아래에 있는 사람들은 무사할 수 있었다.

단지 몇몇 인물이 너무 놀라 주저앉은 모습을 보일 뿐이다.

"저, 저것은……."

국왕이 놀란 얼굴로 자신의 위를 지켜주는 은빛 거인을 손으로 가리켰다.

CHAPTER 2
은빛의 거인

'어떻게 이곳에 다른 기간테스가 있을 수 있지?'

기간테스를 이용한 습격에는 절대적인 약점이 존재한다. 바로 쉽게 탐지할 수 있는 리콜러와 마나 엔진 기동 시작 후 실제 움직이기까지의 딜레이 타임이다.

그래서 이런 별궁은 의외로 기간테스에 대한 방어가 취약하다. 기간테스의 습격이 거의 불가능하기 때문에 그에 대한 방비를 생각하지 않은 까닭이다.

애초에 리콜러의 탐지로 기간테스를 소환할 수 있는 근원을 제거하는 손쉬운 방법이 존재한다. 그래서 기간테스가 직접 습격했을 경우를 대비해 왕도 외곽에 라이더들을 배치했을 뿐 깊숙한 곳에는 라이더가 거의 없다. 게다가 파티가 열리고 있는 별궁이라면 더욱 있을 수가 없다고 보아야 했다.

그런데 기간테스가 나타났다. 그것도 정보에는 없는 기종이다. 아마도 메틀라인 왕국의 최신예 기종인 듯했다.

'그래도 아직 테스트도 안 끝난 기종 같군. 다행이야. 외장갑도 없는 상태라니. 완벽한 준비를 한 자이안이라면 문제없어.'

정신없이 대피하는 국왕 일행에 섞인 오스린은 내심 안도했다. 예정에 없던 변수로 인해 지금 무척이나 혼란을 겪은 상태다.

"하이드 리콜러라니……."

이안은 침음을 삼켰다.

자신들이 개발에 성공한 이상 다른 곳에서도 개발에 성공하지 말란 법은 없다. 하지만 벌써 실전에 배치해 이렇게 습격을 하다니 뒤통수를 제대로 세게 맞았다.

[어서 대피하세요!]

이슈인이 다급하게 외쳤다. 이슈인의 외침은 확성 마법을 통해 밖으로 퍼졌다.

이들이 이 자리에 있으면 제대로 된 기동을 할 수 없었다. 상대는 무려 세 기다. 어떤 녀석의 공격에 노출될지 모를 일이다. 게다가 처음 보는 기종이다.

이미 대륙에서 주력이 된 각 국가와 마탑의 기종에 대한 정보는 모두 섭렵한 상태다. 이슈인이 모르는 기종이라면 최신예 기종이라는 소리. 쉽지 않은 싸움이 될 것 같았다.

랩터2에서 울린 목소리에 정신을 차린 타이거 백작이 국왕을 이끌었다. 이슈인이 막아준 덕분에 그들은 빠른 속도로 대전을 빠져나갔다.

이슈인은 자신이 지켜야 할 사람이 모두 빠져나간 것을 확인하고서야 등에 지고 있던 파편을 치웠다. 이미 별궁은 완전히 무너져 있었다. 천장이 무너지면서 그들의 모습이 외부에 드러났다.

월광을 받아 빛나는 랩터2의 은빛 장갑은 신비스러운 분위기를 흩뿌렸다.

검은색의 거대한 기간테스 세 기가 천천히 랩터2를 포위했다.

그들도 설마 이 자리에 다른 기간테스가 출현할 거라 생각은 못했기에 당황한 빛이 역력했다. 하지만 자신들이 절대적으로 우세한 상황이라는 확신을 가지고 있었다.

그들의 최신예 기종인 자이안의 출력은 2.8이다. 어지간한 기간테스는 우습게 찜 쪄 먹을 수 있는 출력. 게다가 자신들은 모두 셋이다.

압도적인 출력에 삼 대 일이라는 수적 우세가 당황스러운 가운데 일말의 여유를 만들어주었다.

별궁의 변고에 급히 달려온 근위기사들이 국왕을 모셨다.

하지만 아직 다른 라이더는 도착하지 못했다. 워낙 먼 곳에 있었기 때문이다.

"젠장, 저 녀석은 어떻게 리콜러를 가지고 올 수 있었지?"

국왕이 참석하는 파티다. 아무리 왕국군의 라이더라 할지라도 리콜러를 가지고 들어갈 수는 없었다.

그러나 이슈인은 특별한 경우였다. 최신예 기종의 테스트. 리콜러를 몸에서 떼어놓았다가 무슨 일이라도 생기면 막심한 손해다. 그랬기에 이슈인은 특별히 허락된 것이다.

그런 사실을 별궁을 습격한 암살자들이나 이 와중에 불만에 찬 소리를 내뱉는 칼버튼이 알 리 없었다.

[어떻게 기간테스가 이 자리에 나타날 수 있는 거지?]

천천히 랩터2를 포위해 가던 중 블루덴이 동료들에게 통신으로 물었다.

[글쎄… 어쨌든 이번 계획은 실패야.]

그랬다.

최소한 국왕에게 부상이라도 입히는 것이 이번 계획의 목표였다. 죽이기라도 하면 더없이 좋겠지만 실현 가능성이 낮은 계획은 짜지 않는다. 가능성이 낮으면 무리하게 되고, 그럴수록 실패 확률은 높아진다.

무난하게 성공할 수 있도록 계획을 짰음에도 상대의 왕도에 타격을 주었을 뿐 주목표였던 국왕은 너무나 멀쩡했다.

[어떻게 하지?]

[아직 아니아스에게서 지시가 없어.]

[지시할 수 없는 상황일 테니까.]

[결국 지금부터는 우리 자율인데… 빠져나갈 수 있을까?]

[이동 마법 스크롤을 찢을 수 있는 시간은 벌어야 할 텐데.]

그랬다. 그들의 계획은 기간테스로 최대한의 혼란을 만든 후 왕도 방위를 담당한 라이더들이 도착하기 전에 기간테스를 역소환하고 스크롤을 찢어 탈출하는 것이었다.

세 기의 자이안이라면 충분히 가능한 작전이었다.

그런데 이슈인의 랩터2가 등장하면서 계획이 틀어진 것이다.

[난감하군.]

이러지도 저러지도 못하는 상황이 벌어졌다.

자신들은 이곳에서 죽더라도 자이안은 절대 적의 손에 넘어가면 안 된다. 그런데 그것이 힘든 상황이 벌어진 것이다.

[일단 저 녀석은 외장갑도 없는 상태야. 분명 개발 중인 기체다. 저 녀석을 침묵시키고 자이안을 역소환한 후 이동 스크롤을 사용한다. 어때?]

가능성은 있어 보였다.

성공 확률은 외성의 라이더들이 언제 나타나느냐 하는 것에 따라 달라지리라.

현재로서는 그 외에는 대안이 없었다.

무도회장에서 트랜스 아머를 소환할 때만 해도 모든 것이 순조로운 듯했다. 그런데 어디서 꼬인 것일까?

암살자들의 얼굴이 어두워졌다..

[젠장, 이런 곳에서 전투 기동이라니. 무기 소환.]

블루덴이 잔뜩 꼬인 이 상황에 대한 욕설을 내뱉으며 전투 준비를 했다. 다른 두 사람도 무기를 소환했다.

세 기의 기간테스는 각자의 검과 방패를 소환해 들었다. 별 궁을 무너뜨리는 데는 그다지 필요가 없었지만 기간테스 간의 전투라면 이야기는 다르다.

[검 소환.]

이슈인도 검을 소환했다.

방패는 없고 양손으로 쥐는 검이다. 이슈인이 바인트에게서 배운 검법은 방패 없이 검만으로 펼치는 것이다.

기간테스의 검술은 기본 운용 검법이 있긴 하지만 집단 병진을 짤 때를 제외하고는 보통 라이더의 취향을 많이 따르게 된다.

[우리를 우습게 보는 건가? 방패도 없이?]

비상용 대륙 전체 공용 채널로 암살자 중 한 사람의 마법 통신이 들어왔다.

[이게 내 최선의 실력을 보일 수 있는 상태야.]

이슈인이 공용 채널로 담담하게 말했다.

"우리 왕국에 저런 기간테스가 있었던가?"

안전한 장소로 이동한 후 안정을 되찾은 엠피엘 국왕이 이안을 돌아보며 물었다. 국방부 차관이었기에 자신의 의문에 충분한 해답을 줄 것이라 생각했다.

"이번에 개발을 마치고 최종 테스트 중인 랩터2입니다. 현재 단 두 기만이 운용이 가능한 상태입니다. 그래서 파티에 참석하는 테스트 라이더에게 특별히 리콜러를 가지고 들어올 수 있게 허락했었습니다."

"운이 좋았군."

그랬다.

저 랩터2라는 기간테스가 나타나지 않았더라면 어떻게 되었을지 모른다.

아직까지 왕성 수비대의 라이더들이 도착하지 않은 것만 보아도 분명했다.

그사이 네 기의 기간테스 사이에서 흉흉한 기운이 감돌기 시작했다.

우우웅!

마나 엔진의 기동 음이 점점 거칠어졌다.

출력을 최대한으로 올리고 있었다.

[속전속결이다. 그것만이 우리가 탈출할 수 있는 확률을 높여준다.]

블루덴의 말에 나머지 두 명이 묵묵히 고개를 끄덕였다. 탈출이 불가능할 경우 남은 방법은 자폭밖에 없었다. 최신예기의 정보를 적에게 줄 수는 없다.

"후우……."

이슈인이 깊은 숨을 내쉬었다. 난데없이 겪게 된 첫 실전이다. 마나 제어구를 쥐고 있는 양손이 떨려왔다.

"그래도 간다."

이슈인의 두 눈이 빛났다. 삼 대 일의 상황. 선제 공격이다.

랩터2가 정면으로 순식간에 튀어나갔다. 도저히 기간테스라고 볼 수 없는 순발력. 그런 기동에 암살자는 깜짝 놀랐다.

"뭐야? 대체 어떻게……!"

그가 놀라는 사이 랩터2의 검이 그의 팔을 향해 쇄도했다. 눈부신 속도였다.

[뭐 해!]

블루덴의 외침이 통신을 통해 들어왔다. 그는 말보다 몸이 먼저 움직였다. 그가 탄 기간테스의 방패가 랩터2의 옆구리를 찍고 있었다. 움직임 하나하나에 무지막지한 힘이 들어간 듯한 모습이다.

"쳇."

이대로 나가면 상대의 팔은 자를 수 있겠지만 또 다른 상대의 공격에 몸통이 그대로 노출된다. 날아오는 기세를 보니 그 충격이 콕피트까지 울릴 것 같았다.

랩터2가 빠른 움직임으로 동체를 돌리며 상대의 방패 사정권에서 벗어났다.

기간테스에 대한 일반적인 상식을 초월하는 움직임을 보여주고 있었다.

"놀랍군."

엠피엘 국왕이 놀란 얼굴로 말했다.

"랩터2는 모두 저런 기동이 가능한가?"

기대에 가득 찬 얼굴로 이안에게 물었다. 저런 성능의 기간테스라면 가히 혁명과도 같았다.

"아닙니다. 저 테스트 기의 라이더가 특별한 겁니다."

이안이 조용한 목소리로 대답했다.

이슈인의 기간테스 운용 실력은 더욱 발전해 있었다.

'쳇.'

한눈에 그것을 알아본 칼버튼의 얼굴이 일그러졌다. 숨어 있던 열등감의 발로다.

네 기의 기간테스 전투를 지켜보는 이레아의 얼굴에 심각한 빛이 어렸다.

"왜 그래?"

이올린이 가장 먼저 알아보고 작은 소리로 물었다.

"엔진 음이 심상치가 않아. 저런 움직임에 저런 파워, 게다가 엔진의 기동 음을 보면⋯ 최소한 출력이 2.7은 될 거 같아."

이레아의 대답에 이올린의 얼굴이 딱딱하게 굳었다. 메틀라인은 이제야 출력 2.5의 기간테스를 실전 배치할 마지막 준비 중인데 상대는 최소 2.7이라니. 대체 저들의 정체가 무엇인지 궁금했다.

"젠장, 움직임이 심상치 않은 것이… 출력이 무시무시할 것 같아."

이슈인이 얼굴을 찡그리며 중얼거렸다.

상대방의 움직임에서 이슈인은 이미 적 기간테스들의 성능이 심상치 않음을 눈치채고 있었다.

세 기의 포위망이 다시 형성됐다.

"칫."

이슈인은 주변을 살폈다. 포위망이 좁아지면서 압박을 해오면 자신은 수가 없었다. 출력도 밀리는 상태에서 삼 대 일의 상황이다.

이슈인은 가장 자신있는 순발력을 이용해 각개격파를 하기로 결정했다. 현재 상황에서는 그것이 유일한 돌파구 같았다.

"간다!"

이슈인은 포위망이 더 좁아지기 전에 움직였다.

랩터2가 오른쪽에서 슬금슬금 다가오는 녀석을 향해 쇄도했다. 기다렸다는 듯 검이 날아온다. 그리고 다른 두 기가 후미를 잡으러 왔다.

랩터2의 검이 상대를 찔러갔다. 상대의 방패가 앞을 막는다. 하지만 검은 유려한 곡선을 그리며 방패를 살짝 벗어났다.

"저, 저건!"

그 모습을 지켜보던 칼버튼이 깜짝 놀랐다. 잊을 수 없는 기억이 떠올랐기 때문이다. 자신도 저 공격을 한번 당하지 않았던가.

검의 궤적은 칼버튼의 예상대로였다. 방패를 살짝 피한 검은 다시 곡선을 그리며 그 끝은 상대의 가슴을 향했다. 방패는 상대의 검을 쫓다가 바깥으로 열린 상황이다.

검을 서둘러 움직였지만 늦었다.

[이놈!!]

어느새 후미에 다다른 상대의 공격이 랩터2를 향하고 있었다. 하지만 이번에는 그것까지 감안한 공격이다.

랩터2는 한 발 앞으로 상대를 향해 다가서며 검의 궤도를 다시 한 번 바꿨다.

서걱.

쇳덩어리로 만들어진 기간테스를 베었다고는 생각되지 않는 깔끔한 절단음이다.

쿵!

곧이어 요란한 소리와 함께 검을 쥔 상대의 팔이 땅에 떨어졌다.

[젠장.]

상대의 두 번째 공격을 피하기 위해 팔이 잘린 자이안은 허둥지둥 물러났다. 그러나 이슈인은 추가 공격을 하지 않고 재빠른 움직임으로 그를 지나쳐 갔다.

쾅!

그리고 랩터2가 조금 전까지 있던 자리에 뒤에서 다가오던 상대의 검이 떨어졌다.

사방으로 파편이 튀었다.

한 기가 공격 불능 상태가 되었다. 물론 방패를 이용한 공격은 가능했지만 검에 비하면 그 공격력은 무척이나 낮았다.

이슈인은 상대방에게 조금의 틈도 주지 않았다. 어느새 랩터2가 몸을 돌려 검을 크게 휘두르며 두 기의 자이안을 쓸어갔다.

[뭐가 이렇게 빨라!]

블루덴은 질렸다는 듯 외치며 서둘러 방패를 들었다.

쾅!

거대한 검과 방패가 충돌하면서 커다란 굉음이 울렸다. 블루덴은 심하게 흔들리는 콕피트에서 정신을 차릴 수가 없었다. 분명히 막았건만 자신의 자이안이 뒤로 밀렸다. 그만큼 상대의 검격에 힘이 실려 있었다는 것이다.

'이익. 테스트 중인 신형이라더니, 그만큼 출력도 올렸구나.'

칼버튼의 파트너로 파티에 참석한 오스린, 원래는 아니아스라는 이름을 가진 그녀의 눈가에 주름이 어렸다. 랩터2의

활약에 기뻐하는 주변 사람들과는 확연히 다른 반응이다. 그럼에도 누구도 그 사실을 알아차리지 못했다. 모두 이슈인의 싸움에 정신이 팔린 탓이다.

[빌어먹을.]

블루덴이 머리를 흔들며 정신을 차리려 했다.

[조심해!]

그때 동료의 경고가 통신을 통해 그의 귀를 뒤흔들었다.

재빨리 주위를 살피는 순간, 공중에서 상대의 발이 날아들었다.

쾅!

커다란 소리를 내며 그의 자이안은 형편없이 뒤로 굴렀다.

뒤이어 내려치는 검격.

[젠장.]

어떻게든 피하려 했으나 두 다리가 그대로 잘렸다.

한 기의 행동 불능 상태의 반파. 이제 이 대 일의 상황으로 만들었다. 이슈인은 거기서 멈추지 않았다.

어안이 벙벙해져 있는 상대를 향해 다시 랩터2의 몸을 날렸다.

그야말로 경악할 만한 수준의 기동 능력이다. 도무지 기간테스가 움직이는 것으로는 보이지 않았다. 실력이 뛰어난 기사가 자유자재로 움직이는 듯했다.

아무리 출력이 뛰어난 신형이라도 저렇게 경쾌하고 순발

력있는 움직임은 보일 수 없었다. 적들의 움직임이 그 사실을 증명해 준다.

하지만 이슈인은 상식을 뛰어넘은 기동을 연거푸 보여주고 있었다.

[네 이놈!]

한쪽 팔이 잘린 자이안이 방패를 세우고는 랩터2를 향해 달려들었다. 그러나 이슈인은 그를 상대하지 않고 그의 동료를 향해 몸을 날렸다.

유일하게 온전한 한 기.

이미 상대의 기동 능력을 눈으로 확인하였기에 그는 긴장했다. 긴장한 가운데 침착하게 검을 들어 상대에게 선제 공격을 날렸다. 방어를 하다가는 어떻게 상대의 술수에 휘말리게 될지 알 수 없었다.

그, 자신이 가진 모든 의지력을 총동원하여 날린 일격. 그러나 랩터2는 너무나 쉽게 피했다.

암살자는 눈앞이 깜깜해지는 것을 느꼈다. 어디서 검이 날아들지 몰랐다. 그가 알고 있는 메틀라인의 검법과는 전혀 다른 움직임을 보이는 검법이다.

어떻게든 막기 위해 방패를 드는 순간, 통신을 통해 동료의 목소리가 들렸다.

[이 빌어먹을 녀석아!]

악다구니를 쓰는 소리다. 아무래도 흥분해서 제정신이 아닌 듯했다.

그때, 암살자의 자이안을 향해 곧게 돌진하던 이슈인의 랩터2가 훌쩍 뛰어올랐다.

그 순간, 암살자는 보았다. 자신을 향해 날아오는 동료의 방패를.

조금 전의 악다구니는 방패를 던지면서 발한 것이다.

이슈인은 그것을 간단히 피했다. 그리고 동료의 방패에 부딪쳐 휘청거리는 암살자의 기간테스를 너무나 손쉽게 처리했다. 서격 하면서 파고드는 랩터2의 검은 상대 기간테스의 사지를 완벽하게 잘랐다.

이제 남은 것은 한 기다.

팔도 하나밖에 남지 않았고 방패조차 없는 상대. 너무나 손쉬운 상대다.

[젠장, 자폭이다!]

그때 양다리가 잘린 채로 엎드려 상황을 살피던 블루덴이 외쳤다. 더 이상 승산은 없었다. 세 기가 온전할 때도 제대로 상대하지 못한 놈이니 당연한 선택이다.

[빌어먹을!]

방패를 허망하게 던져 버린 암살자는 눈물을 흘리며 마나 제어구를 꼭 쥐었다.

아무것도 남기지 못하고 허망하게 사라질 수 없다는 의지가 그의 눈에 맺혔다. 그는 자신의 자이안과 함께 눈앞의 기간테스를 향해 달렸다.

이미 자폭 장치의 시동은 세 기 모두 걸린 상태다. 마나 엔진의 폭주로 자폭까지 남은 시간은 1분.

이슈인의 눈에 이채가 어렸다. 자신을 향해 달려오는 기간테스에서 기이한 마나의 흐름을 본 것이다. 지금까지 기간테스 운용 중에는 본 적 없는 격렬하고 불규칙한 움직임이다.

태어나서 지금까지 저런 마나의 폭발적인 흐름을 본 것은 단 한 번이다.

바로 오늘.

맥이 피어스 브레이크를 사용할 때와 유사했다. 그러나 더욱 폭급했고 무언가 불규칙적으로 사방으로 뻗으려고만 하는 어지러운 움직임이었다.

이슈인의 등줄기로 불길한 예감이 스치고 지나갔다. 그리고 상대방의 움직임이 그런 예감을 확신으로 바꾸어주었다.

아무리 보아도 상대의 기동은 랩터2를 붙잡으려는 것이다. 부딪치고 충격을 가하려는 것이 아니라 붙어서 떨어지지 않으려 한다는 것이 눈에 보였다.

'위험하다.'

이슈인은 황급히 자신이 기동 불능 상태로 반파시켜 놓은 두 기의 기간테스로 시선을 돌렸다. 그들 주변에도 자신을 달려오는 기간테스와 마찬가지의 마나의 움직임이 보였다.

생각은 즉시 의지가 되었고, 그것은 곧바로 랩터2의 움직임으로 연결되었다. 검을 늘어뜨리고 빠른 속도로 상대를 향해 쇄도했다. 어깨가 가장 앞으로 나오는 숄더 차징이다.

쾅!

한 팔로 랩터2를 잡으려 하기도 전에 강력한 충격에 자이안은 뒤로 날아갔다.

이슈인은 그 모습을 확인한 후 곧장 뒤로 달렸다. 별궁 밖의 사람들이 모인 곳이다. 기간테스간의 전투가 있는 곳과는 상당히 먼 곳이었지만 이슈인의 생각대로라면 저 거리도 위험할지 몰랐다.

제멋대로 날뛰는 마나의 광무(狂舞).

사람들은 환호성을 지르다가 깜짝 놀랐다. 적을 날려 버린 후 이슈인이 곧장 자신들을 향해 달려왔기 때문이다.

설명할 시간이 없었다. 스코프를 통해 들어온 마나의 흐름은 더욱 거세지고 있었다.

랩터2는 재빨리 사람들 앞을 막아섰다. 랩터2의 등 뒤로 느껴지는 엄청난 마나의 요동에 이슈인의 이마에 식은땀이 송골송골 맺혔다.

"무슨 일이야?"

이안이 놀라서 앞으로 나와 외쳤다. 랩터2의 집음 장치를 통해 이안의 목소리가 이슈인의 귀에 들렸다.

[자폭하려는 것 같습니다.]

이슈인의 목소리가 랩터2 밖으로 울려 나왔다.

사람들은 곧장 패닉에 빠져들었다. 왕도 한복판에서 세 기의 기간테스가 자폭한다니…… 메틀라인 건국 이후 이런 일은 없었다. 게다가 하필이면 건국절날 이런 일이라니.

이슈인의 말을 들은 오스린은 살포시 미소를 지었다.

'그래도 멍청하지는 않군.'

그 미소.

재빨리 사람들을 살피던 이슈인의 눈에 들어왔다.

그러나 이슈인은 미소의 의미를 생각할 여유가 없었다.

쿠아아아앙!

오버히트된 마나 엔진의 굉음이 세 곳에서 울렸다. 이슈인의 예감이 맞았다.

"정말로 자폭이야. 오버 히트를 이용한 자폭은 예전에 벨런시아 왕국에서 즐겨 쓰던 방법인데……."

이레아의 중얼거림에 그 자리에 있던 사람들의 인상이 딱딱하게 굳었다. 그 말이 의미하는 바가 컸기 때문이다.

하지만 생각은 더 이상 이어지지 않았다.

콰아아아앙!

거대한 소리가 울리면서 세 곳에서 불꽃이 피어올랐다.

폭발의 위력은 그다지 크지 않았지만 주변을 휩쓸기에는 충분했다. 이슈인은 랩터2의 몸을 최대한 사람들 쪽으로 덮었다.

화마가 랩터2 등을 덮쳤다. 그러나 랩터2의 보호로 아래에 있는 사람들은 무사했다. 그저 열기가 후끈 치밀어 오른 것을 느꼈을 뿐이다.

그렇게 순식간에 세 기의 기간테스는 파편의 잔해만 남기고 사라졌다.

"후우, 다행이군요. 그나마 이 정도라는 것이요."

누군가의 입에서 흘러나온 안도의 한숨이다.

그때, 음악이 흐르기 시작했다.

사람들이 대피할 때 함께 대피하여 그 뒤에 있던 궁중 악사들이다.

장엄하게 흐르기 시작하는 곡은 사람들의 마음을 뒤흔들었다.

"레퀴엠이군."

그때 흘러나온 엠피엘 국왕의 감탄사.

악사들이 연주하는 곡은 레퀴엠 #08이라는 메틀라인 왕국의 연주곡으로 전쟁에서 승리한 후 죽은 적들의 원혼을 달래기 위해 연주되던 곡이다.

장엄히 흘러나오는 레퀴엠의 선율에 그 자리에 있던 이들은 잠시 묵념에 잠겼다.

비록 왕도를 어지럽힌 악도들이지만 싸움은 끝났고, 메틀라인이 승리했다.

레퀴엠이 울려 퍼지는 이 순간만은 적들의 원혼에 묵념을 한다. 오랜 메틀라인의 전통이다.

그리고 이 순간 이슈인은 이후 전장의 전설로 남는 레퀴엠
이라는 별명을 얻었다.

은빛의 거인, 레퀴엠.

그 명성은 다음날 왕도 전역을 휩쓸었다.

메틀라인 왕국은 바빠졌다. 고위 귀족들과 관료들이 모여 연신 쉬지 않고 회의를 했고, 엠피엘 국왕 역시 어두운 얼굴로 참석했다. 일선에서 물러난 카를로 백작까지 왕도에 머무르며 회의에 참석했다. 그야말로 비상사태였다.

왕궁은 대책회의로 정신이 없는 가운데 왕도의 주민들 사이에 한 인물이 새로운 영웅으로 떠올랐다.

별궁에서의 사건을 모르는 사람은 없었다. 왕도 한가운데서 네 기의 기간테스가 전투를 벌였다. 아무리 일반인의 접근이 금지된 별궁이라 해도 그런 철거인의 싸움은 주변으로 요란한 굉음을 울렸다.

은색의 거인을 움직여 왕도를 습격한 기간테스를 물리친 영웅, 이슈인.

이슈인은 현재 왕도 백성들의 관심 한가운데에 있었다.

그 이슈인은 지금 왕국군 훈련소 지하 메테나이져에 있었다. 이례적으로 이레아와 이올린까지 함께였다. 아무리 바첼러 백작가에서 기간테스의 개발과 연구를 담당한다 할지라도 민간인이다. 민간인에게 군사 시설 출입을 허용할 정도로 메틀라인은 이 상황을 심각하게 받아들이고 있었다.

"세상에! 그런 일이 있었단 말입니까? 저도 참석할 것을 그랬습니다. 그렇게 엄청난 데이터를 수집하지 못하다니……."

별궁에서의 난리도 델린 남작에게는 수많은 데이터 수집 중 하나에 불과할 뿐이었다.

그는 자신이 그 자리에 없었던 것을 크게 아쉬워했다. 그도 그럴 것이, 타국의 최신형 기간테스와의 전투였다. 테스트를 위한 모의 전투가 아닌 실전.

연구자로서 그런 기회를 놓친 것이 아까울 만도 했다.

"우리가 이 자리에 있는 것은 그것 때문이 아니잖아요. 저 기간테스가 어느 나라 것인지부터 밝혀야죠. 그리고 사용된 기술과 마나 엔진 출력까지도요."

"공화국 것이라는 데 9할이에요."

밀레느의 말에 이레아가 확신에 가득 찬 얼굴로 말했다.

"왜 그렇게 생각하지요?"

밀레느의 시선이 이레아를 향했다.

"자폭 방법은 각 국가마다 고유의 것이 있어요. 쉽게 바꿀 수가 없죠. 아무리 벨런시아 왕국에서 공화국으로 나라가 바뀌었다 해도 그 짧은 시간에 다른 방법을 만들었을 리 없어요. 그렇다면 다른 메커니즘의 엔진 구동을 찾아야 하니까요. 참고로 우리 왕국은 전통적으로 엔진의 이상 기동을 일으켜서 자폭을 유도해요. 벨런시아 왕국의 경우는 엔진을 오버히트시키죠. 덕분에 벨런시아 왕국 식의 자폭이 규모가 더 커요."

이레아의 조리있는 설명에 모두 고개를 끄덕였다.

"제 생각 역시 마찬가지입니다. 자세히 조사해 봐야겠습니다만 수거해 온 잔해들을 보니 옛 벨런시아 왕국의 양식과 비슷한 기법들이 눈에 띕니다."

델린 남작도 거들었다.

이들의 의견을 종합해 보면 공화국 쪽은 기간테스의 보안에 전혀 신경을 쓰지 않았다는 말이다. 자폭을 한 것은 그저 마나 엔진에 쓰인 기술을 숨기기 위한 것이라는 뜻이 된다.

"젠장, 그러면 공화국과 전면전이라도 벌여야 하는 거야?"

밀레느가 욕설 섞인 말을 내뱉었다.

이미 공화국의 심상치 않은 움직임은 몇 년 전부터 포착되어 왔다. 하지만 이런 급작스러운 도발은 예상하지 못했기에 침묵이 감돌았다.

"뭐, 공화국과 어떻게 되는지는 우리가 걱정할 게 아니잖아요. 그런 것은 높으신 분들이 알아서 하는 것이고 우리는 까라면 까야 하는 군바리입니다."

이슈인이 작게 손뼉을 치면서 주의를 환기시켰다. 이슈인의 말이 맞았다. 단지 그 높으신 분들 중 한 명이 이슈인의 친형이었다. 그는 지금 회의장의 격론 한가운데에 있었다.

"뭐, 그건 그렇습니다. 일단 이 잔해를 자세히 조사하고 분석해 봐야겠습니다만, 범인은 벨런시아 공화국임이 확실할 겁니다."

델린 남작의 말에 이레아와 이올린이 고개를 끄덕였다. 그녀들의 생각 역시 마찬가지였다.

"자자, 그럼 바쁘게 움직이자고요. 일단 이 소식이 전해지면 왕궁은 한바탕 난리가 나겠네요."

밀레느의 말에 사람들은 바쁘게 움직였다.

*   *   *

왕궁은 메테나이져의 보고가 올라오기 전에 이미 난장판이 되어 있었다.

공화국 측의 전격적인 선전포고가 있었기 때문이다.

건국절 다음날 아침. 날이 밝자마자 벨런시아 공화국의 박스터 통령은 대륙 전체에 외교 통신을 통해 메틀라인 왕국에 선전포고를 했다.

"이게 대체 어떻게 된 일입니까? 공화국의 선전포고라니
요? 이 무슨 말도 안 되는 일이 벌어진 것이란 말입니까?"

하이드론 카인 라이오네 공작이 앞장서 목소리를 높였다.
그가 제기한 의문대로 공화국의 선전포고는 정말로 예상하지
도 못한 어이없는 일이었다.

"외교부와 국방부의 차관을 맡으신 분이 대답 한번 해보시
지요. 어제의 그 일도 공화국의 소행인 것 같군요. 이렇게 선
전포고까지 한 마당이니까요. 일이 이 지경이 될 때까지 대체
무얼 하고 있었던 겁니까?"

하이드론 공작은 집요하게 이안을 추궁했다. 이안이 외교
부와 국방부의 차관을 맡고 있기도 했지만 그가 국왕파의 최
대 세력인 바첼러 백작가의 차기 계승자라는 것이 하이드론
공작을 더욱 집요하게 만들었다.

이안으로서도 난처했다. 이와 같은 전격적인 선전포고를
미처 예상하지 못한 탓이다.

혹시라도 전쟁이 벌어지더라도 벨런시아 공화국과 메틀라
인 왕국 사이에는 원글로스 왕국이 존재했기에 직접적인 육
상 병력의 충돌은 힘들었다. 오직 해상을 통한 전투를 예상하
였기에 해군 병력을 증강시켰고 또 바톤 프로젝트에 전력투
구했다.

바톤 프로젝트에 이미 군부의 예산 8할을 쏟아부은 상태

다. 하이드론 공작은 그것까지 걸고 넘어졌다.

"그리고 바톤 프로젝트? 이건 또 뭡니까? 이미 예전부터 정체도 모를 프로젝트를 진행해서 귀족원 차원에서 예산을 삭감했는데 올해는 군부로 편입된 예산의 8할이나 쏟아부었더군요. 무슨 프로젝트인지에 대한 설명에는 '특급 기밀'이라는 글자뿐이고. 대체 생각이 있는 겁니까?"

이안은 아무런 대답도 못한 채 그의 추궁을 듣고만 있어야 했다.

하이드론 공작의 공세에 발끈해서 중요한 정보를 공화국에 넘겨줄 수는 없었다. 선전포고를 받았다는 것은 이미 전시 상황이라는 소리다. 비록 왕국 최고위 귀족과 핵심층만의 회의라고 하나 비밀이 어디서 샐지 몰랐다. 비밀은 아는 사람이 적을수록 지켜질 가능성이 높았다.

"바톤 프로젝트는 말 그대로 특급 기밀입니다. 아무리 지금과 같은 상황이라도 알려드릴 수 없습니다."

짧은 대답이다. 이 대답으로 자신은 더욱 곤경에 처하겠지만 바톤 프로젝트에 대해 알려지면 왕국이 곤경에 처한다.

"지급입니다."

그때 시종장이 작은 쪽지를 들고 국왕에게 다가갔다. 귀족과 관료들과의 비상 회의 중에 시종장이 들어올 정도면 보통 일은 아닐 것이다.

"흐음… 이것을 믿고 선전포고를 한 것인가……."

엠피엘 국왕이 신음을 흘렸다.

"대체 무슨 소식이옵니까?"

하이드론 공작이 대표로 일어나서 물었다. 공작의 작위는 물론이거니와 그는 재상과 귀족원의 원장 직위를 가지고 있었다. 즉, 하이드론 공작이 귀족들의 대표라 할 수 있었다.

"원글로스 왕국에 일이 생겼다 하오."

대전에 모인 귀족들의 얼굴에 의혹이 생겼다. 공화국이 선전포고를 한 마당에 원글로스 왕국의 일이 어찌 대지급이 될 수 있단 말인가.

하지만 이안은 무언가를 알아차린 것인지 얼굴이 사색이 되었다.

"설마……."

이안의 중얼거림에 사람들의 시선이 그에게로 향했다.

이안과 눈이 마주친 엠피엘 국왕이 고개를 끄덕였다.

"원글로스 왕국에서 내전이 일어났소."

"그럴 수가!"

"어떻게!!"

엠피엘 국왕의 말이 끝나자마자 장내는 소란스러워졌다. 공화국의 선전포고 못지않은 일임이 분명했기 때문이다.

"역시……."

이안은 낮게 중얼거렸다.

이 내전은 단순한 인접 국가의 내전이 아니었다.

상황을 더욱 악화시키는 내전이자 이안의 수읽기를 앞선 내전이었다.

어떻게 그 생각을 못했을까.

원글로스 왕국에 무슨 일이 생겼다는 이야기를 듣는 순간 번뜩이고 지나간 생각인데 왜 미리 하지 못했을까. 이안은 스스로가 원망스러웠다.

"원글로스 왕국 내 분위기가 흉흉하다는 이야기는 들었습니다만… 설마 이때에 내전이 일어나다니요."

하이드론 공작도 어이가 없다는 얼굴로 말했다.

"으음. 그러게 말이오. 덕분에 우리 왕국의 사정도 더욱 힘들어질 것 같소."

"그 말씀은 어인 뜻입니까?"

엠피엘 국왕의 말에 하이드론 공작이 물었다. 엠피엘 국왕은 대답 대신 이안을 바라보았다.

"원글로스 왕국의 왕도는 원글 강과 로스 강이 합쳐지는 유역에 있는 유니온입니다."

"그것은 다 아는 사실 아니오?"

하이드론 공작의 반문에 이안은 고개를 끄덕였다.

"그렇습니다. 그리고 국왕 전하께서 말씀은 안 하셨지만 아마 이번 내전은 귀족파의 반란 때문일 가능성이 큽니다. 외교부와 국방부에서 취합한 정보에 의하면 귀족들의 중앙에 대한 협조도가 무척이나 낮았으니까요."

그 말에 많은 귀족들의 얼굴에 놀람의 기색이 떠올랐다. 국왕과 귀족이 힘겨루기를 하는 것은 이곳 메틀라인도 마찬가지였기 때문이다. 내전이라는 최악의 사태는 벌어지지 않았지만 말이다.

"이안 차관의 말대로요."

"그렇다면 결국은 반란 아닙니까?"

하이드론 공작의 말에 대전이 술렁였다.

맞는 말이다. 귀족들이 힘을 합쳐 국왕에게 반기를 들었다면 그것이 곧 반란인 것이다.

"맞습니다. 명백한 반란이지요. 그리고 그 반란이 문제가 되는 것은, 국왕 세력은 왕도를 지키기 위해 전력을 다할 것이고 귀족 세력은 국왕을 몰아내려 전력을 다할 것이라는 점입니다."

"그렇다면……."

하이드론 공작이 놀란 얼굴로 중얼거렸다. 그도 이안이 말하려는 바를 알아차린 것이다.

"그렇습니다. 원글로스가 본격적인 내전 체제에 돌입하게 되면 그 전선은 원글로스 중앙부와 북부 지역이 될 것입니다. 그러면 공화국과 우리 왕국 사이의 원글로스의 국토는 무주공산이나 다름없이 되어버리지요. 공화국이 육로를 통해 우리 왕국으로 들어오는 길이 생깁니다."

"그럴 수가!"

이안의 설명에 곳곳에서 비명과 같은 소리가 터져 나왔다. 이제야 공화국의 의도가 확실히 보이기 시작했다.

"결국 원글로스의 내전에 어떤 식으로든 공화국이 관련되어 있겠군."

하이드론 공작이 기분 나쁘다는 얼굴로 중얼거렸다.

공화국의 해군력은 메틀라인 왕국에 한참 못 미친다. 게다가 이안이 개발해 새로이 투입한 마나 캐논 덕에 메틀라인 왕국의 함대는 무적의 전력을 자랑하고 있다. 혹시나 있을 공화국의 도발에 대비해 해군력을 증강한 덕이다.

그런데 예상을 깨고 공화국의 육로 진격이 가능한 상황이 벌어진 것이다.

이것은 국왕파도 귀족파도 예상치 못한 일이었다.

벨런시아 공화국의 박스터 통령의 멋진 한 수였다.

"힘든 상황이 펼쳐질 것 같소. 게다가 공화국은 하이드 리콜러를 이번에 투입하였소."

엠피엘 국왕이 처음으로 하이드 리콜러의 정체를 밝혔다. 이것 역시 특급 기밀이었지만 적국이 되어버린 공화국에서 보유하고 있는 이상 모두가 알아야 했다.

"하이드 리콜러라니요?"

"이름 그대로요. 탐색 마법에 잡히지 않는 리콜러요. 그것이 있었기에 어제의 일도 발생한 거요."

귀족들의 얼굴에 경악이 어렸다. 설마 그런 리콜러가 존재할 줄 몰랐다.

만약 그것이 가능하다면 왕국의 모든 곳이 기간테스를 이용한 테러의 표적이 될 수 있다는 말이다.

"그것을 감지할 방법은 정녕 없습니까?"

엠피엘 국왕의 시선이 이안을 향했다. 이안은 고개를 가로저었다. 공화국의 하이드 리콜러가 어떤 방법으로 운용되는지 알지 못하는 이상 감지할 방법도 없었다.

이번에 얻은 잔해에 리콜러가 섞여 있기를 바랄 뿐이었다.

*　　　　*　　　　*

공화국은 발 빠르게 움직였다.

원글로스 왕국의 내전과 동시에 귀족군이 남부를 확보하고 북부를 향한 전선을 펼침에 따라 메틀라인 왕국과 벨런시아 공화국 사이의 땅이 텅 비었다.

공화국은 반란군과 재빠른 협상을 통해 길목의 안전을 확보했다.

벨런시아 공화국도 전쟁 준비로 정신이 없었다. 애초에 모든 준비를 하고 계획을 진행한 것이지만 메틀라인 왕국의 저력은 대단했다.

피해가 없을 것이라 예상한 작전에서 자이안을 세 기나 잃었다. 덕분에 더욱 철저히 준비하게 되었다.

"후후, 본격적으로 늑대를 잡아볼까? 메틀라인이 늑대라면 원글로스는 개 정도도 안 되지. 더군다나 자기들끼리 다투느라 물어뜯고 있으니, 메틀라인 왕국만 손에 넣으면 대륙 남부의 패권은 우리 공화국의 손에 들어온다. 그러면 그때부터 두 제국과 함께 대륙을 삼등분하는 거지."

야망으로 가득한 눈을 빛내며 벨런시아의 통령 박스터가 중얼거렸다.

*　　*　　*

"빌어먹을, 갑자기 전쟁이라니 이게 무슨 말이야!"

원글로스와의 국경에 있는 모든 부대에 비상이 걸렸다. 한가로웠던 국경은 갑자기 전쟁터가 되었다.

언제 적이 쳐들어올지 모르는 상황이다.

"젠장, 이곳에 배치될 때부터 불안했어."

라이어가 얼굴을 일그러뜨리며 말했다. 벨라나의 얼굴 역시 마찬가지였다.

"이슈인 녀석이 부럽네. 지금 왕도에 있으니."

"훗, 이슈인 정도 되는 녀석이 이 상황에 왕도에 있을 수 있겠어? 곧 이리로 오겠지. 우리가 그때까지 버틴다면 말이야."

벨라나의 말에 라이어가 고개를 끄덕였다. 그 말이 일리가 있었던 탓이다.

        *   *   *

왕국의 급박함과 어울리지 않는 다향이 퍼지는 공간에 엠피엘 국왕이 앉아 있었다.

그의 맞은편에는 아름다운 여인이 앉아 있다.

바첼러라는 성을 가진 여인.

그러나 바첼러 백작가의 사람은 아니었다.

흙의 마탑의 부탑주라는 신분을 가졌기 때문이다.

레이나 바첼러. 그녀의 이름이었다.

"레이나 부탑주가 짐을 만나자고 한 이유가 무엇인가?"

서로를 바라보던 중 엠피엘 국왕이 먼저 입을 열었다. 지금 급한 것은 그였다.

공화국의 선전포고 탓에 쌓인 일과 더불어 해결해야 할 문제까지.

얼굴에서 주름이 사라질 순간이 없었다.

이런 상황에 흙의 마탑의 부탑주인 그녀라면 적어도 하나 이상의 도움은 줄 수 있을 것이란 생각이 들었다.

"한 가지 협상을 하기 위해서 왔습니다."

레이나가 다소곳이 대답했다.

"협상이라……. 일단 들어보도록 하지."

"현재 왕국에서 바톤 프로젝트라는 기간테스 프로젝트를

완성했다 들었습니다."

엠피엘 국왕이 고개를 끄덕였다. 과연 마탑이다. 벌써 정보를 입수한 모양이다. 엄밀히 말하자면 단순한 기간테스 프로젝트가 아니었지만.

아무리 그녀가 바첼러 백작가의 여식이라 하나 바첼러 백작가의 공과 사의 구분은 확실했다. 그녀가 가문에서 이 정보를 얻었을 리는 없었다. 엠피엘 국왕은 거기에 대한 믿음이 절대적이었다.

이슈인이 아무것도 모르고 훈련소에 들어간 것만 보아도 공과 사에 대한 그들의 성향을 알 수 있었다.

바톤 프로젝트는 왕국의 국방 예산을 쏟아부어서 완성시킨 것이다. 여기에 대한 권리는 전적으로 왕국에 있었다.

레퀴엠 프로젝트의 마나 엔진 경우는 바첼러 백작가 단독의 프로젝트다. 그것을 가리기 위해 바톤 프로젝트를 가지고 오기는 하였으나 마나 엔진만큼은 바첼러 백작가 단독의 것이기에 흙의 마탑은 바첼러 백작가와 협상을 진행하였다.

그리고 마탑주의 비선으로 바톤 프로젝트에 대한 정보를 입수하였다.

메틀라인에서 그렇게 돈을 쏟아부어 완성시킨 것이니 평범할 리 없었다.

"바톤 프로젝트에 대한 것을 원하는 모양인데… 현재 우리나라에서도 그에 관해 아는 사람은 극소수일세. 알고는 있겠지?"

"물론입니다."

"그러면 그만한 카드를 가지고 왔을 터, 어디 한번 가진 패를 보이게나."

현재 유리한 고지를 점하고 있는 것은 레이나 쪽이었다.

무리하게 진행한 바톤 프로젝트 덕에 현재 국방부의 예산은 2할이 좀 넘는 정도가 남아 있다. 그 와중에 공화국의 선전포고로 곧 전쟁을 치러야 하는 상당히 곤란한 상황이었다.

"랩터2라는 신형 기종을 완성했다 들었습니다. 그리고 곧 양산할 계획이라고요."

레이나의 말에 엠피엘 국왕이 고개를 끄덕였다.

지난번에 본 공화국의 기간테스의 위력을 보더라도 랩터2의 양산은 절실했다.

이미 메테나이져에서 올라온 보고서를 모두 읽은 터다. 객관적인 전력으로는 랩터2조차 열세에 있었다.

그날의 승리는 오로지 라이더의 능력 덕이라 했다.

랩터2조차 열세라 할 상황이나 그것조차 현재 두 기밖에 없었다.

왕국의 최신예기로 아직 양산도 안 된 상태다.

양산을 시작하려 해도 예산이 부족하다. 전시라는 특수한 상황이라 하나 돈이라는 것은 이럴 때일수록 귀해진다.

상인들은 돈 냄새를 잘 맡는다.

"랩터2 이백 기를 대신 생산해 드리겠습니다. 물론 핵심 기술은 빠진 상태로 기본적인 부분만 부품별로 생산해 보내 드리겠습니다."

구미가 당기는 제안이다.

현재 왕국군의 운용 가능한 기간테스는 총 사백오십 기다. 그 절반에 가까운 수를 8할 정도의 완성도로 생산해 주겠다는 제안이다.

그러나 바톤 프로젝트의 가치를 생각했을 때는 모자라는 감이 있는 제안이다. 현재의 상황과 절묘하게 물리지만 않았더라도 생각할 가치가 없었다.

다시 한 번 말하지만 지금 유리한 곳은 흙의 마탑이었다.

이백 기가 아닌 백오십 기만 하더라도 승낙을 해야 할지도 몰랐다.

"더 도와드리고 싶습니다만… 제 권한으로는 여기까지가 한계입니다."

레이나는 자신이 가진 최고의 패를 펼쳐 보였다. 바첼러라는 성을 쓰는 이상 그녀도 메틀라인 사람이었다.

고민은 길지 않았다.

아깝긴 했지만 공화국을 막아야 했다.

"대신 조건이 있네."

"말씀해 주십시오."

"우리는 한시가 급한 상황이라는 것을 염두에 두게."

"명심하겠습니다."

협상은 체결되었다.

"이안 차관에게 가보게나."

"감사합니다."

서로에게 득이 되는 협상이었다.

흙의 마탑은 다른 어떤 마탑에서도 보유하지 못한 신기술을 얻었고, 메틀라인 왕국은 벨런시아 공화국 우위에 설 수 있는 병력을 얻었다.

*   *   *

포털 마법진 앞에 이슈인과 밀레느가 서 있었다.

"쳇. 상황이 이렇게 급박할 줄 누가 알았대. 아직 더 많은 테스트를 해야 하는데."

밀레느가 아쉬운 듯 말했다.

"어쩔 수 없죠. 남은 부분은 실전에서 해야지요."

"그래, 살아남아. 전쟁은 혼자서 하는 게 아니야."

"알겠습니다."

"그리고 리콜러 간수 잘하고. 탐색이 불가능한 하이드 리콜러니까."

공화국에서 하이드 리콜러를 실전에 사용한다는 것을 확인하자 메틀라인 왕국도 하이드 리콜러의 실전 배치를 서둘렀다. 그 첫 번째 작품이 이슈인과 밀레느의 리콜러였다.

"염려 마십시오."

그 말을 끝으로 포털 마법진이 빛에 휩싸였다. 이슈인은 다시 국경으로 돌아갔다.

밀레느의 뒤에서 그 모습을 슬픈 눈으로 바라보는 이가 있었다.

아르시안이었다.

*   *   *

벨런시아 공화국의 선전포고와 원글로스 왕국의 내전이라는 엄청난 사건이 동시에 터진 날로부터 일주일의 시간이 흘렀다.

당장 무슨 일이라도 있을 것처럼 급박했으나 의외로 조용한 일주일이었다.

하지만 모두 알고 있었다. 폭풍전야의 고요함이란 바로 이런 것이라는 것을 말이다.

오늘도 국경을 바라보는 병사들의 눈에는 긴장감이 가득했다.

"알겠지? 개미새끼 한 마리도 통과시키지 마라. 상부에서 내려온 명령에 따르면 적에게는 탐지에 걸리지 않는 리콜러가 존재하며 그 수효는 알 수 없다. 단 한 명의 사람이 나타나도 긴장을 풀지 마라."

부사관의 위치에 있는 오피서의 명령에 일반 병사인 폰들은 긴장 가득한 눈으로 주변을 살폈다.

그 뒤 무려 7.5미터의 덩치를 자랑하는 바일론들이 늘어서 있었다.

만약의 상황을 대비해 미리 소환되어 있는 것이다.

그중 무언가 다른 모습의 기간테스가 한 기 있었다. 이슈인의 랩터2다. 외장갑을 채 갖추지 못한 모습으로 바일론들 사이에 서 있었다.

외장갑을 맞출 여유도 없이 다시 복귀한 탓이다.

       *   *   *

"훗, 이제 조금만 더 가면 원글로스의 영역이다. 보나마나 메틀라인 녀석들 바짝 얼어서 기다리고 있겠지. 그래도 원글로스의 영역에 들어올 생각은 없을 테니 속도를 높인다."

왼쪽 뺨의 흉터가 인상적인 사내가 날카로운 눈을 빛내며 명령했다. 그의 명령에 따라 삼십 인의 사내가 말에 박차를 가했다.

무인지경의 땅이다.

주변을 살필 이유도 없었다.

이미 전쟁이 시작되고 일주일이 지났다.

그사이 아무런 충돌이 없는 이상한 대치가 이어지고 있다. 이 특이한 상황은 곧 끝날 것이다.

자신들이 전력을 다해 달리고 있으니까.

지금까지 조용했던 이유는 단 하나다. 국경 지역에 배치되었던 원글로스 왕국의 중앙군이 모두 왕도로 복귀하기를 기다린 것이다.

반란군과 협정을 맺었다지만 원글로스가 더욱 혼란스러워지는 것을 바라고 있는 바, 공화국은 그 시간 동안 기다린 것이다.

"제스터 대장, 우리가 과연 뚫을 수 있을까요? 블루덴 녀석도 자폭했다고 하는데……."

한 명이 불안한 듯 물었다.

"그 멍청한 녀석 이야기는 꺼내지도 마라. 겨우 삼십사 기가 있는 자이안이야. 그중 세 기나 끌고 가서 전부 적에게 주고 오다니."

자신이 맡은 강습부대의 부대장이 블루덴이었다. 그는 특수 임무를 띠고 부하 두 명과 함께 적국의 왕궁에 찾아들었으나 예상치 못한 기간테스의 존재에 그곳에서 전사했다.

아끼는 부하였던 만큼 제스터의 분노도 컸다.

"그린 아이(Green eye)의 보고로는 외장갑도 없는 기간테스라고 했다. 현재 밝혀진 기종명은 렙터2. 최종 테스트 중으로 아직 실전 투입 전이라고 했어. 양산도 안 된 상태지. 그놈에 대해서는 걱정할 필요 없다. 바일론 따위는 자이안의 상대가 아니야."

상대의 주력 기종인 바일론에 대한 분석은 이미 끝난 상태다. 아무리 생각해도 자이안이 바일론에 밀릴 일은 없었다.

자이안과 바일론의 출력 차는 무려 0.8이다. 이것은 압도적이라 해도 좋을 만한 차이였다.

제스터는 부하들을 재촉해 더욱 빨리 달렸다. 이미 선전포고를 하고 며칠이 지난 상태다. 상대는 충분히 방비하고 있을 터.

아무리 만만한 바일론이라 하나 철저히 준비를 하고 있는 적은 조심해야 한다. 자그마한 틈을 찾아 비집고 들어가야 했다.

"리콜러 탐색장을 넘었습니다."

제스터의 곁에서 달리던 부관이 말했다.

리콜러의 이동을 감지하기 위해 넓은 범위에 펼쳐 놓은 탐색 마법진의 영역에 들어온 것이다.

"훗. 그럼 곧이군. 놈들이 사일런트 리콜러의 존재를 안다고 하더라도 아직 그에 대항할 방법을 찾지 못했을 것이다. 그러니 이렇게 허술하게 리콜러 탐색장을 관리하지."

상대에게 탐색장을 무용지물로 만들 리콜러가 존재한다는 것을 알았다면 최소의 인원이라도 척후를 세웠어야 했다. 그런데 아무런 기척이 느껴지지 않았다.

상대는 아직 완벽한 준비를 하지 못했다.

기회였다.

제스터의 손짓에 모두 말에서 내렸다.

"지금부터 세 곳으로 갈라져서 치고 들어간다. 내가 중앙을 뚫으면 전투가 벌어진 후 각각 좌우를 치고 들어가 흔든다."

제스터의 간결한 명령에 곧 대열은 세 줄기로 나뉘었다.

일사불란한 모습이다.

"마지막으로 한마디 하자면, 내가 있다. 나를 믿어라."

세 줄기로 갈라지는 부대원들의 입가에 믿음의 미소가 어렸다. 그 한마디면 충분했다.

자이안 강습부대 대장.

블러디 울프(Bloody wolf), 제스터. 그의 존재만으로 승리에 대한 믿음을 가질 수 있었다.

멀리서 시아라인 만의 푸른 바닷물과 만으로 도도히 흘러들어 가는 아이노 강의 물줄기가 보였다.

이제 곧 원글로스와 메틀라인 사이의 국경이다.

"소환!"

제스터의 외침에 그를 따르던 아홉 명의 부대원도 자이안을 소환했다. 사일런트 리콜러로부터 거대한 마나의 흐름이 요동치기 시작했다. 마나 엔진 기동 후 2분간의 딜레이 타임. 그 시간을 생각하면 여기서부터 기간테스를 소환해야 했다.

*　　　　*　　　　*

폭풍전야와도 같았던 지난 일주일 동안 메틀라인 중앙군의 전체 기간테스 병력 중 사분의 일이 이곳 국경선으로 투입되었다. 여타 병력 역시 3할이 투입되었다. 결국 왕국의 병력

중 거의 3할에 육박하는 엄청난 군이 이곳에 집결한 것이다.

이슈인은 그중 공화국에서 기습적으로 돌파를 시도할 수 있는 최단 거리인 아이노 강의 최하류에 위치한 서부 제5국경기갑방어대대에 배치되었다. 최신예 기종인 랩터2를 보유하고 있다는 것도 한 이유였다.

외장갑이 갖춰지지 않았지만 그 당당한 모습은 감탄할 만했다.

콕피트에 앉아서 전방을 주시하던 이슈인은 멀리 아이노 강 너머의 이변을 알아차렸다.

익숙한 마나의 폭풍이 무려 열 개나 일어났다. 한 번 본 적이 있는 형태의 폭풍이다.

건국절 무도회에서 봤던 바로 그 폭풍.

[적 발견! 아이노 강 건너편에서 열 기의 기간테스 소환 중!]

이슈인은 즉각 전체 통신으로 자신이 발견한 것을 알렸다.

[이슈인 써드 나이트, 그 말에 책임질 수 있나?]

기간테스라고는 그림자도 보이지 않는다. 그런데 무려 열 기의 기간테스가 소환 중이라 외치다니, 방어대대 대대장의 질책 어린 통신이 들어왔다.

하지만 이슈인이 답하기도 전에 멀리서 갑자기 열 개의 검은 점이 나타났다.

"기간테스입니다. 왕궁에 침입했던 것과 같은 기종입니다!"

망원경으로 강 건너편을 살피던 망루 위의 경계병이 외쳤다.

이미 테러에 동원되었던 기간테스의 외형은 공개가 된 상황이다. 아직 기체 명을 모를 뿐이다.

[빌어먹을. 전부 방어 대형 준비! 적은 고작 열 기다. 비록 바일론보다 출력이 뛰어날 것이라 추측되나 우리는 스무 기다. 두 배의 차이다. 절대적으로 우리가 우세하다!]

대대장 와이져의 명령과 함께 한 기의 랩터2와 열아홉 기의 바일론이 즉각 도하하는 적을 막기 위한 대형을 펼쳤다.

'분명 2분 정도였어.'

그때 이슈인은 왕궁에서 있었던 일을 떠올렸다. 적의 딜레이 타임이 떠오른 것이다.

현재 적과의 거리는 제법 되었다. 그리고 강까지 사이에 놓여 있었다. 하지만 2분 내에 못 갈 거리는 아니었다. 강바닥을 통해 달려 건넌다면 충분히 가능할 것 같았다.

기간테스들은 강과 같은 지형의 도하를 위해 어느 정도 방수 설계가 되어 있었다.

[대대장님, 제가 먼저 타격해서 적의 시선을 끌겠습니다.]

이슈인의 통신에 와이져의 이마에 골이 파였다.

단독 행동을 요구해 온 라이더의 기간테스는 현재 메틀라인에 단 두 기만이 존재하는 최신예 기종이다. 이런 기종을 섣불리 적에게 던져 줄 수 없었다. 하지만 그만큼 딜레이 타임 때의 타격은 매력적이었다.

적들의 딜레이 타임이 얼마인지 알 수 없는 지금 결정은 신속해야 했다.

[자신있나?]

[네!]

충분히 자신있었다, 적들의 기간테스는 이미 상대해 본 경험이 있었기에. 그때는 장소가 좁다는 제약이 있었지만 훌륭히 세 기를 무력화시키지 않았던가.

[가라.]

그 사실을 와이져도 알았다. 그랬기에 빠른 판단으로 단독행동을 허락했다. 패착이 될지도 모르나 이슈인의 목소리에 왠지 믿음이 갔다.

이 지역의 방어 책임자답지 않은 결정이었다.

와이져의 허락이 떨어지자마자 이슈인은 바람같이 달려나갔다. 갑자기 달려나가는 랩터2의 모습에 다른 라이더들이 당황했다.

[자신의 자리를 지켜라.]

그때 라이더들의 귀에 울린 와이져의 통신이 그들을 진정시켰다.

망원경으로 소환된 기간테스를 확인하고 이슈인이 튀어나가기까지 대략 30초 정도의 시간이 흘렀다. 신속한 대응과 판단이었다.

'이제 1분 20초 하고 조금 더 남았다.'

랩터2의 마나 엔진 기동 음이 요란해졌다. 최대 출력으로 달리고 있는 덕이다.

촤악.

곧 랩터2는 아이노 강의 물살을 가르며 물속으로 사라졌다. 강 하류인지라 수심이 제법 깊었다. 랩터2가 완전히 물에 잠길 정도였다.

[뭐지?]

강습부대의 대원 하나가 강 건너편에서 갑자기 뛰쳐나와 물속으로 사라진 기간테스를 발견했다.

[대장, 한 놈이 옵니다.]

다른 이의 통신이 울렸다.

[딜레이 타임을 노리는 듯한데요?]

현재 자이안은 마나 엔진 음이 최고조를 향해 올라가면서 점점 딜레이 타임을 줄여가고 있었다.

[그놈인 듯합니다.]

이미 랩터2에 대한 정보는 입수한 상태다.

[후훗, 와라. 내가 베어주마.]

부대원들은 저마다 한마디씩 했다. 아무리 자이안이라 해도 솔직히 스무 기의 기간테스가 건너편에서 지키고 있는 강을 도하하는 것은 위험부담이 컸다. 그러던 차에 부나방같이 홀로 이곳을 향해 달려오는 녀석이 있으니 어찌 웃음이 나오지 않겠는가.

[모두 긴장해라. 들어온 정보에 의하면 기동력만큼은 자이안을 능가한다. 언제 들이닥칠지 모른다. 모두 긴장하고 전방을 주시해. 딜레이 타임이 끝나는 즉시 급속 기동 가능하게 준비하고 있어.]

제스터의 전체 통신이 울렸다.

아홉 기가 둘러싼 한가운데 오연히 한 기가 서 있는 대형으로 제스터가 그 가운데 서 있었다. 그랬기에 강 건너편에서는 제스터의 기간테스를 확인하지 못했다. 기간테스 외장갑의 왼쪽 어깨에 있는 붉은 늑대의 문장과 오른쪽 어깨의 수많은 K마크 모두 발견하지 못한 것이다.

만약 알았더라면 와이져는 절대 이슈인을 홀로 보내지 않았을 것이다. 오히려 주변에 지원을 요청했을 것이다.

딜레이 타임이 정확히 1분이 남았을 때 랩터2가 물살을 가르고 나타났다. 아이노 강을 단 20초 만에 도하해 낸 것이다.

[거짓말!]

누군가의 외침이 통신을 통해 울렸다. 양쪽 진영 모두에서였다.

바일론으로 건너려면 최소 1분은 허비해야 한다. 그것도 전력 기동을 펼쳤을 때의 이야기다. 1분간 전력 기동을 펼치면 그 후 움직임이 느려진다는 것이 라이더들의 상식이다.

공화국의 자이안이라 할지라도 40초 이내의 도하는 무리였다.

그런데 지금 나타난 기간테스는 단 20초 만에 그 일을 해낸 것이다. 그리고 달려오고 있는 지금의 속력은 점점 빨라지고 있었다. 전력 기동을 통한 도하가 아니었다는 이야기다.

[젠장. 저 녀석, 싱크로율이 대체 얼마야?]

적기의 마나 엔진 출력은 자신들의 것보다 오히려 떨어진다는 것을 강습부대원들은 잘 알고 있었다. 그렇다면 결국은 높은 싱크로율로 저런 엄청난 기동을 보인다는 뜻이었다.

딜레이 타임 종료 20초 전.

랩터2는 적의 진영에 도착했다.

전혀 기동할 수 없는 20초는 아주 긴 시간이다. 가만히 서 있는 기간테스를 상대로 기동 연습을 하는 것이나 다름없었다.

"적기 움직임 없습니다. 아직 딜레이 타임이 끝나지 않은 것 같아 보입니다. 랩터2는 적진에 도착했습니다!"

망원경을 통해 적을 주시하고 있는 경계병의 외침이 망루에 설치된 통신 수정구를 통해 바일론 내부로 울렸다.

[우와!]

[젠장, 역시 대단한 녀석이야.]

부대원들의 함성에 기쁨에 겨운 투덜거림이 섞여 있었다. 라이어였다. 함께 아카데미에 있을 때나 훈련소에 있을 때는 부담스러운 괴물이었지만 같은 부대로 전쟁을 눈앞에 두니 그렇게 믿음직할 수가 없었다.

그사이 랩터2는 은빛 검을 뽑아 들었다. 최대 속력으로 질주한 탓에 여태 무기를 뽑지 못한 것이다.

검이 뽑히는 순간 최선두의 자이안을 그대로 베어 넘겼다.

[빌어먹을! 이건 거짓말이야! 사기라고!]

허리가 베이는 자이안의 라이더의 절규가 통신관을 울렸다. 모두의 얼굴에 굵은 땀방울이 흘렀다.

스코프 화면 상단에 표시되는 딜레이 타임은 아직 15초나 남았다고 말하고 있었다. 15초 사이에 누가 어떻게 쓰러질지 몰랐다.

한 기를 베어 넘어뜨린 랩터2는 다시금 검을 움직여 우측의 자이안을 향해 공격을 날렸다.

검이 상대 기간테스에 꽂히려는 찰나,

쾅!

요란한 소리와 함께 둔중한 충격이 이슈인의 온몸을 뒤흔들었다.

언제 움직인 것일까?

자신의 목표였던 상대 기간테스의 숄더 챠징에 뒤로 튕겨난 것이다.

다른 기간테스들은 전혀 움직임이 없었다. 그것으로 보아 아직 이들의 딜레이 타임은 끝나지 않았다. 이슈인의 계산상으로는 분명했다. 그런데 숄더 챠징 공격을 받았다.

이슈인은 주변을 살폈다.

두 눈에 똑똑히 보였다.

왼발을 내리고 있는 한가운데의 기간테스 움직임이.

다른 기간테스와는 다른 게, 붉은빛이 은은하게 비치는 외장갑이 인상적이었다.

그리고 왼쪽 어깨에 선명히 새겨져 있는 붉은 늑대의 문장.

메틀라인 왕국에도 너무나 유명한 문장이다.

물론 이슈인도 알고 있었다.

왼쪽 어깨에 붉은 늑대의 문장이 새겨진 기간테스.

이슈인 자신의 짐작이 맞다는 듯 오른쪽 어깨에 무수한 K의 음각이 눈에 들어왔다.

"블러디 울프……."

이슈인이 낮게 중얼거렸다. 그 덕에 그 목소리는 통신으로 아군에게 전달되지 않았다.

"한 기가 움직였습니다. 다른 기체들은 그대로 입니다만… 오직 한 기가 딜레이 타임이 끝난 듯합니다!"

경계병의 외침이 통신관을 타고 퍼졌다.

랩터2와 자이안이 만들어낸 사각 지대 속에 제스터의 문장이 교묘히 감춰졌기에 경계병은 아직 그 정체를 파악하지 못하고 있었다.

이슈인은 스코프의 창에 비상용 대륙 공용 통신 채널이 깜빡이는 것을 확인하고 통신 채널을 열었다.

[네놈, 대단하군. 고작 1분 40초 만에 우리에게 당도하다니. 놀라워. 예상 밖이야.]

그러자 공용 채널을 통한 제스터의 통신이 랩터2의 콕피트에 울렸다. 이슈인은 같은 채널을 통해 답했다.

[당신이 더 대단하군요. 아직 딜레이 타임이 15초는 남았을 텐데.]

이슈인이 낭패한 얼굴로 대답했다. 의외의 인물 탓에 작전은 실패했다.

[공용 채널을 열어보십시오. 이슈인이 누군가와 대화하고 있습니다.]

상시 공용 채널을 열어놓는 버릇을 가진 덕에 두 사람의 대화를 처음부터 들은 라이어의 말에 모두들 즉각 공용 채널을 열었다.

비상용 대륙 공용 통신 채널은 전 대륙이 같은 파장의 마나를 이용한 통신 채널이다. 위급한 상황에 처한 이가 말 그대로 비상용으로 사용하는 채널로 마나 통신이 가능한 모든 장치는 의무적으로 공용 채널을 통한 통신이 들어오면 통신 수신 상태를 표시해야 했다. 수신 신호가 깜빡이면 공용 채널을 여는 것이 보통이었다.

기간테스들 역시 마찬가지다. 하지만 보통 닫아두는 것이 관례였다. 기간테스가 운용될 때는 전투 중일 때가 보통이다. 그 상황에서 구조를 할 수 있을 리 없기 때문이다. 수색이나 구조 등의 작전을 수행할 때만 공용 채널을 연다.

　　[역시 우리의 딜레이 타임을 알고 있었군.]

　　제스터의 대답이 들렸다.

　　[이미 한번 겪어봤으니까요.]

　　[훗, 그 바보들?]

　　[어떻게 딜레이 타임을 15초나 줄일 수 있었죠?]

　　이슈인의 의구심 가득한 질문이 통신관을 때렸다.

　　[나 같은 베테랑이라면 그 정도 노하우는 가지고 있는 법이지. 후후. 네 녀석을 늦게 발견한 탓에 너무 늦었어. 솔직히 인정하지, 방심했다고. 처음부터 준비했다면 전력의 손실은 없었을 거야.]

　　마음만 먹었다면 딜레이 타임을 더욱 줄일 수 있었다는 뜻이다.

　　[의외군요. 그런 노하우를 혼자만 간직하고 있다는 것이.]

　　그랬다. 만약 다른 이들도 그 노하우대로 마나 엔진을 기동했다면 지금 쓰러져 있는 것은 이슈인 자신이었다.

　　[능력이 안 되니까. 저들도 그 노하우는 알고 있어. 자이안 강습부대원 모두 알고 있지. 하지만 사용할 수 있는 사람은 내가 고작이야.]

[자이안 강습부대?]

[그래. 바로 이 기체의 이름이지.]

공화국의 최신예 기체 명칭이 처음으로 알려졌다.

[랩터2입니다.]

받은 것이 있으면 돌려줘야 한다. 그냥 받기만 하는 것은 이슈인의 자존심이 용납하지 않았다.

[랩터2라……. 대단한 기체야. 감탄했어. 그런데 어쩌지? 이제 상황은 역전되었으니?]

전력을 다해 적을 몰아칠 때는 15초는 아주 긴 시간이다. 특히 이슈인이 움직이는 랩터2와 같은 엄청난 기동력을 가진 기간테스에게 있어서는 말이다.

하지만 대화를 하기에는 짧은 시간이다.

적들의 딜레이 타임은 끝나도 한참 전에 끝났다. 그저 그들의 대장인 제스터가 대화를 하고 있었기에 움직이지 않은 것 뿐이다.

[후. 그렇군요, 제스터 대장.]

이슈인의 한마디.

그 말에 메틀라인 진영은 극도의 혼란에 빠져들었다.

제스터라고 했다.

공화국에서 기간테스를 몰고 올 제스터는 단 한 사람이었다.

"부… 붉은 늑대의 문장, 확인했습니다. 틀림없이 제스터입니다!"

그때서야 경계병은 망원경을 통해 제스터가 탄 기간테스의 왼쪽 어깨를 확인하고 큰소리로 외쳤다. 그도 무척이나 놀란 듯 목소리가 심하게 떨렸다.

[빌어먹을, 블러디 울프라니. 이슈인, 즉시 후퇴해! 재주껏 이곳까지 도망치란 말이야!]

통신을 통해 울리는 와이져의 외침이 콕피트를 뒤흔들었다. 그 정도로 그는 절박했다. 저곳에 제스터가 와 있는 줄 알았다면 절대로 이슈인 단독으로 보내지 않았을 것이다.

제스터는 백전의 경험을 가지고 있는 노련한 베테랑이다.

평화 속에서 훈련으로만 실력을 쌓은 메틀라인의 라이더들과는 달랐다.

공화국 혁명이라는 벨런시아의 내전을 경험하면서 실전 속에서 실력을 쌓은 진정한 전장의 늑대였다.

혁명의 기사라는 또 다른 별명은 괜히 붙여진 것이 아니었다.

이미 여덟 기의 자이안이 움직이기 시작했다. 언제든 랩터 2의 퇴로를 차단할 준비가 되어 있다는 움직임이다.

"이거 쉽지 않겠네."

하지만 자신은 있었다.

싸워 이기는 것이라면 몰라도 이곳에서 몸을 빼기에는 충분한 자신이 있었다. 단지 걸리는 것이라면 눈앞에 있는 제스터라는 사나이였다.

　[여기서 자네를 순순히 보내준다면 내 체면이 말이 아니게 되겠지?]

　공용 채널로 들어온 마지막 통신이다. 그 말을 끝으로 제스터의 자이안이 기동을 시작했다.

　마나 제어구를 쥔 이슈인의 양손에 힘이 들어갔다.

CHAPTER 4
첫 실전

철컹.

제스터의 자이안이 한 발 내디뎠다. 그와 동시에 여덟 기의 자이안도 신속히 움직였다. 거리를 두고 랩터2를 포위한 형국이다.

이들은 자신들의 대장이 일단은 적과 일대일로 붙어보고 싶어한다는 것을 알았다.

세 기의 자이안을 혼자서 전투 불능으로 만들었다고 했다. 제스터의 승부욕을 자극할 만한 이야기다.

제스터의 자이안이 천천히 검을 뽑았다.

"젠장, 될 대로 되라지."

이슈인의 단독 타격 작전이 실패한 이상 남은 것은 최소한의 손실로 이곳을 빠져나가는 일이었다. 그 과정에서 적에게 피해를 주면 더욱 좋았다.

설마 자신이 어쩌지 못하고 기다릴 것이라 생각한 것일까? 제스터의 느린 움직임에 이슈인이 먼저 쇄도해 들어갔다. 어차피 싸우게 될 것, 선제 공격이 유리하다는 것은 상식이다.

랩터2의 검이 빠르게 자이안을 향해 날아들었다.

"그럴 줄 알았지."

빠른 움직임이 장기인 상대 앞에서 일부러 느리게 움직였다. 그것은 제스터가 상대를 도발한 것이다.

랩터2의 검이 날아오기가 무섭게 자이안의 움직임이 빨라졌다. 살짝 옆으로 피하는가 싶더니 느리게 뽑히던 검은 순식간에 매서운 기세를 뿌리며 랩터2를 향해 날아갔다.

"칫, 어렵네."

이슈인은 재빨리 옆으로 피했다. 평소보다 급박한 기동으로 랩터2를 움직였다. 그만큼 상대의 공격이 노련했던 것이다.

"오른쪽 어깨의 K가 허세는 아니었어."

한 기를 완파할 때마다 기간테스의 오른쪽 어깨에 새기는 킬 마크(Kill Mark)인 K.

제스터의 자이안은 오른쪽 어깨가 K로 뒤덮여 있었다.

그사이 자이안의 육중한 몸이 거대한 움직임을 보였다. 전력을 다한 숄더 챠징이 랩터2를 향해 날아든 것이다. 이슈인은 다시 한 번 피할 수밖에 없었다. 마나 엔진의 출력 차이만큼이나 나는 덩치의 차이 탓에 정통으로 부딪치면 무사하지 못하기 때문이다. .

아까의 숄더 챠징은 라이더가 의도한 것이 아니라 외부의 충격에 의해 쓰러지면서 일어난 일이었기에 충격은 좀 받았어도 손상은 크지 않았다. 하지만 제스터가 마음먹고 공격한 숄더 챠징에 정통으로 당한다면 결코 이 자리를 벗어나지 못할 것이다. 이슈인은 생각만 해도 끔찍한지 머리를 흔들었다.

"과연 재빠르군."

제스터가 미소를 지으며 중얼거렸다. 그의 얼굴에는 시종일관 여유가 넘쳤다. 베테랑의 여유란 것이다.

"빌어먹을……."

어느새 콕피트의 해치를 열고 망원경으로 이슈인의 상황을 확인한 와이져는 입술을 잘근잘근 씹었다. 현재의 상황에서 자신이 할 수 있는 일은 아무것도 없었다.

이슈인을 구하고자 도하를 단행한다면 그야말로 적의 아가리에 머리를 들이미는 꼴이었다. 어떻게든 이슈인이 재주껏 빠져나와야 하는데 포위된 채 제스터의 공격에 갈팡질팡하는 모습이다.

"후우."

이슈인은 심호흡을 하며 안정을 찾았다. 잠시 멈춰 자신을 바라보고 있는 제스터의 여유 덕에 누릴 수 있는 사치였다. 현재 상황에 대해 침착하게 되짚었다. 곧 이슈인의 두 눈이 빛났다.

"좋아, 다시 해보자."

이슈인의 두 손이 올려 있는 마나 제어구가 빛을 발했다.

우우웅.

랩터2의 마나 엔진이 웅혼한 기동 음을 울렸다.

그와 동시에 랩터2가 용수철과 같이 튀어나갔다. 그 끝에는 제스터의 자이안이 있었다.

날카롭게 빛나는 검극은 정확히 자이안의 콕피트 해치를 노리고 있었다.

상상도 못한 빠르기에 제스터도 순간 당황했다. 그조차도 기간테스가 이런 속도의 움직임이 가능할 것이라고는 생각하지 않은 탓이다.

"크윽."

반사적으로 움직인 자이안의 검이 아슬아슬하게 랩터2의 검을 쳐냈다. 그 순간 랩터2의 어깨가 그대로 해치를 두드렸다.

쿠웅!

요란한 소리와 온몸이 요동치는 충격이 제스터의 몸을 때렸다.

[대장!]

의외의 일격에 대원들이 당황했다. 설마 이런 일이 벌어질 것이라고는 생각도 못한 것이다.

"지금이다."

이슈인은 그들이 당황해서 벌어진 작은 틈을 놓치지 않았다.

[잘 있어요.]

공용 채널을 통해 얄미운 인사를 제스터에게 남겼다. 그리고 랩터2는 오른발을 들어 제스터의 자이안을 걷어찼다.

그로 인한 반동으로 몸의 방향을 튼 랩터2는 그야말로 바람 같은 빠르기로 포위망 사이의 구멍을 돌파했다. 그 와중에 상대 자이안에 공격을 가했으면 더 좋을 것이나 지금 이슈인의 실력으로는 이 포위망을 벗어나는 것이 한계였다.

"윽."

연거푸 터진 충격이다.

그나마 랩터2와 자이안의 전장과 중량 차이 덕에 충격이 덜한 것이 다행이랄까.

벨트가 좌석에 온몸을 고정해 주고 있지만 해치를 직접 타격한 충격은 엄청났다. 제스터는 잠시 정신을 차리지 못했다. 그저 애송이 라이더의 얄미운 목소리만 머리를 맴돌 뿐이다.

[잡아!]

머리가 어질어질한 가운데 그가 할 수 있는 행동은 단 두 글자의 말을 외치는 것이다.

그의 명령에 그제야 정신을 차린 부대원들이 황급히 랩터2의 뒤를 쫓았다. 하지만 이미 포위망을 벗어난 랩터2를 잡을 수 없었다.

기동력에서는 자이안이 랩터2에 비해 한 수 아래인 것은 분명했다.

그들은 곧 추격을 포기했다.

무리하게 추격하다가 오히려 역습을 당할 것을 우려한 것이다.

의외의 일에 제스터의 걸음은 그곳에서 멈췄다.

노련한 강습부대원들이었지만 그들의 대장이 순간적으로 당하는 모습에 평소의 침착함을 잊었다. 그 결과가 이것이다.

"후. 아직 멀었어. 너무 자만했어. 그런 방심이라니……."

콕피트의 해치를 열고 바깥의 신선한 공기를 마시며 제스터가 중얼거렸다.

일이 이렇게 된 이상 처음의 작전은 수정해야 했다.

짧은 딜레이 타임을 이용해 적진을 혼란에 빠뜨린 후 자신들이 버티는 사이 좌우 양쪽에서 딜레이 타임을 끝낸 자이안들의 추가 타격이 제스터의 작전이었다. 그런데 자신들의 딜레이 타임을 정확히 읽고 오히려 단독 타격을 들어올 줄은 꿈에도 몰랐다.

자이안이라 하더라도 그 거리에서 그 짧은 시간에 도착하지 못한다. 결국 상대의 신 기종을 너무 우습게 본 것이 이번 일의 패착이었다.

"어떻게 하죠?"

역시 해치를 열고 바깥을 바라보던 부대장 그린젬이 물었다.

"모두 이리로 오라고 해. 어쩔 수 없다. 힘으로 뚫어야지."

조금 손쉽게 가려던 작전이 실패로 끝났다, 그것도 아까운 자이안과 소중한 대원 하나를 잃으면서.

"다행이다. 무사히 돌아와서."

이슈인을 바라보는 와이져의 두 눈에는 그의 진심이 역력했다.

"죄송합니다. 설마 적에 제스터가 있을 줄은 몰랐습니다."

"그러니 말이야. 알았다면 절대 단독 타격을 허락하지 않았을 것이다."

엄한 눈으로 와이져가 말했다.

그가 순간 이슈인의 어떤 점을 믿고 작전을 허락했는지 몰라도 정말 간담이 서늘했었다.

제스터의 강습부대가 이곳을 향했다는 정보는 어디에서도 얻을 수 없었다.

"젠장, 정보국 녀석들은 뭘 하고 있는 거야? 전쟁이 터진 다음에는 전력을 총동원해서 공화국의 정보를 얻고 있다더니 정작 가장 중요한 정보는 하나도 얻지 못했잖아!"

와이져가 왕도에 앉아 있을 정보국의 관리들을 향해 불만에 찬 음성을 토해냈다.

이런 정보 하나로 전장의 승패가 뒤바뀐다. 특히 오늘은 왕국의 최신예기 한 기와 장래가 유망한 라이더 한 명을 잃을 뻔하지 않았던가.

"자이안 스무 기 추가로 발견했습니다!"

그때, 망루의 경계병의 외침이 들렸다. 그 소리에 와이져의 얼굴이 딱딱하게 굳었다.

"뭐야?"

"이곳의 상류와 하류에서 각각 열 기씩 소환되었습니다. 아마도 저들이 이곳을 타격하면 곧이어 들이닥칠 계획이었던 것 같습니다."

경계병이 나름의 분석을 더한 보고를 했다.

그 말에 와이져는 다시 한 번 간담이 서늘해졌다.

자신이 직접 본 바로도 적들의 딜레이 타임은 2분 남짓이다. 자신들이 눈앞의 열 기를 최소 5분 안에 제압하지 못하면 스무 기의 기간테스가 더 들이닥칠 예정이었다는 말이다.

이슈인의 단독 타격이 아니었으면 지금쯤 전황이 어찌 되었을지 상상을 하니 머리가 어지러웠다.

"후우. 어쨌든 이슈인 써드 나이트, 자네 덕에 위기를 모면했군."

진심이 담긴 말이다. 무모한 작전에 대한 문책이 이어지려 했으나 눈앞에 드러난 상황이 그 작전에 대한 말을 삼키게 했다.

"아닙니다."

이슈인이 미소 지으며 대답했다.

"모두 기간테스에 탑승한다. 저들이 한곳에 모이면 곧장 도하를 시도할 것이다. 전력을 모두 노출한 이상 지원군이 오기 전에 이곳을 점령하려 할 것이다. 모두 긴장하고 준비하도록."

이슈인이 돌아온 후 라이더들이 열 명씩 교대로 탑승했었다. 한 기의 손실을 입은 데다가 적 대장이 받았을 충격을 고려해 당장의 도하는 없을 것이라 판단한 때문이다. 하지만 스무 기의 자이안이 더 있다면 상황은 달랐다.

모두의 두 눈에 긴장이 어렸다.

저곳에는 전장을 지배하는 피의 늑대, 혁명의 기사라 불리는 제스터가 있었다.

"통신병은 즉각 모든 상황을 보고 하도록."

와이져는 그 명령을 끝으로 자신도 바일론에 올랐다.

[보병 병력은 신속히 후퇴한다. 곧 기간테스 간의 전투가 벌어질 예정이니 전투의 피해를 최소화할 수 있는 곳으로 즉각 후퇴하라.]

그나마 기간테스를 지원하기 위해 근처에 있던 보병 및 통신병 병력을 모두 뒤로 물렸다.

이곳이 전장이 되는 것은 금방이다.

최대한의 전력을 보존해야 했다.

이슈인은 다시 랩터2의 콕피트에 몸을 맡겼다.

[여, 이슈인, 대단했어.]

이미 탑승하고 있던 라이어의 통신이 들렸다.

[죽을 뻔했어.]

담담한 목소리로 이슈인이 말했다.

[그런 소감치고는 목소리가 영 아닌데? 너무 평범해.]

라이어가 히죽 웃으며 말했다.

[네가 그곳에 들어가 보든지.]

[그건 절대 사양. 희대의 천재인 이슈인 너였기에 빠져나왔
지, 나였으면 지금쯤 제스터의 오른쪽 어깨에 K로 화해 있을
거야.]

능글맞은 라이어의 대답이 이슈인의 입가에 미소를 만들
었다.

[그나저나 안타까워서 어떻게 해? 오른쪽 어깨에 K 박을 시
간도 없이 바로 다음 전투라?]

이슈인이 기동 불능 상태의 한 기를 완파한 것을 두고 하는
말이다.

[서 있는 인형이었어.]

[네가 뛰어났으니 걔들이 서 있었지, 우리였으면 저놈들 중

누군가의 어깨에 K가 되었을 거다. 전투 끝나고 무사하면 꼭 박아라.]

라이어의 목소리에는 비장감이 감돌았다.

그 역시 처음 접하는 실전이다. 이슈인을 향해 던진 농담은 스스로를 진정시키기 위한 것이기도 했다. 때로는 가벼워 보일 정도로 낙천적인 그라 하더라도 실전이라는 상황이 주는 스트레스는 엄청났다.

더욱이 이곳은 생명이 오가는 전장이다.

상대는 최신예기 서른 기. 이곳은 최신예기 한 기과 기존의 전력 열아홉 기.

압도적으로 불리한 상황이다.

유일하게 유리한 점은 도하를 하는 적을 공격할 수 있다는 점이지만 대기간테스 장거리 공격용 무기는 마땅한 것이 없었다. 이곳에 준비된 것은 대형 캐터펄트가 고작이다.

적들이 열 기에 불과한 것을 알았을 때는 그 정확도와 효과가 떨어지는 것을 이유로 뒤로 물려놓았지만 지금은 그나마도 필요했다.

캐터펄트로 쏘아낸 바위가 기간테스에 큰 타격은 줄 수 없을지언정 콕피트를 울려 라이더에게 간접적인 영향은 줄 수 있었다. 그것을 기대하며 다섯 기의 바일론이 캐터펄트를 준비하고 있었다. 대기간테스 용으로 특수 제작된 캐터펄트인지라 조작도 기간테스를 통해서 해야 할 엄청난 크기였다.

이슈인과 라이어는 전방에 배치되었다. 아직 기간테스 운용이 서틀러 캐터펄트를 조작할 수 없었기 때문이다.

[온다.]

와이져의 외침이 전체 통신을 통해 전달되었다.

*　　　　　*　　　　　*

"뭐야? 제스터?!"

지급으로 자신의 앞에 놓인 보고에 헬레니온 라이오네 자작은 소리를 버럭 질렀다. 왕국의 실세인 하이드론 공작의 동생인 그는 자작의 작위를 스스로의 능력으로 얻어낸 능력가로 현재 왕국의 정보국을 책임지는 정보국장의 위치에 있었다.

"대체 뭣들하고 있었기에 제스터가 강습부대를 이끌고 아이노 강 하류 전선으로 이동할 때까지 알아차리지 못한 거야? 어떻게 야전부대의 보고로 그 사실을 정보국에서 알아야 하는 거야?"

국장의 화를 고스란히 뒤집어쓴 정보국 관리는 그저 고개를 숙이고 있을 뿐이다. 그가 하는 일이라고는 이곳에서 현장의 정보원으로부터 들어온 정보를 분류, 취합하는 것이 전부였다. 결국 정보원의 능력 부족을 자신이 대신 뒤집어쓰고 있다고 여기고 있었다.

"지금 들어온 정보를 분류, 취합하는 것이 내 일이니 이번 일은 현지 정보원들의 책임이라고 생각하고 있나?"

자신의 속마음을 정확히 들킨 관리는 뜨끔한 표정을 지었다.

"웃기지도 않는군. 자네들의 역할은 분류와 취합, 그리고 분석이야. 정보원이 아무리 사소한 정보를 보내와도 그것을 분석해서 알찬 정보로 바꾸는 것이 자네들의 일이라고! 제스터가 전장으로 떠났다는 정보가 그냥 그대로 고스란히 알아보기 쉽게 올 줄 알았나? 공화국 사람들이 바보야? 그런 고급 정보를 정보원이 아무렇지도 않게 알아낼 수 있게 놔두게? 정보원들이 긁어모은 사소한 정보들에서 진주를 찾아내는 것. 그것이 정보국의 존재 의의야! 이딴식으로 할 거면 당장 현장으로 가게!"

화가 머리끝까지 났는지 헬레니온 자작의 말은 반말과 반존대가 뒤섞여 있었다. 그의 호통에 관리는 고개를 푹 숙였다. 자작의 말에 틀린 곳은 없었다.

전시 상황이라는 비상 체제를 관리가 제대로 이해하지 못한 탓이었다.

"어서 가서 다른 정보들 분석해!"

그렇게 호통과 함께 관리를 쫓아낸 헬레니온 자작은 서둘러 대전으로 걸음을 옮겼다.

대전에서는 연일 공화국과의 전쟁에 대한 대책회의가 진

행 중이었다. 실무를 맡은 관리들은 몸이 두 개, 아니, 세 개라도 모자랄 지경이었다.

대전은 여전히 무거운 분위기였다.

국왕파도 귀족파도 없었다. 현재 원글로스에서 벌어진 의외의 사태에 왕국 전체가 비상 사태였다. 권력 싸움도 자신들의 자리가 보전된 이후의 일이다.

"무슨 일인가, 헬레니온 국장?"

허겁지겁 들어오는 그의 모습에 형인 하이드론 공작이 물었다.

"전선에서 급보입니다."

그는 시종에게 자신이 가지고 온 보고서를 건넸다. 보고서는 곧 엠피엘 국왕의 눈앞으로 갔다.

"이게 정말인가?"

빠르게 보고서를 읽은 국왕은 놀란 얼굴로 사실을 다시 확인했다.

"전선에서 직접 올라온 보고입니다. 사실입니다."

"허어."

"무슨 일인데 그러십니까?"

엠피엘 국왕의 한숨에 하이드론 공작이 물었다.

"제스터가 아이노 강 하류 방어선에 나타났네."

엠피엘 국왕의 말에 모두의 얼굴에 경악이 어렸다.

"선전포고 이후 계속 잠잠하다 싶더니 박스터 통령이 초반부터 초강수를 두는 것 같군요."

하이드론 공작이 놀람을 진정시키고 말했다. 그의 말에 엠피엘 국왕이 고개를 끄덕였다.

곧 헬레니온 자작이 자신에게 올라온 보고를 간략하게 설명했다. 그 설명을 들은 이안의 얼굴에 수심이 가득했다.

이슈인이 그곳에 있기 때문이다. 더군다나 벌써 일대일로 그 제스터와 싸우기까지 했다지 않은가. 형으로서 걱정이 안 될 수 없었다.

"신속하게 방어선에 병력을 보강해야겠습니다."

라파엘 무디스 후작이 말했다. 그는 재정부 장관으로 메틀라인의 살림을 맡은 인물이다. 요 며칠 그는 제정신이 아니었다. 막대한 돈을 잡아먹는 전쟁이 현실이 되어 눈앞에 있는 탓이다.

엄청나게 소요될 전비에 대한 처리를 하느라 그 역시 가장 바쁜 사람 중 한 명이었다.

라파엘 후작의 말에 엠피엘 국왕의 시선이 왕국의 또 다른 후작인 미켈란 후작에게 향했다. 국왕의 시선을 받은 미켈란 후작의 시선은 다시 이안 자작에게로 향했다.

미켈란 마르코 후작.

메틀라인 왕국의 오대기사 중 최고의 실력을 가진 이로 왕국 유일의 소드 마스터였다. 가히 왕국 최고의 배틀러인 것이다. 그런 그를 존중하여 그에게 국방부 장관이라는 직책이 주어졌지만 실무를 보는 것은 결국 차관인 이안의 몫이었다.

타고난 기사인 그는 행정적인 실무에는 약했던 것이다.

"일단 서부 제5국경기갑방어대대 북쪽에 있는 서부 제4국경기갑방어대대를 남쪽으로 내려야겠습니다."

대답을 한 이안이 주변을 둘러보았다. 여전히 모두의 눈에는 걱정이 어려 있었다. 이안이 다시 입을 열었다.

"그리고 메테나이져에서 랩터2에 대한 최종 테스트가 모두 끝났습니다. 현재 전장에 배치된 랩터2에 장착될 외장갑과 함께 내일 당장 출발시키겠습니다. 추가로 중앙 상비군 중 열 기의 바일론도 함께 배치하겠습니다."

"오, 드디어 신형 기체의 테스트가 끝났나?"

"네. 갑작스러운 상황에 밀레느 프라임 나이트가 고생했습니다."

이안의 말대로 그야말로 잠도 줄이고 식사 시간까지 줄여가며 테스트에만 매달린 결과였다.

"수고가 많았어. 그럼 곧 양산에 들어갈 수 있겠군."

"네. 오늘 오후 중으로 메테나이져에서 양산에 필요한 모든 데이터가 오기로 되어 있습니다. 그럼 곧바로 흙의 마탑의 부탑주께 전할 생각입니다."

"이백 기의 양산. 빠르면 빠를수록 좋다고 꼭 전하게."

"알겠습니다."

흙의 마탑과 모종의 거래가 있었다는 것은 모두들 알고 있었다. 하지만 무엇을 대가로 주었는지는 오직 엠피엘 국왕과 이안 차관만이 알고 있었다.

하이드론 공작은 그것이 못내 궁금했지만 따질 수는 없었다.

"그럼 문제는 서북 지역 방어선인데……."

이슈인이 있는 곳이었다.

"당분간은 열세일 듯합니다."

"그 말은 얼마간 우리의 영토를 내줘야 한다는 말인가?"

엠피엘 국왕의 날카로운 질문에 이안이 고개를 숙이며 답했다.

"그렇습니다."

그 대답에 모두의 얼굴에 경악이 어렸다. 어찌 공화국의 폭도들에게 귀중한 왕국의 영토를 내주어야 한단 말인가.

"자세히 말해보게."

이안의 한마디에 대전의 분위기가 급격히 차가워지자 엠피엘 국왕이 설명을 재촉했다.

"오늘 오전 메테나이져에서 적들의 신예 기간테스에 대한 최종 보고서가 올라왔습니다."

"메테나이져 사람들이 고생이야."

그랬다. 신형 테스트에 적 기간테스의 분석에 그야말로 메테나이져의 모든 인력이 총동원되어 철야를 한 결과다. 앞으로는 파손된 기간테스의 수리에 모든 인력이 달려들어야 할 예정이니 전쟁으로 인해 가장 바쁜 사람들은 그들인지도 몰랐다.

"조금 전 헬레니온 국장님의 정보로 알게 된 적 기간테스의 명칭은 자이안입니다. 자이안의 추정 출력은 2.8입니다."

이안의 말에 모두의 얼굴에 경악이 어렸다. 듣기로 서북 방어선에 나타난 자이안은 모두 서른 기라 했다. 왕국의 최신예기인 랩터2의 마나 엔진 출력이 2.5인 것은 모두가 아는 상황, 더욱이 바일론의 엔진 출력은 고작 2.0이다.

과연 이안이 힘들다고 한 이유가 있었다.

"그나마 다행인 것은 현재 공화국에서 생산된 자이안은 그것이 전부일 듯싶다는 것입니다."

"어떻게 그리 생각하는가?"

적국의 기간테스 숫자는 엄청난 기밀이다. 이안이 그것을 그처럼 손쉽게 말하자 엠피엘 국왕이 물은 것이다.

"국방부에서 파견한 세작의 보고입니다. 그의 보고 덕에 파악한 것으로, 공화국의 공격이 늦어진 것은 자이안이 서른 기 생산되는 시기를 기다린 것으로 보입니다. 아마 왕국에 테러를 했다가 그대로 완파된 세 기의 자이안 때문인 듯싶습니다."

이안의 말에 헬레니온 국장의 두 눈이 빛났다. 정보국에서도 파악하지 못한 것을 국방부에서 알아냈다는 것에 대한 자존심의 상처였다.

"그럼 아직 여유는 있는 것인가?"

"아닙니다. 공화국은 곧 새로운 기간테스 생산 기지를 완성할 듯 보입니다. 그곳이 완성되면 무한한 예산을 쏟아부을 수 있고, 기지를 최대한 가동한다는 가정하에 하루 한 기의 자이안을 생산해 낼 수 있을 듯합니다."

이안의 보고에 다시 엠피엘 국왕의 얼굴에 주름이 잡혔다.

"머리 아프군."

당연했다. 이것은 국가 간의 명운이 걸린 전쟁이었다.

"그래서 대책은?"

"현재 공화국의 해군에 대항할 목적으로 개발한 신무기를 공성병기로 개조하는 작업을 진행 중입니다. 일단 그것이 배치되면 어느 정도 열세를 면할 수 있을 듯합니다."

이안의 대답에 엠피엘 국왕이 그나마 안심이라는 얼굴을 했다.

"어떤 무기입니까?"

라파엘 후작이 물었다. 결국 돈과 관련이 된 것이기 때문이다.

"마나 캐논이라는 무기입니다. 이 무기의 개조가 끝나면 기간테스의 공격에 대해서도 어느 정도 방어가 가능하리라 생각됩니다."

"기간테스에요?"

하이드론 공작이 끼어들었다.

"그렇습니다. 랩터를 대상으로 시험한 결과, 정확히 명중했을 때 기간테스 몸체의 3할 가까이 파괴할 수 있는 위력인 것으로 나타났습니다."

"오오!"

여기저기서 감탄이 터져 나왔다.

기간테스에 대한 직접 원거리 공격으로 그만한 파괴력이라니 가히 무기의 혁명이었다.

그 사실에 일부 고위 귀족들의 얼굴에는 기대감까지 떠올랐다.

"발생하는 비용은요?"

라파엘 후작이 물었다.

"남은 국방 예산의 전부입니다."

단호한 이안의 대답에 라파엘 후작은 그럼 그렇지 하는 표정을 지었다.

"더 바빠지겠군요. 전쟁 수행 예산을 확보하려면요."

푸념 같은 말이지만 그럼에도 그의 얼굴에 작은 미소가 맺혔다. 무언가 가능성을 본 탓이다.

"대포를 대량 생산해 배치하는 것보다 효과가 있을까요?"

잠시 생각하던 하이드론 공작이 물었다.

모든 가능성을 염두에 두고 최대한의 효율을 이끌어내야 했다. 그랬기에 원거리 공격 무기라는 점에서 하이드론 공작이 대포라는 다른 카드를 꺼내 든 것이다.

"솔직히 말씀드려서 대포만으로도 충분히 방어할 수 있을지도 모릅니다. 제작비용 자체는 마나 캐논보다 적게 들어가니까요. 위력이 떨어지는 것은 물량으로 상쇄할 수 있지요. 그렇게 생각하더라도 효율 면에서는 확실히 대포가 우수하고요. 하지만 큰 문제가 있습니다."

하이드론 공작의 제안대로 흘러가는 듯하던 이안의 대답이 마지막에 바뀌었다.

"그것이 무엇이지요?"

"화약입니다."

이안이 짧게 답했다.

"으음……."

그 말에 하이드론 공작이 침음을 삼켰다. 그제야 생각이 난 것이다.

화약은 귀한 물건이었다. 사실 마법의 발달로 인해 화약의 수요가 그다지 많지 않아 싼 가격에 거래되었지만 그 양은 얼마 되지 않았다.

게다가 제이드 대륙에서 화약의 주원료 중 하나인 유황이 생산되는 국가는 단 한 곳이었다.

"화약을 만들기 위해서 필수적인 유황은 오직 벨런시아 공화국에서 생산됩니다. 다른 곳에서 유황 광산이 발견되기 전에는 확보하기가 어렵지요."

이안의 말에 모두들 고개를 끄덕였다.

전쟁 중에 화약은 병기로서의 가치가 뛰어났다. 전쟁을 일으킨 공화국이 그런 화약의 주원료인 유황을 타국에 반출할 리가 없었다. 특히나 전면전을 벌이고 있는 적국임에야.

"그럼 마나 캐논을 준비하는 데 시간이 얼마나 필요한가?"

엠피엘 국왕은 마나 캐논의 실전 배치를 결심하고 물었다.

"최소로 잡아도 일 년은 걸릴 것 같습니다. 전선을 형성해 그 전선에 모두 배치하려면 그만한 수량이 필요합니다."

"너무 길군."

"일단 위급한 지역부터 우선 배치를 할 생각입니다."

시간에 대해서는 그것 말고는 이안으로서도 방법이 없었다.

흙의 마탑의 도움을 바랄 수도 없었다. 그들은 기간테스의 생산으로도 정신이 없을 것이다. 그렇다고 다른 마탑에 의뢰했다가는 중요 군사 기밀이 타국으로 빠져나갈 우려가 있었다.

"어쩔 수 없지. 최대한 노력해 주게."

"알겠습니다."

그것으로 회의는 끝났다.

회의에서 결정된 사항을 실행하기 위해 사람들은 바쁘게 흩어졌다.

자신의 방으로 돌아온 엠피엘 국왕의 얼굴에는 수심이 가득했다.

　　　　　*　　　　　*　　　　　*

　서른 기의 기간테스가 동시에 도하하는 모습은 장관이었다. 이것이 전쟁터가 아니었으면, 강을 건너오고 있는 기간테스가 적국의 것이 아니었으면 이슈인은 경탄 어린 얼굴로 그 장관을 지켜보았을 것이다. 하지만 지금 이슈인의 두 눈은 긴장으로 가득 차 있었다.

　아무리 군인이라 하지만 첫 실전이다.

　이곳에는 이번 전투가 처음인 사람이 대다수였다.

　그동안 평화로웠기에 실전을 경험할 기회가 없었던 것이다. 기껏해야 몬스터 퇴치 정도였다. 이렇게 기간테스와 정면으로 부딪치는 것은 처음이었다.

　[발사!]

　와이져의 명령과 동시에 다섯 대의 대형 캐터펄트가 쉼없이 움직였다.

　거대한 바위가 강을 향해 날아갔다. 하지만 좀처럼 명중하지 못했다. 열 개 중 한두 개가 어깨 장갑을 스치는 정도가 고작이었다.

　[두 대는 적의 진로 앞으로 발사해.]

　와이져의 명령에 두 대의 캐터펄트가 사거리를 짧게 잡았다. 바위가 강물에 떨어질 때마다 물살이 세차게 흔들렸다. 그것은 주변으로 거친 파도를 만들었고, 기간테스의 도하를 어렵게 만들었다.

어깨 위만 물 위로 나와 있었기에 세차게 부딪치는 파도에 균형을 잡기 힘들었던 것이다.

그렇게 자이안들이 주춤하는 사이 나머지 세 대의 케터필트에서 발사된 바위가 조금씩 맞기 시작했다.

[한 번에 날아오는 것은 고작 다섯이야. 신경 쓰기 말고 돌격한다.]

돌격 속도가 늦어지자 제스터가 명령을 내렸다. 그의 명령에 따라 자이안들이 일사불란하게 움직였다.

[세 대는 한 기의 기간테스만이라도 발을 묶어. 어차피 저들 모두를 잡을 수는 없다. 한 기 한 기씩 기동 불능 상태를 만들어.]

냉정한 눈으로 상대를 바라보던 와이져가 추가 명령을 내렸다.

그렇게 한 기라도 적과의 병력 차를 줄여야 했다. 그의 명령에 세 개의 바위가 한곳으로 날아갔다.

쾅!

[으윽.]

세 개의 바위는 우연인 듯, 정확한 조준 덕인 듯 동시에 한 기의 자이안에 명중했다. 바위가 부스러지면서 자이안에 큰 충격을 주었다. 그중 하나는 콕피트 위에 정확히 명중했다. 충격에 라이더가 신음을 흘렸다.

한 기가 잠시지만 기동 불능 상태에 빠졌다. 하나도 아니고 세 개나 되는 바위의 충격은 제법 컸던 것이다.

곧 다른 목표를 향해 바위를 발사하기 시작했다.

하지만 자이안의 출력은 좋았다. 랩터2만큼의 스피드와 순발력은 없었지만 대신 그만한 파워를 가지고 있었다.

어느새 선두의 자이안이 도하를 끝내고 있었다.

'빌어먹을……'

수에서도, 성능에서도, 경험에서도, 실력에서도 밀렸다.

이런 전투를 지휘해야 하는 와이져는 그야말로 죽을 맛이었다. 그렇다고 자국의 영토를 침입한 적을 놔두고 그냥 물러갈 수는 없었다.

[공격!]

와이져의 명령에 열다섯 기의 기간테스가 강변을 향해 달렸다. 강을 다 빠져나오기 전에 공격하기 위해서였다.

이슈인은 이를 악물고 선두로 돌진했다. 랩터2의 기동력 덕에 자연스레 이슈인을 선두에 세운 쐐기형의 대형이 완성되었다.

케터펄트의 사거리를 벗어난 후 일렬의 대형을 유지한 채 강변으로 향하던 자이안들의 대형이 변했다. 상대가 쐐기형의 대형을 형성하자 가운데 위치한 자이안들이 속도를 늦추고 양 끝의 자이안들은 속도를 높였다. 그러자 자연스레 반원형으로 메틀라인의 기간테스를 감싸는 대형이 완성되었다.

[빌어먹을.]

와이져는 적들의 대형을 확인한 후 인상을 찡그렸다. 후미에서 캐터펄트를 발사하던 다섯 기의 바일론이 추가로 오고 있지만 이건 아무리 봐도 불리한 상황이다.

압도적인 힘으로 상대의 대형을 뚫어버린다면 모를까, 이 상태면 포위되어 일방적으로 당할 판이다. 수에서도 성능에서도 밀렸다.

[완벽하게 감싸서 섬멸한다.]

냉정한 제스터의 명령에 자이안들은 일사불란하게 움직였다. 오랜 시간 함께 손발을 맞춰와야만 보일 수 있는 기동이었다.

'젠장, 엄청나군.'

이슈인도 상대의 기동에서 그들이 얼마나 많은 훈련을 했는지 알 수 있었다. 하지만 그렇다고 주눅 들어서는 안 되었다. 이것은 전쟁. 어떻게든 적을 쓰러뜨려야 했다.

'그래도 뚫는다!'

이슈인은 무의식적으로 마나 스피어의 마나를 움직였다. 마나는 자연스레 그레이트 서클을 따라 움직이다가 손바닥을 통해 랩터2의 마나 제어구로 흘러들어 갔다.

우우웅!

그 순간 랩터2의 마나 엔진 기동 음이 중후하게 울렸다.

"뭐지?"

랩터2의 뒤에서 돌진하던 와이져는 순간 자신의 눈을 의심했다. 미약하게나마 랩터2의 장갑에서 빛이 새어 나오는 것을 본 것 같았기 때문이다.

역시 착각이었던 것일까? 와이져가 다시 자세히 보니 아무런 변화가 없었다.

'전장의 한가운데서 내가 무슨……'

와이져는 어이가 없었다. 적에게 모든 신경을 집중해도 모자랄 판에 아군의 기간테스를 살피다니 스스로가 한심하다는 생각도 들었다.

랩터2의 속도가 더욱 빨라졌다.

이슈인도 인식하지 못한 상태에서 벌어지고 있는 일이다.

순식간에 한가운데의 자이안과 마주쳤다.

자연스레 이슈인은 검을 휘둘렀다. 상상을 초월하는 속도로 허리를 베어오는 검에 자이안은 미처 방비를 하지 못했다. 방패를 들어 검을 막으려 했으나 그가 방패를 드는 속도보다 랩터2의 검이 그의 허리를 베고 지나가는 속도가 훨씬 빨랐다.

쿠웅!

한 기의 자이안이 두 동강이 나서 쓰러졌다.

일순 전장에 정적이 감돌았다.

누구도 이 사태를 제대로 감지하지 못했다. 심지어 이슈인 본인조차도 말이다.

이슈인이 생각하기에도 이것은 자신이 낼 수 있는 능력 이상의 결과였다. 정작 한 기를 베어 넘긴 이슈인마저 얼떨떨해하고 있었다. 검을 내지르면서도 상대의 방패에 막힐 것이라 생각했기 때문이다.

그 와중에도 이슈인의 마나는 여전히 그레이트 서클을 따라 순환하면서 지속적으로 마나 제어구로 흘러들어갔다.

"말도 안 돼. 어떻게 저런……."

제스터는 두 눈을 부릅뜨고 믿을 수 없다는 눈으로 랩터2를 바라보았다. 이미 한번 붙어보았기에 그 성능을 모두 파악했다고 생각했다. 그런데 저런 모습이라니.

[저놈은 내가 맡는다. 모두들 포위, 섬멸해!]

제스터의 목소리에 다급함이 어렸다.

그의 명령과 함께 자이안들은 유기적으로 움직이며 대형을 변경했다. 하지만 전체적으로 바일론을 완벽히 포위하는 대형은 그대로였다.

[네 이놈!]

통신 채널은 닫힌 상태였기에 콕피트에 제스터의 목소리만이 울렸다.

그로서도 설마 저런 상황은 예상하지 못했기에 적에게, 그리고 자신에게 분노가 치밀었다.

제스터의 자이안이 검을 날렸다.

그제야 이슈인은 정신을 차렸다. 재빨리 랩터2가 검을 들어 자이안의 검을 막았다.

챙!

요란한 소리가 울렸다.

"윽!"

달랐다.

강 건너에서 싸울 때와는 달랐다.

'설마?'

제스터의 머릿속에 불길한 생각이 스쳤다. 같은 기간테스로 완전히 다른 기동을 하려면 한 가지 방법밖에 없었다. 자신이 수많은 전투를 치르면서 우연히 발견한 기동법.

제스터는 온몸의 마나를 끌어올렸다. 그리고 마나 제어구에 밀어 넣었다.

딜레이 타임을 줄일 때 썼던 방법이다.

자이안의 장갑이 작은 빛을 순간적으로 발하다가 사라졌다. 이슈인의 눈에 그 모습이 포착되었다.

'뭐지?'

쾅!

잠시 의문에 대한 생각을 하는 순간 제스터의 숄더 차징을 먹었다.

온몸을 울리는 둔중한 충격.

다른 기체와는 위력이 전혀 달랐다.

"젠장! 뭐야, 이 사기 같은 위력은."

세 걸음이나 물러선 랩터2. 이슈인은 그 이후로도 대여섯 걸음은 더 물러서야 했다.

폭풍과도 같이 몰아치는 제스터의 공격을 감당하지 못한 탓이다. 순간의 방심으로 상대에게 기세를 빼앗겼다.

"제기랄."

이슈인은 이를 악물었다. 그리고 눈앞의 상대에게 집중했다. 몸 안을 흐르는 마나가 더욱 활성화되었다.

하지만 실전에 대한 긴장감이 자신의 몸속에서 일어나는 일도 느끼지 못하게 만들었다.

랩터2의 검이 순간적으로 작은 빛을 발했다. 제스터는 그 모습을 똑똑히 보았다.

'역시.'

그와 같은 현상이 어떻게 하면 일어나는지 너무나 잘 아는 제스터다.

'설마 저런 애송이가 발견해 냈을 줄이야.'

믿을 수 없었다. 하지만 자신의 두 눈으로 똑똑히 확인했다.

랩터2의 검이 빠르게 움직이며 자이안을 내려쳤다. 제스터는 감히 맞설 생각을 하지 않고 재빠르게 움직여 피했다.

제스터와 이슈인은 치열한 공방을 벌였다.

그 와중에 제스터는 한 가지 이상한 점을 발견했다. 상대의 기동 패턴이 강 건너에서 싸울 때와 달라지지 않은 것이다.

자신이 발견한 노하우를 사용하면 필히 기동 방법이 바뀌게
된다. 훨씬 가볍고 유연하며 격렬한 기동을 할 수 있게 되기
때문이다.

일반적인 기간테스의 한계를 뛰어넘는 기동을 할 수 있는
데 상대는 하지 않고 있었다.

이미 적의 기동 자체가 기간테스로서는 사기적인 수준이
었지만 그런 만큼 더 뛰어난 기동을 할 수 있는데도 변화가
없었다. 그랬기에 제스터가 이렇게 몰아갈 수 있는 것이다.

'설마… 아직 모르는 건가?'

제스터의 머릿속을 스치는 생각이다.

그랬다. 사실 자신도 처음에는 무의식적으로 사용하다가
나중에 깨닫지 않았던가.

'그렇다면 반드시 제거해야 한다. 다른 녀석은 몰라도 이
녀석은 반드시 제거해야 해!'

제스터의 양손에서 쏟아져 나오는 마나가 더욱 많아지고
자이안의 검과 방패는 더욱 무서워졌다.

이슈인은 점점 정신이 없었다. 이렇게 격렬하고 폭풍 같은
기간테스의 공방은 펼쳐 본 적이 없었다. 자이안이 이런 기동
을 할 수 있으리라고는 상상도 하지 못했다.

조금씩 이슈인이 밀렸다.

그사이 곳곳에서 바일론이 파손되어 기동 불능 상태에 빠
져들고 있었다.

수와 성능의 열세.

결코 극복할 수 없었다.

계략을 펼칠 수 있는 지형도 아니었다.

그나마 이슈인이 제스터의 발을 묶은 덕에 이나마도 버틸 수 있었다.

더 이상 버티는 것은 무의미한 일이었다.

바일론의 성능이 적의 기간테스보다 떨어진다 할지라도 기간테스는 소중한 병기다. 더 이상 잃을 수는 없었다.

[전원 후퇴한다! 다이트 영지성으로 후퇴!]

와이져의 명령이 떨어지는 순간 바일론들은 천천히 뒤로 물러섰다. 자이안에 비해 바일론의 출력이 떨어졌지만 기체의 크기가 작은 만큼 속도가 빨랐다.

최후미의 바일론부터 조금씩 물러섰다. 다른 바일론들이 평소 훈련대로 그들의 앞을 막았다. 그 순간 급격한 기동으로 몸을 돌린 후 최대한의 속력으로 전장을 벗어났다.

이와 같은 후퇴는 치욕스러웠지만 어쩔 수 없는 선택이었다.

후퇴를 하는 와중에 두 기의 바일론이 더 완파되었다. 모두 전장에서 물러섰으나 오직 한 기, 랩터2만이 남아 있었다. 제스터가 작정을 하고 물고 늘어져서 놓아주지 않았던 것이다.

무사히 몸을 뺀 와이져의 두 눈에 진한 걱정이 어렸다. 랩터2가 아무리 최신예기라 하더라도 그 한 기를 위해 다른 바일론을 희생할 수는 없었다.

그의 눈에 어린 걱정은 곧 미안함으로 바뀌었다.

[이슈인, 능력껏 최선을 다해 빠져나와라.]

그것이 그가 할 수 있는 유일한 명령이었다.

[나머지는 전속으로 후퇴한다.]

자이안들은 후퇴하는 바일론을 쫓지 않았다. 이미 이곳의 전선은 확보했다.

저들이 후퇴하는 곳이 어디인지는 뻔히 알고 있는 터다. 도하 지점을 확실히 확보한 후 후속 부대를 기다리는 것이 강습 부대의 임무다. 아무리 자이안이라 할지라도 적진 깊숙이 들어갔다가 포위되면 수가 없었다.

성능이 아무리 뛰어나도 고작 서른 기다.

포위 공격을 당하면 속수무책인 것은 자이안 역시 마찬가지였다.

그리고 그것은 랩터2도 똑같았다.

아군이 모두 후퇴한 지금 이슈인은 자이안들이 둘러싼 한가운데서 제스터와 맞붙고 있었다.

'빌어먹을. 어쩌지?'

눈앞이 깜깜했다.

점점 랩터2의 손발이 어지러워졌다.

이런 상황에서도 냉정함을 유지할 수 있는 사람은 얼마 없었다.

제스터의 입가에 회심의 미소가 어렸다. 드디어 이 위험한 녀석을 제거할 수 있게 된 것이다.

"다수의 적에게 포위되었을 때는 어떻게 하죠?"

"이길 수 없다면 도망쳐야지."

"도망칠 수 없다면요?"

"도망칠 수 있게 만들어야지."

"어떻게 하면 그렇게 할 수 있죠?"

"어디에나 결이 있고 틈이 있다. 그것은 사물이든 사람이든, 그리고 포위를 한 대형에도 마찬가지야. 그것을 찾아야지."

"제가 찾을 수 있을까요?"

이슈인의 물음에 바인트가 빙그레 미소 지었다.

"넌 아직 그런 수준까지는 아니지. 경지가 오르면 찾을 수 있겠지만 그러기에는 오랜 시간이 걸리지."

"그러면 어떻게 해야 하나요?"

"틈을 찾을 수 없으면 만들어야 하지. 그럴 때의 틈이라는 것은 눈에 확연히 보이는 것이 아니야. 절체절명의 순간을 빠져나갈 구원의 밧줄이 그렇게 쉽게 눈에 보일 수 없는 법이지. 그저 상대의 방심, 당황하는 그 순간의 찰나를 놓치지 않아야 해. 그러자면 우선 상대가 방심하거나 당황하게 만들어야겠지. 그리고 그 방법은 스스로 찾아야 한다."

언젠가 카이럴 산의 그곳에서 스승인 바인트와의 대화가 이슈인의 머릿속에 떠올랐다. 그런 상황이 되면 어떻게 해야 할까 하는 의문에 던진 질문이었는데 이렇게 절체절명의 순간을 맞은 것이다.

'방심?'

그런 것은 보이지 않았다. 제스터는 승리를 확신했지만 방심하지 않았다. 그가 쌓은 경험은 한 치의 방심도 용납하지 않았다.

'그렇다면 당황하게 해야 하는데······.'

현재 이슈인이 펼치고 있는 검술은 왕국의 기간테스 기본 검술이었다. 동료들과 대형을 짜고 전투를 벌이는 것이었기에 혼자서 다른 검술을 사용할 수 없었다. 전투 대형은 유기적으로 움직여야 비로소 그 의미가 있는 것이기 때문이다.

한데 지금은 혼자서 포위된 상황이다. 굳이 왕국의 기본 검술을 사용할 필요가 없는 것이다.

이슈인은 이제야 그 사실을 깨달았다.

지금까지는 제스터의 공격에 밀려 반사적으로 대응하느라 미처 그 사실을 깨닫지 못한 것이다.

'당황하게 만든다라······. 좋아!'

랩터2의 검의 움직임이 변했다.

"뭐지?"

제스터는 그 변화를 즉각 알아차렸다.

지금까지 폭풍과도 같은 공세를 취할 수 있었던 것은 적이 왕국의 기간테스 기본 검술을 사용한 덕이다. 사실 공화국은 오랜 시간 비밀리에 이 전쟁을 준비해 왔다. 당연히 메틀라인 기간테스 검술에 대한 연구도 마친 상태다. 연구를 마친 검술을 상대가 사용하니 공략하기가 쉬웠던 것이고, 그랬기에 검술의 변화도 쉽게 알아차릴 수 있었다.

'플레임 블레이드.'

이슈인은 자신이 익힌 인피니트 소드의 첫 번째 수법을 펼치기 시작했다. 강렬한 공격과 자유로운 움직임.

예상치 못한 곳으로 찔러 들어오는 이슈인의 검격에 제스터는 순간적으로 당황했다. 이슈인이 노린 그것이다. 하지만 맞상대하고 있는 제스터의 당황만으로는 포위망에 틈이 생기지 않는다.

'블리자드 블레이드.'

인피니트 소드의 두 번째 수법으로 검의 움직임이 변화했다.

천지를 뒤덮는 눈폭풍과도 같은 검격이 제스터의 자이안을 향해 날아갔다.

'뭐, 뭐야! 이런 검술이라니!!'

제스터는 깜짝 놀랐다. 대륙에 이런 검술이 있다는 이야기는 들은 적도 없었다. 도저히 변화를 알아볼 수 없는 천변만화한 검이 자신을 향해 날아들자 자연스레 검이 꼬였다.

이슈인은 그 틈을 놓치지 않았다. 그와 동시에 랩터2가 부드럽게 움직이자 사방으로 눈보라가 휘몰아쳤다.

이슈인의 검에 놀란 것은 다른 강습부대원들 역시 마찬가지였다. 넋 놓고 상대의 검술을 보다가 그 검끝이 자신들을 향하자 포위하고 있던 이들은 당황했다.

이슈인은 당황한 이들을 더욱 몰아붙였다. 불꽃같은 공격에 이어진 눈보라를 그들은 감당하지 못했다.

작게 보였던 틈이 찢어져 큰 구멍이 되었다.

이슈인은 그 구멍을 놓치지 않았다.

강력한 검격을 날림과 동시에 뒤도 돌아보지 않고 즉시 그 구멍으로 몸을 날렸다.

그와 동시에 최대한의 속력으로 달렸다.

스코프 좌측 상단의 상태창이 붉게 깜빡거렸다. 무리한 기동으로 인한 경고였다.

이슈인은 경고를 무사하고 최대한 속력을 냈다. 랩터2가 낼 수 있는 최고의 속력을 넘어서 있었으나 이슈인은 그 사실을 알아차리지 못했다.

무의식적으로 그의 양손에서 기간테스로 흘러들어 간 마나가 만들어낸 변화를 이슈인은 아직 알아차리지 못했다. 덕분에 랩터2는 가능 범위를 넘어선 기동을 보이고 있었다.

플레임 블레이드와 블리자드 블레이드를 펼칠 때 역시 마찬가지였다.

이미 한계를 넘어섰기에 상태창이 붉게 깜빡이며 경고를 보내고 있음에도 이슈인은 거기에 신경 쓸 여력이 없었다. 그렇게 얼마나 달렸을까. 상당한 거리를 벌렸다고 생각되는 시점에서 이슈인은 속력을 늦췄다.

그야말로 파손 직전의 아슬아슬한 순간이었다.

이슈인 역시 적의 목적을 알고 있었다. 장교로 임관하면서 기본적인 전술은 배운 터다. 적이 도하 지점을 확보하려 했다는 것 정도는 알고 있다.

적은 그들의 목적을 달성했으니 더 이상 쫓지 않을 것이다. 적진 깊숙이 들어오기에는 병력 수가 적었다. 제스터라면 그런 짓은 하지 않으리라.

CHAPTER 5
대치

　아이노 강변의 전투로부터 하루가 흘렀다.

　아이노 강을 지키던 부대원들은 모두 다이트 영지성에 들어와 있었다. 이슈인 역시 그곳으로 와 있었다.

　이슈인이 나타났을 때 부대원들의 얼굴에는 놀람, 경악, 반가움, 미안함 등의 감정이 혼재되어 무척이나 미묘했다. 이슈인은 그런 동료들에게 짧은 미소로 모든 것을 대신했다.

　선전포고 후 지리한 시간이 지난 후의 국지전, 그리고 또다시 지리한 대치가 이어질 것이다.

　아이노 강변 전투의 결과는 이미 왕도에 전해졌다. 황급히 준비 중이던 지원 병력의 파병 여부를 놓고 다시 회의가 벌어졌다. 이미 거점은 빼앗긴 상태에서 당분간의 대치가 예상되는데 군이 병력을 보내야 하는가가 쟁점이었다.

결론은 파병으로 났다.

덕분에 오후 늦게야 왕도에서 지원 나온 병력이 도착했다.

밀레느가 인솔한 열 명의 라이더가 왕도 외곽에 설치한 포털을 이용해 다이트 영지성에 도착했다. 그리고 속속들이 기간테스 운용에 필요한 추가 지원 병력들이 도착했다.

"충! 와이져 세컨 룩께 보고드립니다. 밀레느 프라임 나이트 본인과 랩터2 한 기 외 기갑중대의 바일론 열 기와 라이더를 인솔하여 다이트 영지성에 지원 나왔습니다."

밀레느가 와이져를 마주하고 경례를 하며 보고했다.

"충! 환영한다. 고맙다."

와이져가 그나마 안심이라는 얼굴로 경례를 받았다. 자신의 서부 5방어대대 북쪽에 있던 4방어대대가 남쪽으로 내려와 도하 지점을 점거하고 있는 자이안 강습부대를 견제하고 있다는 소식도 들었다.

여기서 잠깐 기간테스의 군단 구성을 살펴보면, 기간테스로 이루어진 군단을 기갑군단이라 통칭한다. 기갑군단의 군단장은 훈련소에서 이슈인을 비롯한 라이더 과정의 훈련병들을 그렇게도 괴롭혔던 클레딘이다.

기간테스 한 기가 가지는 위력과 한 기의 운용에 따르는 부수적인 병과의 움직임을 감안하면 기간테스 한기가 일반 병과의 한 개 소대 이상이었다. 그래서 열 기의 기간테스를 묶어서 기갑중대라 부른다. 그리고 두 개의 기갑중대를 묶어 기갑대대라 부른다.

현재 이슈인이 속한 서부 제5국경기갑방어대대와 같은 것이다.

그리고 두 개의 기갑대대와 한 개의 기갑중대, 즉 다섯 개의 기갑중대가 모여 한 개의 기갑연대를 이룬다.

그리고 세 개의 기갑연대가 모여 한 개의 기갑사단을 이룬다. 메틀라인에는 총 두 개의 기갑사단이 존재했다. 동부사단과 서부사단이다.

그 외 중앙상비군의 백 기의 기간테스와 수도 방위군의 오십 기의 기간테스까지 합쳐 총 사백오십 기의 기갑군단이 이루어지는 것이다.

동부사단과 서부사단은 각기 메틀라인을 동서로 나누어 국경에 방어대대로 배치된다. 왕도 메틀라인의 정북 방향에 위치한 국경을 기준으로 동서로 한 개씩의 방어대대를 배치해 총 일곱 개의 방어대대와 한 개의 방어중대가 국경을 지키고 있다.

이슈인이 속한 서부사단의 경우 제1, 2 방어대대는 슈프림 왕국과의 국경에 배치되며 제 3, 4, 5방어대대가 윈글로스와의 국경에 배치된다. 그리고 제 6, 7방어대대와 제1방어중대가 벨런시아 공화국이 면해 있는 해안에 배치되어 있다.

국경을 따라 배치된 기갑중대와 대대들은 포털 마법진으로 연결되어 빠른 시간에 이동 가능하여 상황에 따라 융통성 있는 대응이 가능하게끔 되어 있었다. 지금도 슈프림과의 불가침 조약 덕에 그 국경에 배치되어 있는 동부 제1방어대대와 서부 제1, 2방어대대가 원글로스와의 국경 쪽으로 넘어와 더욱 촘촘한 방어선을 펼치고 있었다.

기간테스의 경우 열 기로 구성된 한 개 중대만 하더라도 충분히 파괴력있는 운용이 가능했다. 때문에 실전에서의 원활한 지휘를 위해 중대장과 대대장은 실전에 임하는 라이더 중에서 임명한다. 하지만 오십 기 이상의 기간테스가 맞붙는 대규모 전투에서는 전체적인 전황의 파악이 중요하기에 연대장과 사단장은 일선에서 물러난 라이더 출신이 맡았다.

예외라면 군단장인 클레딘이다. 원래 군단장 역시 일선에서 물러난 라이더가 맡는 것이 관례였으나 클레딘 본인이 극구 거부하여 현역 라이더로 활동하면서 군단장을 맡고 있었다. 그는 연대장과 사단장 역시 현역 라이더를 하며 맡았던 전적을 가진 인물로 군부에서도 유명한 괴짜였다.

결국 지금 현재 메틀라인과 원글로스의 국경에 모두 백이십 기의 기간테스가 투입된 상황이다. 거기에 제스터가 뚫고 들어온 하류 지역에 사십 기의 기간테스가 배치되어 있으며 지금 왕도의 상비군에서 열 기가 추가 배치되었기에 총 오십 기가 집중되어 있었다.

메틀라인에서 원글로스와의 국경에 대한 방어선을 얼마나 중요하게 생각하는지 알 수 있는 대목이다.

그리고 만약을 대비해 중앙상비군 중 다섯 개 기갑중대가 이미 원글로스와의 국경에서 왕도로 오는 길의 중요 길목에 배치되었다. 앞으로의 전황에 따라 나머지 네 개 기갑중대의 배치가 결정될 것이다.

"자자, 어서 꺼내라고, 네 랩터2."

기간테스의 기동이 가능할 정도로 넓은 연병장에서 라이어가 이슈인을 재촉했다. 이슈인이 무사히 돌아온 것이 못내 기쁜 듯 그의 얼굴에는 웃음이 맺혀 있었다.

후퇴 과정에서 잃은 동료들도 있었지만 버리고 왔다고까지 생각하며 자책을 하게 만들었던 동료가 무사히 돌아온 것에 대한 기쁨은 어쩔 수 없었다.

라이어의 재촉에 이슈인은 머리를 긁적이며 망설였다.

"그래, 해야 하는 것은 해야지. 어서 소환해."

벨라나까지 와서 라이어를 거들었다. 그녀 역시 아이노 강 전투에 참가했었고, 무사히 복귀했다.

"소환."

두 사람의 등살에 결국 이슈인은 랩터2를 소환했다.

"아, 마침 소환 잘했어."

그때 멀찍이서 익숙한 목소리가 들려왔다. 세 사람의 시선이 소리가 들린 곳으로 향했다.

밀레느가 몇몇 사람과 함께 오고 있었다.

"밀레느 교관님!"

벨라나와 라이어는 훈련소 퇴소 후 처음 보는 것이다. 훈련소에서 자신들에게 가장 잘해주었던 교관을 이런 곳에서 만나니 반가웠다. 아니, 다른 어떤 교관을 만나도 반가울 것 같았다. 그때는 악마처럼 미워했지만 훈련소를 퇴소하고도 일 년이 흐른 지금은 그저 조금 힘들었던, 한 번쯤은 해볼 만한 추억으로 희석되어 있었다.

"이게 누구야? 벨라나와 라이어잖아. 무사했구나. 다행이야."

아이노 강 전투 결과에 대한 소식은 접했기에 그들이 무사히 있는 것이 무척이나 반가웠다.

"어디 보자, 우리의 영웅."

밀레느의 시선이 이슈인을 향했다.

"그게 무슨 말이에요?"

"혼자 남겨졌다가 무사히 돌아왔다면서? 괴물 같은 기간테스 운용 능력은 알고 있지만 첫 실전을 겪은 애송이가 그런 수준이라니 놀랐다."

"알고 계셨어요?"

라이어가 놀라서 물었다.

"이그, 바보야. 당연하지. 왕도로 보고가 올라갔을 거잖아.

밀레느 교관님은 오늘 지원군을 이끌고 오셨으니 알고 계시고."

"역시, 벨라나. 여전히 똑똑하구나. 하지만 난 이제 교관이 아니야. 너희와 함께 싸울 동료지. 그러니까 여기 보이지?"

밀레느가 자신의 왼쪽 가슴에 달린 휘장을 가리키며 말했다.

"아, 알겠습니다, 밀레느 프라임 나이트."

"좋았어, 벨라나 써드 나이트."

벨라나의 경례에 밀레느가 싱긋 웃으며 마주 경례를 하였다.

"그럼 일단 저 녀석에게 외장갑부터 입혀줘야겠는데… 내 장갑이 너무 상했네. 어쩌지? 가능할까요?"

밀레느가 뒤를 돌아보며 물었다.

"으음, 시간이 좀 걸리겠지만 가능합니다."

"다행이네요. 그럼 가능한 빨리해 주세요. 우리의 주요 전투력이니까요."

"그게 무슨 말이에요?"

라이어가 물었다.

"무슨 말은, 저 랩터2는 현재 내장갑만 장착된 상태야. 외장갑은 완성되지 않은 상태에서 실전에 투입된 거지. 테스트 완료 전이었거든. 이제 외장갑이 완성됐으니까 장착해야지."

그 말에 라이어가 어이없다는 눈으로 이슈인을 바라보았다.

"그러니까 그 정도 속도가 나온 거야."

이슈인은 대수롭지 않게 말했다.

하지만 그 말에 의문이 하나가 풀리기는 했다. 말도 안 되는 랩터2의 기동 속도와 순발력에 대한 의문이. 물론 그것이 전부는 아니었다. 정작 이슈인 자신도 다른 요소의 작용이 있었음을 깨닫지 못하고 있었다.

"그럼 킬 마크는 외장갑을 설치한 다음에 해야겠네."

"킬 마크?"

그때 밀레느의 뒤에 있던 한 인물이 반문했다.

"어라? 칼버튼? 너도 왔어?"

한 발 앞으로 나서는 칼버튼을 이제야 발견했다는 듯 놀란 얼굴로 라이어가 말했다.

"아차, 내 정신 좀 봐. 이쪽이 중앙상비군에서 이쪽으로 지원 나온 기갑중대야. 그리고 이쪽 분들은 기간테스의 수리 및 정비를 맡아주실 분들. 그러니까 전투가 시작되면 어떻게든 돌아와."

밀레느가 주변 라이더들의 어깨를 두드리며 말했다.

"킬 마크라니 무슨 말이지? 설마 이슈인 저 녀석이 기간테스를 완파했단 말이냐?"

칼버튼이 믿을 수 없다는 눈으로 격하게 물었다.

"그래. 그것도 두 기나. 우리 대대에서 유일하게 완파했지. 뭐, 상황이 상황인지라 포획해 오지는 못했지만."

라이어는 그것이 아쉽다는 듯 말했다.

"그럼 벌써 다섯 개야?"

밀레느의 말에 이번에는 라이어와 벨라나의 눈이 크게 뜨였다.

"너희들도 알잖아. 별궁에서의 일. 그때 이슈인이 잡은 기간테스가 세 기야."

"우와! 그럼 외장갑 갖춰지는 대로 어서 새기자. 내가 멋지게 새겨줄게."

라이어는 마치 자신의 킬 마크라도 되는 양 들떠서 이야기했다.

"자, 이제 기간테스 정비해야 하니까 다들 기간테스 꺼내놓고 들어가자고. 우리는 전술 회의랑 개별 훈련 있으니까."

밀레느가 라이어들의 잡담을 중간에 자르고 모두를 이끌고 안으로 들어갔다.

메테나이져에서 온 기술자들과 마법사들이 바쁘게 움직이기 시작했다. 다음 전투가 시작되기 전에 기간테스의 상태를 최상으로 만들어놓아야 했다.

다이트 영지의 영주는 다이트 자작이었다. 고위 귀족일수록 이런 변방의 영지를 기피했기에 자작인 그가 이곳의 영주로 와 있는 것이다. 다이트 영지는 중앙군에게 최대한의 편의를 제공했다. 중앙군이 뚫리면 자신의 영지 병력으로는 적을 막을 수 없었기 때문이다.

다이트 자작이 보유한 기간테스라고 해봐야 고작 세 기. 그것도 마나 엔진 출력 1.5의 구형이었다. 지방 영주가 마탑을 통해 구할 수 있는 기간테스는 그 정도가 한계였다.

중앙군이 강해지면서 국경에 대한 방비를 모두 책임졌기에 오히려 국경 지방의 영주의 병력이 약해지는 기이한 현상이 발생했다. 이것 자체가 엠피엘 국왕이 의도한 것이기도 했다. 귀족의 병력은 곧 귀족의 힘이다. 그들의 힘을 누르려면 일단 그들의 힘을 약하게 할 필요가 있었다.

하지만 노련한 고위 귀족들은 오히려 자신의 사병의 병력을 늘이는 데 혈안이 되어 국왕의 의도는 절반 정도만 성공했다.

다이트 자작이 마련해 준 곳에서 와이져 대대장의 지휘 하에 작전회의를 진행 중이었다. 그 외에도 세 명의 대대장이 더 있었으나 현재 대륙의 전쟁이라는 것이 주로 기간테스의 전투로 결정 났다. 기타 병과는 기간테스를 보조하는 정도의 역할이기에 같은 세컨 룩의 대대장들이라 할지라도 와이져의 발언력이 가장 강했다.

"최소한 사흘의 여유는 있을 것이라 생각한다. 하지만 그것을 여유라 생각하면 안 된다. 그 후 추가 병력이 도하할 것이기 때문이다."

"그전에 저들을 다시 공격해 섬멸하면 되지 않습니까? 이곳에 모인 아이노 강 전체에 펼쳐진 병력이면 충분합니다."

지원 병력으로 온 칼버튼이 나서며 말했다.

사방에서 날카로운 눈빛이 그를 쏘아보았으나 그는 아랑

곳하지 않았다.

"자네는?"

"충! 중앙상비군 기갑사단 소속의 칼버튼 카인 라이오네 써드 나이트입니다."

"칫, 공작가의 귀한 도련님이라 이거지?"

누군가의 작은 수군거림이 칼버튼의 귀를 간질였다.

'흥. 천한 녀석들.'

이곳에 있는 라이더라면 자신의 선배들이다. 그럼에도 칼버튼은 그들을 무시했다. 자신의 가문의 힘을 믿었다.

"좋아, 칼버튼 써드 나이트. 자네, 우리 왕국의 전체 기간테스 병력이 얼마나 되는지 아는가?"

"현재 기동 가능한 중앙군의 기갑 군단은 모두 사백오십 기의 기간테스로 이루어졌다 알고 있습니다."

"잘 알고 있군. 최신예기 랩터2가 두 기 실전 배치됨에 따라 모두 사백오십이 기였으나 어제 바일론 네 기와 우리의 동료를 잃었다. 그래서 현재 사백사십팔 기다. 그러면 공화국의 전력은 어느 정도인지 아나?"

"사백 기로 알고 있습니다만."

"좋아, 공부를 열심히 한 친구로군. 우리가 가진 정보로는 사백 기였지. 한데 그 정보에 저기 아이노 강을 넘어와서 진을 치고 있는 자이안이라는 기종에 대한 것은 없었어. 현재 이십팔 기가 넘어와 있는 상태이니 총 사백이십팔 기지. 그런데 본인이 직접 맞붙어본 결과 자이안 한 기를 상대하려면 바일론 두 기가 붙어야 해. 그것도 겨우 백중세를 유지할 뿐, 세 기는 붙어야 제압할 수 있다. 현재 아이노 강 방어선에 우리 왕국의 기갑 군단의 4분지 1이 투입된 상황이야. 저들을 아이노 강 건너편으로 몰아내려면 백이십 기의 바일론이 투입되어야 한단 말이지. 즉, 방어선의 모든 기갑 전력이 투입되어야 해. 그러면 다른 방어선이 텅텅 비는 것은 어찌할 건가? 그리고 들어오는 적들은?"

"그, 그것은……."

"좋아, 이곳으로만 들어온다 쳤을 때, 저들 서른 기 남짓을 상대하기 위해 백이십 기를 동원하면 우리는 피해가 전혀 없을 것 같나? 국경 너머 공화국에는 사백 기의 멀쩡한 전력이 있는데다가 새로이 생산 기지를 완성하면 저 괴물 같은 기간테스를 하루에 한 기씩 만들어낸다는데? 과연 우리의 전력을 소모하면서 저들을 섬멸해서 우리가 얻는 것이 뭐지?"

"그, 그것은……."

와이져의 신랄한 질문에 칼버튼은 아무런 대답을 하지 못하고 있었다.

아무것도 못하고 후퇴할 수 없다는 생각에 와이져는 소중한 부하 넷을 잃었다. 다시는 그런 실수를 하지 않겠다는 각오로 작전을 세우는 와중에 칼버튼의 생각 없는 질문이 그를 화나게 한 것이다.

작전 회의실의 분위기가 싸늘하게 가라앉았다.

"이슈인, 이슈인이 누군가?"

그때 회의실의 문이 벌컥 열리며 기간테스의 수리를 총괄하기 위해 메테나이져에서 파견 나온 마법사가 들이닥쳤다.

"아론 백작님, 회의 중입니다."

와이져가 정중히 말했다.

아론 발몽. 메테나이져의 기간테스 개발을 담당한 마법사 중 가장 실력이 뛰어난 삼 인 중 한 명이었다. 그가 이곳까지 파견을 나온 것 자체가 놀라운 일이었다. 그에게 무슨 일이라도 생긴다면 메틀레인 왕국으로서는 엄청난 손실이었기 때문이다.

하지만 그가 극구 고집했다. 이슈인의 랩터2를 보기 위해서였다. 그는 다른 프로젝트의 일 때문에 이슈인의 랩터2 테스트를 보지 못했다. 경이로운 싱크로율에 대한 이야기를 듣고서는 호기심에 따라나선 것이다.

"지금 회의가 중요한 것이 아니야!"

잔뜩 흥분한 아론 백작의 외침에 와이져는 입을 다물었다. 한 가지에 집중하면 주변의 것은 돌아보지 못하는 마법사들 특유의 성격이 나온 것이다.

"접니다만."

와이져의 눈짓에 이슈인이 자리에서 일어났다.

"대체 무슨 짓을 한 거야?"

아론 백작이 이슈인의 어깨를 거칠게 흔들면서 소리쳤다.

"그게 무슨 말씀이신지?"

갑작스런 그의 행동에 이슈인은 영문을 몰라 질문을 던졌다.

"대체 어떻게 하면 순간 최고 싱크로율이 75%를 찍느냔 말이다!"

그의 외침에 일순 정적이 내려앉았다.

아론 백작의 말에 모두 경악한 것이다. 싱크로율 75%. 대체 그게 어떤 경지란 말인가. 이 자리의 대다수를 차지하고 있는 이들이 라이더들이다. 그들은 그 말의 의미를 너무 절실히 알았다.

싱크로율 1%를 위해 그들이 어떤 고련을 거치던가.

라이더들의 눈이 일제히 이슈인을 향했다. 그들의 두 눈 가득 경악이 들어차 있었다.

이슈인의 랩터2는 테스트 기에서 급히 실전 투입용으로 전환된 것이다. 그래서 테스트 때의 여러 장치가 여전히 남아 있는 상태인데 그중 마나 제어 장치에 싱크로율 측정 기록기가 남아 있었다. 아론 백작은 그것의 기록을 점검했고, 순간 최고 싱크로율이 75%에 육박한 것을 보고 까무러칠 듯 놀란 것이다.

스페셜 급 라이더의 싱크로율이 40%다. 그리고 인간의 한계라고 알려진 싱크로율이 65%다. 그런데 이슈인은 그것을 무려 10%나 뛰어넘은 것이다.

당장 연구를 해야 할 일이다.

전시만 아니었다면 아론 백작은 당장에 이슈인을 끌고 메테나이겨로 향했을 것이다.

"하아, 괴물인 줄은 알았지만 이건 정말 상상을 초월하는군."

밀레느가 한숨과 함께 내뱉은 말에 정적이 깨졌다.

"그 말씀이 정말입니까, 아론 백작님?"

"그럼 내가 정신이 나가서 자네들 작전 회의하는 곳에 들이닥쳤다고 생각하나?"

와이겨는 자신의 물음에 아론 백작의 핀잔이 돌아오자 쓴웃음을 지었다.

"아무튼 이 녀석은 내가 잠시 빌려가지. 어차피 회의에는 별 도움도 안 되는 녀석이지?"

"그, 그렇긴 합니다만……."

"방해해서 미안했네."

와이겨의 대답이 떨어지자마자 아론 백작은 이슈인을 잡아끌고 회의실을 벗어났다. 다들 멍하니 그 모습을 바라만 보았다.

'이슈인… 네 이놈…….'

오직 한 사람, 칼버튼만이 두 주먹을 부들부들 떨며 이를 악물고 있었다.

"이슈인이라고 했지?"

"네."

"대체 네 녀석, 전투 중에 무슨 짓을 한 거냐?"

"네?"

"싱크로율도 싱크로율이지만 마나 회로가 미묘하게 뒤틀려 있어. 게다가 기간테스의 내구도가 형편없이 떨어져 있었어. 분명 출력 이상의 기동을 한 게지. 그런 출력 과다 상태로 5분만 더 기동했어도 오히려 기간테스가 안에서부터 파손되었을 거다. 마나 엔진의 출력을 이기지 못하고. 물론 마나 엔진도 오버히트되었겠지."

빠르게 걸음을 옮기면서 아론 백작이 쏟아내는 말에 이슈인은 어안이 벙벙했다.

자신도 그때 어떤 일이 있었는지 모른다.

그저 최선을 다해 살아남겠다는 생각만 했을 뿐.

아론 백작이 말한 변화 모두가 이슈인이 무의식중에 랩터2에 밀어 넣은 이슈인 자신의 마나 때문이다. 하지만 여전히 깨닫지 못하고 있었다.

그것은 아론 백작 역시 마찬가지였다. 그가 기간테스를 연구한 평생 이런 현상은 처음이었으니까.

어느새 이슈인은 다시 연병장으로 돌아왔다. 그사이 곳곳에 거대한 천막이 설치되어 있었다. 그중 가장 큰 천막으로 들어가자 이슈인의 랩터2가 거의 해체되다시피 분해되어 있었다.

전반적인 내구도의 하락으로 급한 대로 수리를 해야 했기 때문이다.

"가장 좋은 방법은 부품을 교체하는 건데… 지금 가져올 방법이 없으니까. 게다가 잔여 부품도 얼마 없어. 흙의 마탑에서 생산해 주기로 하는 바람에 우리 생산기지는 파손에 대비한 체제로 운용되기 시작했거든. 랩터2는 이제 겨우 두 기라 수리 준비가 제대로 되지가 않았어. 임시로라도 저렇게 고쳐 써야지."

아론 백작이 아쉽다는 듯 말했다.

"어쩔 수 없죠."

원인은 자신의 무리한 기동이었으니 이슈인도 할 말은 없었다. 한 가지 문제라면 자신이 그런 기동을 어떻게 가능하게 했는지 모른다는 것이다.

"저기 외장갑에는 킬 마크를 다섯 개 새겨놨다."

과연 선명한 K마크가 눈에 들어왔다.

"그리고 왼쪽 어깨 부분의 외장갑을 봐라."

Requiem.

선명하게 새겨진 글자가 눈에 들어왔다.

"별궁의 사건 때 얻은 별명이라며? 레퀴엠. 특별히 새겨줬다."

각국은 중앙군 전용의 양산형 기체가 있다. 덕분에 모두 똑

같은 모습이다. 하지만 라이더의 능력에 따라 특출한 전과를 올리는 기체가 존재한다. 그런 기체에는 별명이 붙게 마련이고, 왼쪽 어깨의 외장갑에 그런 별명이나 문장을 새기는 것이 대륙의 관례였다. 제스터의 자이안에 있는 왼쪽 어깨의 문장역시 마찬가지다.

이슈인은 그런 별명을 이제 정식 라이더가 된 지 고작 1년이 된 자신이 가진다는 것이 믿기지 않는다는 듯 얼떨떨한 얼굴이었다.

"그런 표정 지을 것 없다. 겨우 두 번의 전투지만 네 녀석은 충분히 활약했으니까. 저런 별명을 받을 만해."

별명을 넘어선 칭호가 되면 왼쪽 장갑에 새겨진 이름에 색깔이 들어간다. 보통은 금장으로 하지만 제스터의 붉은 늑대의 문장처럼 라이더의 취향을 따르기도 한다.

"자, 이제 콕피트에 들어가서 기동을 해봐."

아론 백작의 재촉에 이슈인은 콕피트에 올랐다. 수리 중이라 동력 전달 장치가 분리된 상태이기에 기간테스가 움직이지는 않지만 마나 엔진의 기동은 가능했다.

이슈인은 마나 제어구에 양손을 올리고 마나 엔진의 기동을 시작했다.

우우웅.

마나 엔진 음이 낮게 울리기 시작했다.

아론 백작은 한쪽에 마련한 상태창을 바라보았다. 마나 엔진이 기동함에 따라 그 상태가 즉각 나타나도록 장치해 놓은 것이다.

"놀랍군. 시작부터 40%라니."

상태창에 나타난 싱크로율은 점점 올라갔다.

45, 50, 55, 58.

하지만 더 이상 올라가지 않았다.

58%.

그것이 현재 이슈인이 기록한 최고의 싱크로율이다. 불과 얼마 전 랩터2의 테스트에서 기록한 최고 싱크로율이 55%인 것을 감안하면 엄청난 발전이다.

이런 정도의 기록으로 아론 백작이 만족할 리 없었다. 하지만 어쩌겠는가, 더 이상 올라가지 않는 것을.

이번에는 마나 엔진 출력을 표시하는 상태창으로 시선을 옮겼다.

최대 출력 2.5에 2.34에서 2.42 사이를 왔다 갔다 하고 있었다.

그 결과에 아론 백작은 고개를 갸웃거렸다.

마나 회로를 살펴보았지만 정상이었다. 이상하게 뒤틀린 곳으로는 마나가 흐르지 않았다.

정말 이상했다.

랩터2의 상태는 분명 무언가 있었다는 것을 말해주는데 정작 라이더가 운용을 하니 그런 것이 없었다는 듯한 기록이 나

오고 있으니 답답했다. 아론 백작이 미심쩍다는 눈으로 콕피
트를 바라보았다.

"실전과는 다르다는 것인지… 아니면 본인도 모르는 사이
에 우연히 그렇게 된 것인지……."

알 수 없었다.

한 가지 분명한 것은 있었다.

75%의 순간 최고 싱크로율.

어쨌든 이슈인은 그것을 기록했고, 그런 싱크로율을 기록
할 수 있음을 증명했다. 한 번 했으면 또 한 번 할 수 있으리
라. 아직 본인이 깨닫지 못한 것뿐이다.

"됐다. 그만 내려와라."

"무언가 있나요?"

"없어. 아마 그때 절박한 무언가가 네가 초인적인 능력을
발휘하게 한 것인지도 모르지. 하지만 네 녀석이 75%의 싱크
로율을 기록한 것은 분명한 사실이니 너에게는 그만한 잠재
력이 있다는 말이다. 그 잠재력을 끄집어내도록 노력해 봐."

"알겠습니다."

아론 백작의 말에 이슈인은 곰곰이 생각하며 자신의 숙소
로 향했다.

자신의 잠재력.

과연 어떤 것일까? 스스로에게 궁금증을 느꼈다.

숙소에 도착한 이슈인은 곧 마나 수련을 시작했다. 먼저 마

이너 서클을 따라 한 번 움직인 후 곧 그레이트 서클을 따라 마나를 움직였다. 호흡을 통해 지속적으로 마나가 몸으로 들어왔다 나갔다를 반복했다.

그와 함께 이슈인 주변의 마나가 움직임을 보였다. 이슈인이 만들어내는 움직임이다.

이슈인은 스스로가 만들어내는 마나의 움직임은 보지 못했다. 일부는 볼 수는 있었지만 전체를 보지 못했다. 자신이 그 움직임의 중심에 있으니 당연한 일이다.

만약 이슈인이 타인의 시선으로 자신이 만들어낸 마나의 움직임을 볼 수 있었다면 아이노 강의 전투에서 무의식적으로 자신이 발휘한 능력의 정체를 알아차렸을지도 모른다.

마나 제어구를 통해 밀어 넣은 마나의 움직임은 다른 것과는 확연히 달랐으니 분명 이슈인의 눈에 띄었을 것이다.

타인의 것은 보면서 자신의 것은 보지 못한다는 아이러니가 이슈인의 잠재력을 잠가놓고 있었다.

*　　　　*　　　　*

나흘이 흘렀다.

여전히 조용한 대치 상태가 지속되었다.

"본국에서 추가 병력의 도하를 완료했습니다."

제스터는 부하의 보고에 고개를 끄덕였다.

"분명 데세랄 오십 기였지?"

"오십오 기가 왔습니다."

데세랄은 지금까지의 공화국의 주력 양산형 기종으로 바일론과 비슷한 스펙을 가졌다. 마나 엔진 출력은 2.1로 바일론보다 조금 앞섰으나 기동 속도는 오히려 떨어진다.

"생각보다 많이 왔군. 적의 눈에도 띄었겠지?"

"네. 포털의 마나를 감지했을 겁니다."

"포털을 여는 데 나흘이나 걸리다니, 너무 길어."

"메틀라인에서 사용하는 포털의 마나 파장과 본국의 그것이 달라서 더 힘들었습니다."

"좋아, 이제 추가 병력이 왔으니 우린 다음 목표로 향한다."

"네."

"자이안의 보충은?"

"현재 두 기가 추가로 완성된 상태입니다만 우리 강습부대로의 보충은 어렵다고 합니다."

"신기지가 완성될 때까지 기다려야 하나?"

제스터가 아쉽다는 듯 중얼거렸다.

"그래도 어려울 듯싶습니다. 저희가 문을 열면 그곳으로 물량을 쏟아부을 계획인 듯합니다."

"자이안을 최대한 모아야겠군."

"네."

"젠장, 이래저래 최전방에서 뛰는 우리만 고생이군. 끝까지 살아남아라."

"네."

제스터의 마지막 말에 대답하는 부하의 얼굴에는 미소가 걸렸다.

"그러면 오늘 밤 어둠을 틈타서 아이노 강을 넘어갔다가 조금 위로 올라가서 한 번 더 도하 작전을 감행한다. 이곳 하나로는 문이 너무 좁으니까. 다들 푹 쉬어두라고 해."

"네, 알겠습니다."

경례를 한 부하가 제스터의 군막을 나갔다.

"그곳에는 그놈이 없겠지?"

제스터가 주먹을 쥐락펴락하면서 중얼거렸다.

최근 오 년간 처음으로 기간테스 전투에서 자신을 당황하게 한 녀석이다. 그런 상황이 아니었다면 어땠을까? 한번 제대로 붙어보고 싶다는 생각도 들었다.

하지만 그 상대는 현재 다이트 영지에 틀어박혀 있다는 정보다.

"후후, 네가 그곳에 있는 동안 다른 곳의 문이 열릴 거다."

낮은 웃음과 함께 태양이 천천히 저물고 있었다.

CHAPTER 6
오산

"적진에서 포털 마법진이 운용되었다고 합니다."

"왔군. 포털을 여는 데 생각보다 시간이 많이 걸렸어."

부관의 보고에 와이져 대대장이 낮게 중얼거렸다.

"그거야 내가 지속적으로 방해 파장을 흘려보냈으니까 주
변의 마나가 불안정했을 거야."

"감사합니다."

아론 백작의 말에 와이져가 고개를 숙여 감사의 뜻을 표했
다.

"우리에게도 시간은 필요하니까. 덕분에 우리 일은 모두
끝냈다."

"내일부터 움직임이 있을까요?"

밀레느의 물음에 와이져는 고개를 저었다.

"아직은. 추가 병력이라 해봐야 데세랄일 터. 그 정도 병력으로 움직이기에는 위험 부담이 크지."

"그렇다면 결국 자이안 강습부대가 문제라는 거네요."

"그래. 그놈들 덕에 우리도 이런 대치 상태를 지속하고 있는 거니까."

"랩터2가 보급될 때까지는 속수무책인 거네요?"

"어쩔 수 없지. 더 이상의 전력 누수는 막아야 하니까."

와이져가 어두운 얼굴로 대답했다.

"그래도 조금씩 영토를 넘겨주면서 후퇴한다는 것이 작전이라니… 좀 열받네요."

중앙에서 내려온 명령이다. 이안이 머리를 쥐어뜯으며 짜낸 작전인 것이다.

그런 것치고는 분명 맥 빠지는 작전이다.

"동감이야."

"적진에 특별한 움직임은 없다고 합니다."

이미 어둠이 내려앉은 시간이다. 적진의 감시 결과에 대한 보고가 올라왔다. 와이져는 고개를 끄덕였다.

아무 일 없이 하루가 지났다.

다음날.

동녘 하늘에 어스름 아침이 밝아올 무렵, 다급한 통신이 들어왔다.

"뭐야? 무슨 일이야?"

와이져가 황급히 들어왔다.

"정선 부분에 자이안 강습부대가 나타났다 합니다."

"뭐?"

"아이노 강 건너편에 나타났다는 것으로 보아 밤사이 다시 강을 건너 북쪽으로 올라간 것 같습니다."

"젠장, 대체 두 눈 뜨고 뭘 하고 있었기에 그런 움직임을 못 잡아내!"

화가 치민 와이져의 호통이 떨어졌다. 그러나 이미 적은 그곳을 공략하고 있었다.

제이드 대륙을 동서로 가르는 큰 산맥이 있다. 대륙을 동서로 나누는 만큼 크기와 험준함 등은 가히 대륙 최고기에 그랜져 산맥이라는 이름이 붙었다. 그랜져 산맥은 슈프림 왕국과 메틀라인 왕국의 국경을 따라서 휘어지다가 다시 슈프림 왕국과 원글로스 왕국의 국경 부근에서 두 줄기로 나뉜다.

위로 올라가면서 슈프림과 원글로스의 국경선을 형성하는 줄기를 어퍼 그랜져, 메틀라인의 영토로 뻗어 내려오는 줄기를 로어 그랜져라 부르고, 그렇게 나뉘는 곳을 정선이라 불렀다. 정선부터 아이노 강을 따라 해안까지가 원글로스와 메틀라인의 국경선이었다.

"그래서, 무슨 일로 연락이 온 거야? 지원이라면 서부 1대대가 가장 가깝잖아."

"그것이 자이안과 교전 경험이 있는 랩터2를 보내달라고 합니다. 그곳마저 뚫리면 정말 위험해진다고요."

부하의 보고에 와이져는 고개를 끄덕였다. 그 말이 맞았다. 양쪽에서 감싸듯이 국경을 공략하면 정말 난감했다.

"알았어. 이슈인 써드 나이트 빨리 불러들여. 마침 수리가 모두 끝난 것이 다행이군. 그리고 보내는 김에 밀레느 프라임 나이트도 함께 보내지. 일단 조금이라도 자이안을 일대일로 붙들 수 있는 기체가 랩터2니까."

"알겠습니다."

"아, 그리고 이곳과 동부 1대대 사이에 포털 연결 안 되어 있잖아. 이슈인이랑 밀레느 부르면서 동부 1대대에 통신 넣어. 이곳 좌표 불러주고 포털 연결해 달라고. 그래야 빨리 지원 나가지."

"네."

와이져의 명령에 힘차게 대답한 부하는 서둘러 나갔다. 그도 지금 상황이 얼마나 급박한 것인지 잘 알고 있는 것이다.

"젠장, 빌어먹을 녀석들. 하필이면 이곳이야."

정선 부분의 방어를 책임지고 있는 카프 대대장의 입에서 욕설이 튀어나왔다.

원글로스와의 국경 방어선 중 최남단과 최북단을 공략하고 있다. 적들은 양쪽을 뚫은 후 쓸어 담듯 국경 지역을 장악하려는 계획인 것이다.

정선 지역에 대한 적들의 공격에 중앙에서도 패닉에 빠졌다. 설마 이렇게 과감하게 공격을 해올 것이라고는 예상치 못한 것이다.

"와이져 대대장에게서 연락없어?"

스무 기의 바일론이 요란한 기동 음을 내며 아이노 강을 주시하고 있었다.

아침이 밝자마자 강 건너편에 나타난 자이안 스무여덟 기.

그 모습이 자못 공포스러웠다.

"연락 왔습니다. 곧 랩터2 두 기를 모두 파견한다고 포털 준비해 달라고 합니다."

부하의 보고에 그나마 카프 대대장의 얼굴에 화색이 돌았다.

"서부 1대대는?"

"출발했다고 합니다."

선전포고에 맞춰 이루어진 군 주둔지의 변화에 따라 현재 포털이 연결되지 않은 대대가 있었다. 카프 대대장의 동부 1대대와 현재 지원하러 출발한 서부 1대대가 그랬다.

"빨리 와야 할 텐데. 빨리 서부 5대대에 포털 열어줘!"

"좌표 설정 중입니다."

서부 5대대가 다이트 영지로 후퇴하는 바람에 두 곳을 잇는 포털이 존재하지 않았다. 그나마 다이트 영지의 포털을 이용해 좌표 재설정을 통해 이동을 하려는 것이다.

군용으로 사용하는 포털과 민간에서 이동용으로 사용하는 포털이 달랐기에 동부 1대대 쪽에서 좌표를 설정하여 열어줘야 했다.

긴급회의가 소집되었다.

공화국 측에서 예상과 전혀 다른 행보를 보였기 때문이다. 이미 도하 지점을 확보한 곳에서 서서히 틈을 벌이며 내려올 것이라 생각했는데 다른 한 점을 확보한 후 양쪽에서 일거에 쓸어 담으려 하고 있었다.

"대체 이 일을 어떻게 할 것이오, 이안 차관!"

하이드론 공작이 사납게 소리쳤다.

이안은 그답지 않게 딱딱하게 굳은 얼굴을 하고 있었다. 항상 자신감 넘치던 얼굴이었으나 이번 일만큼은 그도 의외였던 것이다. 계속해서 박스터 통령에게 불의의 일격을 당하고 있었다.

"이미 벌어진 일입니다. 공화국이 예상 밖으로 움직이면서 미처 대비를 못했지만 지금부터라도 최소한의 피해로 막아야 합니다."

"그러니까 어떻게 그렇게 하겠단 말이오?"

하이드론 공작의 추궁은 계속됐다.

"다이트 영지의 기갑대대를 움직여야지요. 한 중대의 지원으로 모두 스물다섯 기 정도의 기간테스가 있습니다. 그리고 3대대와 4대대를 내려야지요."

"그러면 중앙이 비지 않소? 양쪽에서 쓸어 담으려는 척하다가 중앙으로 대규모 도하가 감행되면 어떻게 막을 것이오?"

날카로운 지적이었다.

사실 이런 가능성 때문에 이안이 전전긍긍한 것이다.

"현재 정보로는 공화국에 더 이상의 운용 가능한 자이안은 없습니다. 온다 하더라도 데세랄이 전부입니다. 결사의 각오로 막아야지요."

"2대대 하나로요? 만약 적이 오십 기 이상의 데세랄로 도하를 감행하면 중앙은 뚫립니다."

그 말이 맞았다.

"그러면 공작 각하께 좋은 의견이라도 있으십니까?"

이안의 물음에 하이드론은 입을 다물었다.

없었다.

이미 도하 지점을 넘겨준 순간부터 전쟁은 불리하게 전개되고 있었다.

도무지 수가 없었다.

모두의 얼굴에 근심이 가득 어렸다.

"전선을 뒤로 물리는 건 어떤가?"

엠피엘 국왕의 입이 열렸다. 그것은 모두가 생각하는 최악의 패였다.

"전하!"

하이드론 공작이 놀라서 외쳤다.

"이래도 안 되고 저래도 안 된다. 그렇다면 남은 수는 후퇴뿐이겠지."

엠피엘 국왕이 굳은 얼굴로 말했다.

"그것도 한 방법입니다만, 그렇게 선기를 빼앗기면 점점 더 힘들어질 수 있습니다."

이안 역시 조심스레 반대 의견을 꺼냈다.

"어차피 초반의 열세는 예상한 것 아닌가? 이후 반격을 하려면 최대한 병력을 온존하는 것이 방법이야."

지금까지는 귀족들의 회의를 지켜보며 거기서 나오는 결과대로 움직이던 엠피엘 국왕이 능동적으로 움직이기 시작했다. 왕권을 강화시켜 온 엠피엘 국왕의 카리스마가 빛을 발하기 시작한 것이다.

"이안 차관, 마나 캐논의 개발을 더욱 서둘도록. 최소한 6개월 안에는 완성해야 하네."

"알겠습니다."

"라파엘 장관, 최대한 예산을 끌어모아. 임시 징세도 상관없네. 귀족부터 모조리 긁어모아."

"전하!"

라파엘 후작에 앞서 하이드론 공작이 반발했다.

"하이드론 공작, 이 상황에서 귀족의 권리 운운할 것이오? 귀족에게 납세의 의무가 없다는 것은 짐도 알고 있소. 하지만 지금은 비상사태요. 그렇게 귀족의 권리 운운하다가 우리나라가 패전하면 어떨 것 같소? 패전국의 평민은 여전히 평민이지만 패전국의 귀족은 바로 노예요."

하이드론 공작이 하려던 말을 한발 먼저 한 엠피엘 국왕이 날카롭게 다그쳤다. 그의 말에 공작은 아무런 대꾸도 하지 못했다.

국왕이 먼저 패전의 위험을 꺼냈다. 그런 최악의 상황까지 끄집어낸 이상 자신은 더 이상 반발할 수 없었다.

"알겠습니다, 전하."

엠피엘 국왕이 완벽하게 하이드론 공작을 찍어 누르는 것을 본 후 라파엘 후작이 대답했다.

"미켈란 장관."

"네, 전하."

"지금 즉시 은퇴한 라이더들을 모두 긁어모으시오. 베테랑들 우선으로. 그리고 훈련소의 라이더와 배틀러들의 훈련에 더욱 박차를 가하시오. 그리고 왕립군사아카데미의 조기 졸업을 즉각 추진하시오."

"알겠습니다."

그야말로 일사천리였다.

지금 엠퍼엘 국왕은 아이노 강에 걸친 방어선을 포기하고 대신 그 이후의 반격 준비를 서두르고 있었다.

"우리가 지금 이렇게 불리한 상황에 처한 것은 공화국에 비해 준비가 부족했기 때문이오. 지금부터 6개월 주겠소. 어떻게든 레술트 영지에서 막아내시오. 그 이상 잃었다가는 반격도 뭐도 없으니까. 레술트 영지를 최후의 방어선으로 생각하시오. 그리고 6개월 후 일거에 반격할 수 있도록 완벽히 준비하시오. 알겠소?"

"알겠습니다, 전하."

레술트 영지는 로어 그랜져 산맥의 끝부분이었다. 로어 그랜져 산맥은 그 이름답게 험준하여 아직 메틀라인에서도 제대로 개척을 하지 못한 상태다.

로어 그랜져 산맥의 끝자락과 해안선 사이의 땅. 그곳이 바로 레술트다.

덕분에 아주 협소한 지역만을 틀어막으면 되기에 방어하기에는 최적의 지형이었다. 적이 로어 그랜져를 넘는다면 이야기는 달라지지만 그럴 가능성은 거의 없었다. 그곳은 몬스터의 땅. 아무리 기간테스가 있다 하더라도 쉬이 넘을 수 없었다.

산맥이란 곳이 기간테스의 기동에는 불리한 지형이기 때문이다.

레술트에 방어선을 친다면 전선의 길이가 아이노 강 방어선의 5분지 1정도다. 그만큼 적은 병력으로 효율적으로 막을 수 있는 것이다.

이안은 자신이 최악의 경우를 상정해 설정한 방어선을 국
왕이 직접 지정하자 무척이나 놀랐다. 자신은 전쟁이 끝난 후
황폐화된 국토를 걱정했지만 국왕의 말대로 지면 국토도 뭐
도 없었다. 지금은 오로지 이기는 것만을 생각할 때였다.

'내가 너무 안일했어.'

젊음으로 인한 경험 부족이었다.

"라파엘 장관."

"네, 전하."

"예산이 모이면 최대한 용병을 끌어모으시오. 기간테스를
보유한 용병을 위주로 말이오. 우리의 랩터2가 저들의 자이
안에 비해 한 수 아래인 것은 분명한 사실. 어떻게든 숫자라
도 많이 확보해야 할 것이오."

"알겠습니다."

이것으로 회의는 끝났다.

이제 전선으로 전원 후퇴 지령이 내려질 것이다. 물론 일시
에 레술트로 후퇴하지는 않을 것이다. 적들에게 보급이 될 만
한 것들을 완파하고 피난민들을 대피시키면서 소규모 국지전
을 벌이면서 어쩔 수 없다는 듯 서서히 후퇴할 것이다.

일단 아이노 강 방어선은 모두 포기한다는 명령이 내려질
것이다.

5대대를 제외하고는 모두 후퇴하리라.

         *   *   *

　그런 결론이 내려지기 두 시간 전.

　이슈인은 랩터2 레퀴엠의 콕피트에서 강을 건너오는 자이
안들을 바라보고 있었다.

　상류인 탓에 자이안의 무릎 아래 정도까지만 물이 찼지만
그만큼 물살이 거셌다. 도하 속도는 하류와 큰 차이가 없었다.

　열 기의 캐터펄트가 동원되었으나 역시 별 효과는 없었다.

　[이슈인, 자신있어?]

　[없습니다.]

　밀레느의 물음에 이슈인은 솔직히 대답했다. 첫 실전의 신
고식이 그만큼 혹독했던 터다.

　[대장, 지난번의 그 녀석 같은데요?]

　[그래, 보고 있다.]

　부하의 통신에 제스터가 답했다.

　[같은 기종이 한 기 더 있습니다. 근데 제정신인지 모르겠
어요. 전쟁터에서 저렇게 눈에 띄는 색이라니.]

　밀레느의 랩터2는 여전히 핑크색이었다.

　[그만큼 자신있다는 소리겠지, 뭐. 크크.]

　[조용.]

도하 중 부하들의 잡담을 자른 제스터는 날카로운 눈으로
이슈인의 랩터2를 노려보았다.

　[저 녀석은 내가 맡는다. 어떻게든 반드시 제거해야 해.]

　[알겠습니다.]

　[그린젬.]

　[네, 대장.]

　[네가 지휘해라. 랩터2라는 기종이 한 기 늘었지만 지난번
이나 마찬가지다. 내가 저놈을 상대하는 동안 확실히 도하 지
점을 확보해.]

　[알겠습니다.]

　제스터의 명령이 끝나는 순간, 선두의 자이안이 강변에 도
착했다.

　그 순간 전투가 시작되었다.

　오십 기의 기간테스가 맞붙는 전투다. 땅이 울리고 하늘이
흔들렸다.

　밀레느가 선두에서 자이안에 부딪쳐 갔다.

　선두의 기세를 꺾어야 했기에 그래도 자이안의 출력에 버
틸 수 있는 랩터2에 탑승한 그녀가 나선 것이다.

　이슈인도 그녀의 옆에서 자이안을 막으러 나섰다.

　[네 상대는 나다!]

　그때 강력한 숄더 차징이 이슈인의 측면에서 날아들었다.

　"윽."

이슈인은 재빨리 몸을 피했다.

그리고 마주한 기간테스.

붉은 늑대의 문장이 선명했다.

[제스터,]

이슈인은 자신의 앞을 막아선 자이안을 바라보았다.

[레퀴엠이라……. 그것이 네 녀석의 별명인가? 훗, 빠르군. 겨우 킬 마크 다섯 개에 왼쪽 어깨에 별명이 새겨지다니. 뭐, 그만큼의 실력이 있었다는 것은 인정하지.]

공용 채널을 통해 계속해서 제스터의 말이 들려왔다. 이슈인은 이번에는 애초에 공용 채널을 열어놓은 상태였다.

[운이 좋았을 뿐입니다.]

[크, 겸손이 지나치군. 바로 이 내가 직접 상대하기 위해 나섰는데 말이야. 네 녀석이 날뛰면 우리로서는 무척이나 곤란한데 너를 막을 만한 사람이 나밖에 없거든. 대단한 일이야.]

그것은 메틀라인 쪽도 마찬가지였다. 제스터가 마음껏 날뛰면 어떤 일이 벌어질지 몰랐다. 그의 운용능력은 그만큼 독보적이었다.

이슈인은 고민했다. 자신이 빠진 메틀라인과 제스터가 빠진 벨런시아 공화국.

어느 쪽이 손해가 더 클까?

이슈인은 마음껏 싸우고 있는 밀레느의 핑크를 잠시 보았다. 출력의 열세에도 불구하고 오히려 자이안을 몰아붙이고 있었다.

이슈인은 그녀를 믿기로 했다.

이슈인의 랩터2가 빠르게 움직였다.

[제가 제스터를 다른 곳으로 유인하겠습니다.]

이슈인의 통신이 카프 대대장의 귀에 울렸다. 단독으로 전장을 이탈하겠다는 소리다.

카프는 안 된다고 하려 했다. 하지만 이미 두 기의 기간테스가 전장에서 멀어지고 있었다. 이슈인을 잡기에는 늦었다. 치고 들어오는 자이안을 어떻게든 막아야 했다.

"빌어먹을, 듣기는 했지만 어디로 튈지 모를 녀석이군."

[대대장님, 어떻게 하지요?]

[어쩔 수 없지. 그래도 제스터를 이슈인이 달고 갔으니 어떻게든 버텨라. 곧 서부 1대대가 도착한다. 그때까지만 버텨!]

전투는 치열하게 전개되었다. 그러나 완파된 기간테스는 없었다.

바일론들은 애초에 직접적인 격돌을 피하고 있었다. 그저 상대의 발목을 잡아 시간을 끌겠다는 운용이다. 일단 서부 1대대가 도착해서 수적 우세를 점한 후에 본격적인 움직임을 보일 생각인 것이다.

공화국 측은 그린젬의 지휘가 제스터에 비해 손색이 있었기에 쉽사리 메틀라인의 방어를 뚫지 못하고 있었다. 상대가 부딪쳐 와야 완파를 하든 할 텐데 요리조리 피하는 움직임만 보이고 있었다. 적어도 기동 순발력은 바일론이 나았기에 작정하고 피하는 그들을 쉽사리 잡지 못하고 있었다.

제스터가 있었다면 상황은 달라졌을 것이다.

하지만 그는 이슈인과 사라졌다.

'젠장, 역시 대장은 대장이라는 건가.'

그린젬은 자신의 능력 부족을 절감했다.

[네놈, 어디까지 도망칠 셈이냐!]

랩터2의 빠른 기동을 쫓아가며 제스터가 외쳤다.

[가능한 멀리요.]

그랬다. 이슈인은 제스터가 아군에 피해를 주지 못하게 하려고 전장을 이탈한 것이다.

어느새 이슈인의 눈앞에 거대한 산맥이 나타났다. 정선의 중심부 쪽에 가까워진 것이다.

제스터의 눈에 웃음기가 감돌았다. 더 이상 전진할 수 없다. 울창한 산맥은 기간테스의 기동을 방해한다. 빠른 기동이 최고 강점인 랩터2인데 스스로 불리한 곳으로 뛰어들다니 상대가 아직 어리다는 생각이 제스터의 머리를 스쳤다.

그제야 제스터는 여유를 가질 수 있었다. 아니, 완벽하게 상대를 제거할 수 있는 기회였다.

여유를 되찾으니 운용이 한결 부드러워졌다.

'응? 차분해진 것 같은데?'

잡힐 듯 말 듯한 거리를 유지하면서 도망을 쳐 상대를 흥분

시킨 후 상대하겠다는 것이 이슈인의 작전이었다. 그런데 오히려 상대가 차분해지는 것 같은 기분이 들었다. 이슈인은 고개를 갸웃거렸으나 영문을 알 수 없었다.

이제 본격적인 실전을 한 번 겪었을 뿐인 이슈인이다. 산전수전 다 겪은 제스터에 비하면 애송이인 것이 분명했다.

'아직 애송이일 때 만나서 다행이야. 경험을 쌓은 후 만났다면 정말 엄청난 적이 되었을 거야.'

이제 거의 다 잡았다는 생각에 제스터는 미소를 지으며 생각했다.

과연 점점 랩터2의 기동이 늦어지기 시작했다. 차츰 경사가 심해지고 나무가 우거지기 시작했다. 본격적으로 기간테스의 운용이 어려운 지형이 시작된 것이다.

특히 오르막에서는 출력이 높은 자이안이 유리했다. 자이안과 랩터2의 거리가 점점 줄어들었다.

[어때? 이제 힘들지 않아?]

제스터의 통신에 이슈인의 이마에 주름이 생겼다. 과연 점점 운용이 힘들어지고 있었다.

'빌어먹을. 미리 알고 있었다는 것인가?'

이슈인은 이제야 자신의 실수를 인식했다. 그저 전장에서 떨어뜨리면서 상대를 흥분시켜야 한다는 생각에 오히려 중요한 것을 간과한 것이다.

'기간테스로 치르는 산악전은 최악의 선택이라는 것을 마

르고 닳도록 배웠으면서⋯⋯.'

주위를 둘러본 이슈인은 스스로를 자책했지만 이미 늦었다. 산악전에는 기간테스보다는 트랜스 아머가 더 적합했다.

"역시 경험이라는 것인가."

이슈인은 낮게 중얼거렸다. 아는 것과 행하는 것은 달랐다. 그것을 지금 뼈저리게 느끼고 있었다.

처음도 그랬고 두 번째도 그랬다. 어쩐지 이슈인은 자신이 자기 스스로를 힘들게 만드는 것 같았다.

이슈인은 멈춰 서서 몸을 돌렸다.

더욱 깊이 가봤자 자신이 더 불리해질 뿐이다. 이곳에서 결판을 내야 했다.

"홋, 이제야 눈치챈 모양이군."

제스터는 천천히 멈춰 섰다.

자이안과 랩터2가 마주 보고 섰다.

랩터2가 천천히 검을 뽑아 들었다.

'지난번의 그 기이한 검법으로 온다.'

제스터는 긴장했다. 자신이 유리한 지역으로 몰아넣었다고는 하지만 지난번에 겪은 검술은 강했다. 몇 번이나 머릿속에서 이 상황을 그리며 준비했다. 자신이 아는 수법으로 올 때 결정을 지어야 했다.

이슈인은 플레임 블레이드의 수법으로 검을 떨쳤다. 타오르는 불꽃과 같은 움직임을 보이며 검이 사이안을 향해 날아들었다.

싱크로율의 한계로 직접 펼칠 때보다 위력이 약했지만 그것만으로도 충분히 위력적인 검이다. 하지만 제스터는 능숙하게 움직였다. 한 번 똑똑히 겪은 검술이다. 이미 검이 날아오는 궤적을 예상하고 있었다.

이슈인의 경험 부족이 다시 한 번 드러났다.

세상에는 한 번 본 검의 움직임을 그대로 외워 버리는 괴물 같은 천재가 존재했고, 지금 이슈인의 눈앞에 있는 적이 바로 그 괴물이었다. 그런 사실을 염두에 두지 않고 지난번과 똑같이 검을 움직인 것이다.

사실 플레임 블레이드의 현란한 움직임을 보고 외울 수 있는 사람이 존재한다는 것 자체가 있을 수 없는 일이다. 제스터가 있을 수 없는 일을 가능하게 한 천재일 뿐.

한마디로 이슈인이 운이 없는 것이다.

자이안의 방패가 빠르게 움직였다.

캉!

랩터2의 검이 방패에 막혔다.

이슈인은 깜짝 놀랐다. 검의 흐름이 중간에 끊긴 것이다. 제스터는 그 틈을 놓지지 않고 검을 찔러 넣었다.

혼신을 다한 찌르기다.

제스터는 스스로 모르고 있지만 이 순간 자신의 싱크로율 기록을 경신하고 있었다. 강적을 만나 극한까지 오른 집중력 덕이다.

그런 싱크로율이 있었기에 머릿속에서 그리던 것을 기간테스의 움직임으로 나타낼 수 있는 것이다.

서격.

자이안의 검이 정확히 랩터2의 왼쪽 무릎 관절에 꽂혔다.

이슈인은 이 상황을 믿을 수 없었다. 어떻게 이럴 수 있단 말인가. 외장갑을 장착한 다음 오히려 일격에 중요 부분을 파손당하다니.

지난번의 격돌에 분명 제스터는 플레임 블레이드에 속수무책이었다. 그리고 겨우 4일이 지났을 뿐인데 저렇게 냉정하고 철저한 대응이라니.

[역시 아직 애송이야. 뭐, 그 점이 다행이지만.]

그때 제스터의 얄미운 통신이 이슈인의 귀에 울렸다.

"우앗!"

한쪽 무릎의 기동이 거의 불가능해졌지만 이슈인은 블리자드 블레이드를 펼쳤다.

역시 경험 부족이 드러났다. 한쪽 다리가 부자유스러운 상황에서의 무리한 기동은 오히려 스스로에게 독이 된다. 침착하게 천천히 이 상황을 벗어났어야 했는데 당황한 나머지 이슈인은 더 무리한 기동을 시작한 것이다.

제스터는 검을 뽑고 멀찍이 물러났다. 두 번째로 펼친 검의 움직임은 아직 완벽하게 외우지 못했다. 그럴 수밖에 없는 것이, 지난번에 탈출하는 순간 단 한 번 펼쳤던 것이다.

아스라한 기억에 의존해 제스터는 뒤로 물러났다.

파캉!

그 순간, 요란한 소리와 함께 랩터2의 왼쪽 무릎이 부러졌다.

자멸이다.

"어? 어?!"

갑작스런 파손에 랩터2가 균형을 잃고 쓰러졌다.

그 절호의 순간을 놓치기에는 제스터가 쌓은 경험이 너무 많았다.

자이안이 훌쩍 뛰어올랐다.

일격에 콕피트를 박살 내려는 의도다. 어느새 역수로 잡아든 검으로 그대로 랩터2를 내리찍었다. 이슈인은 본능적으로 랩터2의 몸을 틀었다.

파캉!

자이안의 검이 랩터2의 왼쪽 어깨에 박혔다.

Requiem의 글자 위였다.

'너무 쉬워. 전에 보았던 그 폭발적인 기동을 오늘은 전혀 보여주지 않다니. 어떻게 된 것이지?'

이슈인이 무의식중에 그런 움직임을 보였다는 것을 알 리 없는 제스터는 고개를 갸웃거렸다. 그러나 그전에 강적을 쓰러뜨렸다는 생각에 집중력이 조금씩 흩어지고 있었다.

자신의 별명을 새긴 왼쪽 어깨에 검을 허용하다니 라이더로서 치욕스러운 순간이다. 하지만 이슈인은 절체절명의 위기를 넘긴 것만으로도 정신이 없었다.

'어쩌지?'

혼란 속에서 갖가지 생각이 머릿속을 휘저었다.

아카데미 희대의 천재도 어쩔 수 없었다. 그동안 배워온 무수한 것들이 순간적으로 새하얗게 변했다.

그 순간, 이슈인은 훈련소의 반복 훈련대로 움직였다.

반파에 가까운 타격을 입은 순간, 패색이 짙은 순간 해야 하는 교본대로 움직였다. 클레딘의 특히 혹독히 시킨 훈련 덕에 자면서도 했던 움직임이다.

이슈인은 움직일 수 있는 오른쪽 다리와 오른팔을 이용해 몸을 뒤집었다.

제스터는 상대가 완전 패닉 상태에 빠졌을 것이라 생각하며 안심하고 있다가 갑작스런 랩터2의 움직임에 옆으로 쓰러졌다. 그답지 않은 방심이었다.

그의 노련한 경험이 만든 방심이기도 했다. 그가 상대한 많은 초보 라이더들은 이와 같은 상황에서는 패닉에 휩싸여 아무것도 못했던 것이다. 거기에 필사의 강적으로 생각했던 적을 너무나 손쉽게 처리한 것도 있었다. 극도의 집중 상태에서 원래의 상태로 돌아왔을 때의 맥 빠짐, 그것과 이슈인의 움직임이 절묘하게 맞물린 것이다.

랩터2가 몸을 뒤집으며 자이안을 넘어뜨리는 순간, 자이안의 검은 완벽하게 랩터2의 왼쪽 어깨를 뚫었다. 자루까지 깊이 박혀 어깨 뒤로 검날이 높게 솟아올랐다.

그에 아랑곳 않고 이슈인은 훈련에 의해 몸에 인이 박힌 대로 움직였다. 오른팔과 오른다리로 자이안을 꽉 조였다. 그와 동시에 일단 마나 엔진의 기동을 중지하고 모든 구동 부위에 락을 걸었다. 그리고 다시 마나 엔진을 기동했다.

순간적으로 기동을 중지했다 다시 시작했기에 딜레이 타임 없이 곧바로 마나 엔진이 기동 음을 내며 작동했다.

이 상태에서는 이제 이슈인 스스로도 랩터2를 움직이지 못한다. 마나 엔진의 재기동이 시작함과 동시에 이슈인은 마나를 불어넣은 주먹으로 오른쪽 마나 제어구를 깨뜨리며 왼쪽 마나 제어구에 마나를 불어넣었다. 메틀라인 왕국의 기간테스의 자폭 방법이다.

일정량 이상의 마나로 오른쪽 제어구를 깨뜨리는 것과 동시에 왼쪽 제어구에 마나의 주입.

랩터2의 마나 엔진이 이상 기동을 시작했다. 마나를 거꾸로 흘리기도 하고 급작스럽게 출력을 높였다 낮추기도 하면서 쉬지 않고 기동했다.

우키잉. 키이잉.

요란한 엔진 기동 음이 울렸다.

"뭐야? 설마……?"

랩터2에게서 빠져나오려고 움직이던 제스터는 순식간에 자신의 귀에 들린 요란한 기동 음에 상대가 자폭을 시도한다는 것을 알아차렸다.

적국 기간테스의 자폭 방법은 알고 있었다. 엔진 이상 기동에 의한 자폭. 지금 자신의 귀에 들리는 마나 엔진 음은 결코 정상적인 기동으로 나올 수 있는 소리가 아니다.

제스터는 다급해졌다. 적을 죽이기 전에 우선 이 구속에서 벗어나야 했다.

자신에게 주어진 시간은 대략 1분.

그 안에 구속을 풀어내지 못하면 자신도 자이안을 잃는다.

제스터가 랩터2의 구속을 풀기 위해 안간힘을 쓸 때 이슈인은 랩터2의 등쪽으로 연결된 콕피트의 비상 탈출로를 열고 랩터2에서 내렸다. 그리고 정선의 중앙을 향해 정신없이 달렸다.

잡히면 안 된다. 그 생각밖에 없었다.

이슈인은 전력을 다해 달렸다. 자신도 모르는 사이 라이트 바디 런을 운용하며 땅을 박찼다.

'빌어먹을 놓치면 안 돼. 아니, 그보다 빨리 벗어나야 해.'

갑작스런 상황에 당황했던 제스터는 이슈인이 달아나는 모습에 더욱 서둘렀다. 똑같은 쪽의 팔과 어깨를 그것도 왼쪽을 파손시켜 놓은 것이 다행이었다. 검을 쥔 오른손이 어느 정도 움직였기 때문이다.

검을 쥔 채 오른손을 그대로 내리그었다. 랩터2의 왼팔이 잘려 나갔다. 완전히 자유로워진 오른팔로 랩터2를 밀쳐 낸 후 제스터는 재빨리 이슈인의 뒤를 쫓았다.

인간이라 믿기지 않는 빠른 속도로 달리고 있었기에 서둘 렀다.

쿠왕!

그의 등 뒤로 자폭하는 랩터2의 폭발음이 요란하게 울렸 다.

그 순간 전장에는 전선을 서서히 레슐트 지방까지 물리라 는 명령이 내려왔다. 막 서부 1대대가 도착해서 조금씩 열세 를 만회하는 찰나였다.

카프 대대장은 명령에 따라 서서히 병력을 물렸다. 당장 레 슐트까지 후퇴하지는 않는다. 그저 아이노 강 전선에서 한발 물러선 곳까지 후퇴할 뿐이다.

서부 1대대의 지원 덕에 큰 피해 없이 전선에서 물러날 수 있었다.

CHAPTER 7
추락

엠피엘 국왕이 흐뭇한 얼굴로 술잔을 입에 가져갔다. 맞은
편에는 이안이 앉아 있었다.

"자네 생각대로야, 이안 차관."

회의에서의 이안의 모습과 국왕의 모습은 모두 두 사람이
함께 세운 계획하에 의도적으로 연출한 모습이었다. 엠피엘
국왕이 지시한 것은 역시 둘이서 고민 끝에 세운 대책들이었
다. 물론 이안이 당황해한 모습은 모두 연기였다.

굳이 그렇게 한 것은 전쟁을 이용해 왕권의 강화를 더욱 확
고히 하기 위해서였다. 평소라면 반발했을 귀족들이 이번에
는 순순히 엠피엘 국왕의 지시를 받아들였다.

외적의 침입은 내부를 결속시킨다. 물론 국가적인 위기였지만 위기를 이용해서 내부의 결속을 다지는 것 역시 한 가지 처세였다.

"내부는 대강 정리가 되었습니다만, 이제는 정말 외부가 문제입니다."

이안의 말에 엠피엘 국왕의 얼굴에서 미소가 사라졌다. 그의 얼굴이 딱딱해졌다.

벨런시아 공화국은 정말로 문제였다.

"원글로스를 도모하겠다는 듯이 원글로스와의 국경으로 배치했던 라이더들이 모두 아이노 강 쪽으로 이동하고 있습니다. 귀족들은 물론이거니와 전하와 저희까지 모두 깜빡 속아 넘어갔습니다."

"흐음, 박스터. 참으로 치밀한 자야. 그는 벌써 두세 수 앞을 내다보고 준비를 하고 있었어."

엠피엘 국왕이 고개를 끄덕이며 말했다.

"당장에라도 원글로스와 전면전을 치를 것처럼 하고는 오히려 원글로스의 내전을 부추기다니… 그는 참으로 대단한 수완가입니다."

"우리에게도 이안이라는 대단한 수완가가 있지 않은가?"

엠피엘 국왕이 이안을 보며 말했다.

"과찬이십니다."

이안이 고개를 숙였다.

"카를로 백작은 영지로 돌아갔는가?"

"네. 때가 때이니만큼 레퀴엠 프로젝트의 완성에 매진하겠다고 하셨습니다."

이안의 대답에 엠피엘 국왕은 고개를 끄덕였다.

"중앙에는 자네가 있으니 믿고 내려간 모양이군. 다행이야, 자네가 있다는 것이."

계속되는 칭찬에 이안은 몸 둘 바를 몰라 했다.

"아, 정선 지역의 지원에 자네 동생이 나섰다 하던데?"

"네. 생각보다 라이더로서의 능력이 제법인 모양입니다. 카프 대대장이 직접 요청했다 하더군요."

"아무 일 없어야 할 텐데……."

국왕이 직접 이슈인의 안부를 걱정했다. 바첼러 백작가의 한 사람, 한 사람이 대단한 인재임을 몸소 느끼기에 그런 것이다. 무엇보다 그에게 무슨 일이 생긴다면 이안이 흔들릴 것이 걱정이었던 것이다.

"별일없을 겁니다. 약은 녀석이니까요."

이안은 국왕에게인지 스스로에게인지 모를 말을 했다.

전선의 후퇴 명령을 내린 직후의 일이다. 그리고 이슈인의 랩터2가 자폭한 때이기도 했다.

*　　　*　　　*

"아악! 도저히 안 돼! 더 이상은 몰라!"

"나도 몰라!"

두 자매가 마주 보며 비명을 질렀다. 연구를 가로막은 벽이 점점 더 높아지고 두꺼워진 탓이다.

"많이 힘든가 보구나."

카를로 백작이 두 딸을 찾아 연구실로 왔다. 문을 열고 들어서자마자 보인 모습이 동시에 절규하는 것이니 걱정이 되었다. 그 역시 이제 함께 연구를 시작한 터라 그 벽이 얼마나 거대한지 체감하는 중이다.

"네. 마나 엔진 개발만 끝나면 다 끝일 줄 알았더니 아니었어요. 엔진 완성이 겨우 시작이라니……"

이레아가 의기소침한 얼굴로 중얼거렸다. 자신감에 가득 차 있던 모습은 사라지고 없었다.

"네 탓이 아니야. 내 탓이지."

이올린은 더욱 풀이 죽어 있었다.

"자, 너희는 할 수 있다. 어디 한 번 처음부터 짚어보자. 일단 첫 번째 문제가 뭐라고?"

"기간테스에 마나를 공급하는 마나석이요."

이레아의 말에 카를로 백작이 고개를 끄덕였다.

"현재 최신예 기종인 랩터2에는 상급 마나석 두 개를 병렬로 연결한 후 그 두 쌍을 직렬로 연결하지. 결국 총 네 개의 상급 마나석으로 마나 공급판을 만들지."

"네. 그걸로 여섯 시간의 풀 파워 기동이 가능하죠. 중급 마나석을 사용할 수도 있는데 그렇게 하면 기동 시간은 세 시간 정도고요. 단순 이동 정도라면 중급 마나석으로도 여섯 시간은 버텨요. 대신에 격렬한 전투 기동을 할 시에는 한 시간 남짓이고요."

이레아도 아주 잘 알고 있었다.

"그런데 3.5라는 출력의 마나 엔진은 마나도 엄청나게 잡아먹더라고요. 세 개를 병렬로 연결한 후 그걸 다시 세 개를 직렬로 연결해야 하다니."

"아홉 개의 마나석이라면 가능할 것 같은데?"

"그 아홉 개가 최상급이어야 제대로 된 성능이 발휘된다는 게 문제죠."

이레아의 말에 카를로 백작의 얼굴이 딱딱하게 굳었다.

최상급 마나석.

단순히 상급 마나석보다 질 좋은 마나석이 아니었다. 최상급 마나석은 채취한 그때 이미 정해져 있는 것으로 무척이나 귀했다. 메틀라인 왕국을 통틀어서도 여덟 개가 존재했고, 그중 두 개는 장거리 포털을 유지하는 데 사용되고 나머지 여섯 개는 연구용으로 사용되고 있었다.

"전시 상황이니 사용할 수 있을 것이다. 전력을 다하면 한 개 정도야 더 구할 수 있지 않겠느냐."

애써 위안을 삼으며 카를로 백작이 말했다. 하지만 이레아는 고개를 저었다.

"그게… 두 개가 있어야 해요. 그러니까 열여덟 개 필요하다고요."

"방금 아홉 개라 하지 않았느냐?"

"아홉 개로 가능한 기동 시간은 여섯 시간이에요. 그런데 바톤 프로젝트를 적용하게 되면 기동 시간이 두 시간으로 확 줄죠. 예비 기동을 위해 하나가 더 필요해요. 첫 번째 마나 공급판의 마나가 소진되면 두 번째 공급판으로 기동을 하면서 첫 번째 공급판을 충전하는 식이죠. 그것도 기동이 너무 급격하면 충전도 못해요. 그때를 대비해 비상 기동용 마나 공급판도 설치해야 되요. 상급 마나석 세 개 정도로요."

카를로 백작이 멍한 얼굴로 딸을 보았다. 이것은 참으로 큰 벽이었다.

"정말 그래야 하느냐?"

"상급 마나석 네 개를 직렬로 연결한 후 그걸 네 개를 병렬로 연결해서 마나 공급판을 만들면 3.15 정도의 출력까지는 낼 수 있어요."

"후, 그나마 다행이구나. 공급판은 교체가 가능한 부분이니 일단은 그렇게 진행해야겠다. 최상급 마나석은 운이 닿는 데까지 구해봐야지."

상급 마나석은 흔한 편이었다. 특별한 가공 과정을 거치면 마나석의 원석을 상급 마나석으로 만들 수 있다. 가공 과정이

까다로운 탓에 가격이 만만치 않았지만 구하려고 마음만 먹으면 구할 수 있는 것이 상급 마나석이다.

"네. 한 번 기동을 위해서는 상급 마나석 서른두 개가 필요해요."

"랩터2 여덟 기 분량이라니 엄청나구나."

그나마 다행인 것은 마나석이 소모품이 아니라는 것이다. 마나석은 마나를 집약해서 고농도로 품을 수 있는 물질로 이루어진 보석으로 그 질은 정해져 있다. 그리고 마법진을 통해 소모한 마나를 그대로 충전할 수 있었다. 즉, 일단 구하면 반영구적으로 사용할 수 있는 것이다.

대신 마나의 충전에 시간이 많이 걸렸다.

기간테스의 마나 공급용으로 사용되는 것은 성인 남자의 주먹 정도의 크기다. 그 정도 크기의 상급 마나석을 완전히 충전하는 데 한나절 정도 걸렸다.

최상급의 경우는 하루가 걸린다.

"일단 한 가지 문제는 해결이 됐고, 너는 어떠냐?"

카를로 백작의 시선이 이올린을 향했다.

"안 돼요. 3.5 출력의 기동을 버텨낼 수 있는 디자인이 없어요."

이올린이 고개를 저었다.

출력을 내도 출력을 버틸 수가 없다고 한다. 그러면 아무 소용 없었다.

"그래도 재질을 강화하면 되지 않느냐?"

"그러면 너무 무거워져서 출력을 3.5로 하는 의미가 없어요. 왜 불의 마탑에서 3.0까지의 마나 엔진을 개발했는지 알 것 같아요. 그게 기간테스 디자인의 한계였어요."

"정말 방법이 없느냐?"

그렇다면 지금이라도 백지화해야 한다.

3.5의 출력이 아깝지만 3.0으로 낮춰야 한다. 딸의 뉘앙스를 봐서는 3.0의 출력은 문제가 없는 것 같았다.

"방법이 한 가지 있기는 해요."

"뭐냐?"

카를로 백작의 눈이 빛났다.

"금속의 재질을 바꾸는 거죠."

"그래?"

"네. 티타만티움 합금으로요."

카를로 백작의 얼굴이 딱딱하게 굳었다.

"마나 전달 회로를 마이스릴로 하면 기동 시간이 훨씬 늘어나요. 마나 손실이 0이니까요."

이레아의 이어진 말에 카를로 백작의 얼굴이 하얗게 질렸다.

가능하지만 불가능하다.

그것이 현 상황이었다.

티타만티움은 현재 대륙에서 강도와 경도가 최고인 금속이다. 그런 만큼 제련과 합금 등의 가공이 어려웠다. 대륙 최고 수준의 대장장이가 티타만티움으로 검 한 자루를 만들려면 최소한 넉 달은 걸렸다. 오죽하면 '불가(不可)의 금속'이라는 별칭이 있을까.

마이스릴은 마나를 머금을 수 있는 신성한 금속이다. 마법사들이 마이스릴이라 하면 눈이 뒤집힌다. 게다가 물성 역시 티타만티움 못지않은데다, 가공이나 합금이 티타만티움에 비해 쉬웠다. 그야말로 금속의 왕이라 불리는 '신의 금속'이었다.

티타만티움과 마이스릴.

티타만티움은 같은 무게의 금보다 열 배, 마이스릴은 스무 배는 비쌌다.

더욱이 기간테스에 쓸 정도의 양을 어디서 구한단 말인가.

그나마 마이스릴은 마나 회로용이라 긁어모으면 어떻게든 된다 하지만 티타만티움은 어려웠다. 메틀라인 왕국에는 티타만티움 광산도 없었다.

"그리고 문제가 또 있어요."

"이번에는 뭐냐?"

카를로 백작이 힘없는 목소리로 물었다. 더 이상 놀랄 기운도 없었다.

"생각보다 3.5라는 출력이 엄청나요."

마나 엔진의 출력에 따른 위력은 단순히 산술적인 것이 아니었다.

3.0이 1.5보다 두 배 강한 정도가 아니라는 것이다.

1.0보다 2.0이 두 배 강한 것은 맞았다. 하지만 2.0보다 3.0
이 두 배 강했다. 그리고 3.5는 3.0보다 두 배 강했다.

결국 3.5의 레퀴엠이 완성된다면 출력 2.0의 바일론보다
네 배는 강하다는 말이다. 출력 2.8인 자이안에 비해서는 위
력이 130% 정도는 될 것이다.

그런 계산에 의해 랩터2가 자이안에 비해 성능에서 열세를
보이는 것이다. 2.0대 급 마나 엔진에서 0.3의 차이는 컸다.
3.0급 엔진이라면 그 차이는 더욱 커진다.

"엄청나긴 하지."

그런 출력의 위력을 떠올린 카를로 백작이 고개를 끄덕였
다.

"그래서 보통의 라이더는 제어를 못해요."

이레아의 말에 카를로 백작은 고개를 주억거렸다. 라이더
들이 기간테스의 출력이 올라갈 때 적응하느라 애를 먹는 모
습을 떠올린 것이다.

"레퀴엠이 완성된다면 제대로 된 출력을 내기 위해서는 싱
크로율이 70%가 넘어야 해요."

이레아의 말에 카를로 백작의 몸은 그대로 굳었다.

인간의 한계가 65%라 했다. 무수한 마법사들의 연구 결과
였다. 그런데 최소 요건이 70%라니. 인간이 탈 수 있는 물건
이 아니었다.

만들 수도 없고 만들어도 탈 사람이 없다.

아직 이슈인이 기록한 싱크로율 75%에 대한 소식은 전해지지 않았다. 아론 백작이 그 현상에 대한 연구에 몰두한 나머지 아직 왕도에 소식을 전하지 않은 탓이다.

"후우, 완성할 수 없을지도 모르겠구나."

맥 빠진 음성으로 카를로 백작이 말했다.

"방법이 있을 거예요."

이레아가 고개를 들며 말했다. 어떻게든 그 방법을 찾아내겠다는 결의에 찬 얼굴이다.

"그래, 어쩌면 방법이 있을지도 모른다. 하지만 우리에게는 차근히 그 방법을 찾을 시간이 없구나."

전쟁은 레퀴엠의 완성을 기다려 주지 않는다. 일단 완성되면 압도적인 위력을 발휘할 기간테스이지만 그 완성을 기다릴 시간이 부족했다.

"그렇죠. 그래서 일단은 프로토 타입을 만들어보는 게 어떨까 싶어요. 3.0의 출력으로요. 그리고 그 데이터를 바탕으로 완성형 레퀴엠을 만드는 거죠. 물론 그사이 해결 방법도 찾아야 하고요."

이레아의 의견이 일리가 있었다.

현재 수준에서 3.0의 출력을 가진 기간테스만 하더라도 엄청난 전력이다. 거기에 두 딸의 얼굴을 보니 3.0의 기간테스는 충분히 만들 수 있을 것 같았다.

카를로 백작은 새삼 두 딸이 자랑스러웠다.

"3.0으로 만들면 아무 문제가 없는 거냐?"

"라이더의 싱크로율이 50%는 넘어야 해요."

그나마 나은 수준이다.

뒤져 보면 50%를 넘은 라이더가 있을 것이다.

"알았다. 일단 전하께 말씀드리마. 그리고 나서 나도 함께 연구를 하자꾸나."

뒤늦은 합류지만 카를로 백작은 큰 도움이 될 것이다. 기간테스 연구에 있어서 그만큼 많은 경험과 노하우를 가진 인물은 없을 것이다.

"네."

겨우 근심이 조금 사라졌다.

*　　　*　　　*

정신없이 달렸다.

쿠쾅쿠쾅!

거대한 기간테스가 달리면서 내는 소음이 바로 등 뒤까지 따라붙었다. 온몸의 마나를 더욱 끌어올렸다. 그리고 더욱 빨리 달렸다. 모두 무의식중에 행한 행동이다.

잡히면 죽는다.

그 생각뿐이었다.

이슈인은 지금 자신이 어디로 달리는지도 알아차리지 못

했다. 그저 달릴 뿐이다.

점점 숲이 울창해지고 나무도 굵어졌다.

기간테스가 달리기에도 번거로울 정도의 나무들이 빽빽하게 펼쳐졌다. 달리기에는 오히려 이슈인이 편했다.

번개와 바람의 달리기라는 이름에 걸맞게 라이트닝 윈드는 나무 사이를 피해가는 데 어려움이 없었다. 점점 더 이슈인과 제스터 사이의 거리가 벌어지고 있었다.

"빌어먹을!"

제스터는 자이안의 출력을 최대치로 끌어올리고 달렸다.

거치적거리는 나무를 부수고 달리다 보니 외장갑에도 조금씩 손상이 생겼다. 하지만 그것에 아랑곳하지 않았다.

지금 이 순간, 저 녀석을 제거하지 않으면 언젠가 큰 우환이 되어 자신에게 돌아올 것이라는 강렬한 예감이 제스터를 재촉하고 있었다.

어서 따라잡아라. 그리고 완벽하게 끝내라.

제스터는 자신의 이 예감을 믿었다. 오랜 경험에서 나오는 예감이다. 이런 종류의 예감은 결코 자신을 배신한 적이 없었다.

이슈인만큼이나 제스터도 정신이 없었다.

이슈인은 살아남는 데 집중하느라, 제스터는 이슈인을 제거하는 데 집중하느라 두 사람 모두 미친 듯이 달렸다.

그렇게 얼마나 달렸을까?

두 사람은 어느새 정선 깊숙이 들어왔다.

이슈인이 정신없이 달린 탓에 흔적이 너무나 적나라하게 남아 있었다. 제스터가 흔적을 보고 뒤쫓기에 아무런 문제가 없었다.

그 생각에 여유가 생겼음인가. 자이안이 멈춰 섰다.

주변을 돌아보았다.

햇빛조차 제대로 들어오지 못해 조금은 어둑어둑한 산맥 한가운데다.

"이상하군."

그랬다.

정신없이 뒤쫓느라 몰랐지만 어떻게 이곳까지 오면서 몬스터가 한 마리도 없었을까?

이렇게 깊은 산속이라면 오크나 트롤은 한 번쯤은 만났어야 정상이다.

아직 개발이 되지 않은 정선이라면 그들이 주인이었다.

"설마……."

제스터는 언젠가 들은 이야기를 떠올렸다.

하지만 이내 고개를 저었다.

"드래곤이라……. 그런 애들이나 믿을 옛날이야기 따위."

드래곤이 나타났다는 마지막 기록이 삼천 년 전의 것이다. 고대의 유적을 발굴했을 때 나오는 유물 중의 기록으로 고고

학자나 믿을 법한 이야기다.

그런 이야기 가운데 정선의 중심에 골드 드래곤의 레어가 있다는 것도 있었다. 골드 드래곤 일족의 로드인 고룡의 레어가 있다는 기록. 그것은 십 년 전 공화국의 한 유적에서 발견된 기록이다.

그 기록은 무려 오천 년 전의 것이었다.

마도시대와 신성시대의 교체기 유적이었다. 신성시대의 마도 기록 소거와 혼돈의 천 년을 지나오면서도 온전히 남아 최근에 발굴된 흔치 않은 유적이었다. 그 유적에서 나온 기록 중 하나에 골드 드래곤 로드에 관한 기록이 있었다.

그런 이야기를 제스터도 들었다. 고고학이라는 머리 아픈 학문에 관심은 없었지만 드래곤이라는 이야기에 잠시 흥밋거리 삼아 들었다. 하지만 이야기는 이야기일 뿐이다.

전설 속에만 남아 있는 존재가 이곳에 있을 리 없었다.

제스터는 다시 추격에 박차를 가했다.

인간 같지 않은 속도로 달렸지만 그놈도 인간이라면 이제 지쳤으리라.

제스터는 다시 자이안의 기동을 시작했다.

자이안의 기동 시간도 얼마 남지 않았다. 빨리 끝장을 내야 했다.

제스터의 추격이 점점 다가오는 사이 이슈인은 난감한 얼굴로 앞을 바라보았다.

깎아지른 듯한 절벽.

눈앞은 거대한 두 절벽 사이의 협곡이었다.

그 끝이 보이지 않는 협곡에 이슈인은 이러지도 못하고 저러지도 못했다.

그사이 거대한 자이안의 발 구르는 소리가 점점 가까워지고 있었다.

"빌어먹을."

이슈인의 얼굴에 절망의 그림자가 내려앉기 시작했다.

[후후후, 거기까지다.]

결국 제스터가 도착했다.

제스터의 목소리가 기간테스에서 울려 나왔다.

자이안의 남은 기동 시간은 삼십 분 남짓이다. 예비로 가져온 마나석을 이용하면 복귀는 충분히 가능하다. 남은 삼십 분에 녀석을 끝장내고 예비 마나석으로 복귀한다. 그것이 지금 제스터의 머릿속을 꽉 채운 생각이다.

"이렇게 끝낼 수는 없어."

이슈인은 이를 꽉 물었다.

마지막의 마지막까지 포기할 수 없었다. 바인트에게서 그렇게 배웠다.

천천히 검을 뽑아 들었다.

계란으로 바위치기와 같은 싸움이다. 그래도 해야 했다. 실낱같은 가능성에도 전력을 다해 부딪쳐야 했다.

그레이트 서클을 완성했다 하지만 아직 피어스 브레이크를 발현하지는 못했다. 기간테스에 조금이라도 타격을 줄 조그만 가능성이라도 있는 일격은 피어스 브레이크다.

아직 성공하지 못한, 그러나 지금 반드시 성공해야만 하는 기술이다.

이슈인은 천천히 검을 곧추세웠다.

제스터의 얼굴에 가소롭다는 웃음이 떠올랐다.

"플레임 소드."

나직이 검법의 이름을 되뇐 이슈인은 온몸의 마나를 끌어올렸다. 여기까지 달려오느라 상당히 많은 마나를 소진했지만 그런 것은 상관없었다.

마나를 가득 머금은 검이 움직이기 시작했다.

"호오, 저 검술은?'

눈에 익은 검술이다.

바로 자신을 당황하게 했던 그 검술이 아닌가.

저런 검술은 개인 대 개인이나 기간테스 대 기간테스의 전투에서나 의미가 있는 것이다. 기간테스와 사람이라는 압도적인 상황에서는 의미없는 몸짓에 지나지 않았다.

제스터는 여유롭게 이슈인의 마지막 발악을 지켜보았다. 이미 모든 것이 끝났다고 생각한 것이다.

위기의 순간에는 기분 나쁘게 간질거리던 뒤통수에도 아무런 느낌이 없었다. 아니, 없는 것이 당연한 것이다. 지금과 같은 압도적인 상황에서 위기의 예감이라니 자신이 잠시 엉뚱한 생각을 했다 치부하며 제스터는 실소를 흘렸다.

그 순간, 이슈인의 검이 빛나기 시작했다.

"저건?"

제스터가 두 눈을 크게 치켜떴다.

검이 빛난다는 것의 의미를 알기 때문이다. 아니, 자신도 할 수 있기에 그것이 무엇인지 너무나 잘 알았다.

"피어스 브레이크를 사용할 줄 안단 말인가? 대단하군."

젊은 나이에 그와 같이 훌륭한 기간테스 운용 능력에 더해 피어스 브레이크라니. 꼭 제거해야 할 놈이다. 역시 자신의 예감은 옳았다. 제스터 자신도 저 나이에 저런 실력은 아니었다.

여유롭던 제스터의 얼굴에 다시 냉정한 기운이 내려앉았다. 마지막 발악이 피어스 브레이크라면 제대로 상대해 줘야 한다.

기간테스로 피어스 브레이크를 사용하는 것은 불가능하다. 하지만 트랜스 아머의 피어스 브레이크라면 모를까, 인간이 발현하는 피어스 브레이크 정도는 막아낼 수 있었다.

자이안이 검을 들어 올렸다.

전과 같이 불타는 듯 화려한 변화를 계속하던 이슈인의 검에서 어느 순간 강렬한 빛이 뿜어져 나왔다.

피어스 브레이크가 발현된 것이다.

'됐다!'

이슈인은 속으로 환호성을 질렀다. 처음으로 성공한 것이다. 살아야 한다는 강렬한 의지와 집중력 덕에 하나의 벽을 넘은 것이다.

자이안의 거대한 검이 이슈인을 향해 날아왔다.

쾅!

자이안의 검이 마나의 응집체인 이슈인의 피어스 브레이크를 그대로 강타했다. 요란한 폭음과 함께 자이안은 뒤로 밀려났고, 이슈인은 형편없이 뒤로 날아갔다.

"크윽."

이슈인의 입가로 피가 흘러내렸다.

강한 반발력에 속이 뒤집히며 출혈이 일어난 것이다.

바람 앞에 낙엽처럼 힘없이 날아가는 이슈인의 몸 뒤로 거대한 협곡이 검은 아가리를 벌리고 있었다. 이슈인은 그곳을 향해 빠르게 굴러갔다.

"컥!"

그 와중에 바닥에 뾰족하게 솟아오른 돌덩이에 굴러가던 이슈인의 뒤통수가 그대로 부딪쳤다. 이슈인의 입에서 짧은 비명이 터졌다.

그때 조금 뒤로 밀려났던 자이안이 이슈인을 향해 달려왔다. 완벽히 숨통을 끊어놓을 생각인 것이다.

제스터는 간담이 서늘해졌다. 설마 한 사람의 피어스 브레이크에 기간테스가 뒤로 밀릴 것이라고는 상상도 못한 것이다.

출력 2.0 밑의 기간테스라면 모르지만 자이안의 출력은 2.8이다. 이런 일은 있을 수 없는 것이다.

그 와중에 제스터는 한 가지 실수를 했다.

이슈인을 반드시 제거해야 한다는 마음이 앞서 무조건 달려들다가 그대로 이슈인의 쓰러진 몸을 자이안의 발로 차버린 것이다. 검으로 완벽히 생명을 빼앗기 위해 달려간 것인데 의욕이 너무 앞섰던 것이다.

"악!"

이슈인은 단말마의 비명과 함께 협곡으로 날아갔다.

자이안의 발걸음에 담긴 에너지를 고스란히 온몸으로 맞은 것이다. 그나마 부딪칠 곳이 없는 공중으로 날아가 즉사는 면했다.

하지만 그뿐이다.

곧 끝이 보이지 않는 협곡 아래로 정신을 잃은 채 힘없이 떨어졌다.

"젠장!"

그 모습에 제스터는 혀를 찼다.

협곡 아래로 떨어져 살아날 수는 없었다. 그래도 자신의 손으로 직접 최후를 안기려 했었다. 그래야 자신의 등을 떠밀었던 불길한 예감이 사라질 것이라는 생각에서였다.

개운하지는 않았지만 어쨌든 일은 끝났다.

"후우."

제스터는 지금까지의 긴장을 담은 한숨을 쉬었다. 양손은 땀으로 흥건히 젖어 있었다.

제스터의 눈이 자이안의 상태창으로 향했다.

"잔여 기동 시간 12분이라……. 놈의 피어스 브레이크가 그렇게 강력했다는 건가?'

예상보다 기동 시간의 소모가 컸다. 그만큼 많은 마나를 사용했다는 것이다. 일개 인간의 피어스 브레이크의 위력이 그 정도라니 전율이 일었다.

"그래도 끝났다."

제스터는 마나 제어구에서 손을 떼고 콕피트 조종석의 의자에 몸을 묻었다.

무척이나 피곤한 전투였다. 잠시 쉬어야 할 것 같았다.

자이안의 기동 음이 점점 잦아들며 기동 대기 상태로 들어갔다.

CHAPTER 8
또 다른 만남

　아크는 오랜만에 밖으로 나왔다. 오랜만에 햇볕을 쬐고 싶다는 생각이 들었기 때문이다.

　밖으로 나와도 다른 것은 없었다.

　깊숙한 협곡 아래다. 자욱이 뒤덮인 안개가 태양빛을 막고 있었다. 그나마 짙은 안개를 뚫고 내려오는 아주 적은 양의 태양빛이 느껴졌다.

　보통 사람은 느끼지 못할 것을 아크는 느끼고 있었다.

　"한 백 년 만인가? 이번에는 너무 오래 있었군."

　검은 머리칼에 팽팽한 피부를 가진 날카로운 인상의 인간이다. 분명 인간이다.

그런데 백 년이라는 시간을 아무것도 아닌 것처럼 말하고 있었다.

그런데 그가 인상을 썼다.

"시끄럽군. 분명 백 년 전에 나왔을 때 정리를 했는데 그사이 또 생긴 것인가? 그럴 리가 없는데. 보통 사오백 년은 걸릴 텐데……."

계속해서 알 수 없는 말을 했다.

아크는 팔짱을 끼고는 어떻게 할까 고민했다. 귀찮아하는 기색이 역력했다.

그의 시선이 하늘로 향했다. 무언가가 이곳으로 떨어지고 있었다.

"정말 귀찮군."

오래전부터 이곳으로 무엇이 떨어지는 일은 없었다. 참으로 오랜만에 일어난 일이다. 그런데 그에 대한 아크의 느낌은 귀찮음이었다.

아크는 그것을 무시하려 했다.

이유는 당연히 귀찮아서다.

그런데 그럴 수 없었다. 떨어지는 것에서 희미한, 그러나 그립고도 익숙한 기운을 느낀 것이다.

"허어."

괴이하다는 얼굴로 아크는 한 걸음 내디뎠다. 아무것도 없는 허공을 향해 발을 뻗었음에도 마치 밑에 단단한 무언가가 있다는 듯 아크는 그 위로 올라섰다.

그렇게 한 걸음, 한 걸음 허공을 걸어서 아크는 위로 올라 갔다. 그리고 떨어지는 것을 받아 들었다.

정신을 잃은 사람이었다.

"분명 일족의 심법을 익혔어."

그는 협곡에서 떨어진 이슈인이었다.

아크의 두 눈에 분노가 일렁였다. 생명이 위독할 정도로 중 상을 입은 상태다. 일족의 심법을 익혔다면 일족이거나 일족 누군가의 제자다. 자신이 일족을 떠나고도 많은 세월이 흘렀 지만 일족을 한시도 잊은 적이 없었다.

아크는 이슈인을 안아 든 채 바닥으로 내려왔다. 그곳에 이 슈인을 누였다.

"치료."

간단한 중얼거림과 함께 아크의 손에서 빛이 뿜어져 나왔 다. 이슈인의 거친 호흡이 점차 고르게 변했다.

"응급처치는 됐고."

아크는 위를 올려다보았다.

"아직 그곳에 있으렷다?"

아크는 위로 오른손을 뻗었다. 그러자 갑자기 창이 나타나 그의 손에 쥐여졌다.

"기다려라."

아크는 내달렸다.

아무것도 없는 허공을 말 그대로 내달렸다.

제스터는 막 마나석 교환을 끝냈다. 이제 복귀만 하면 된다. 이곳이 어디인지를 알아야 복귀 경로를 잡을 수 있기에 일단 좌표 확인을 시작했다.

"이상한데… 좌표를 확인할 수 없다니?"

자이안에 장착된 좌표 확인 장치에 아무것도 나타나지 않았다. 제이드 대륙 전체에 퍼져 있는 마나 중 특정한 마나의 흐름에 따라 좌표를 찾는 장치로 비정상적인 마나의 흐름이 있는 곳에서는 장치가 제대로 작동하지 않는다.

하지만 그런 곳은 손으로 꼽을 정도로 적었기에 일반적으로 많이 쓰였다.

"이곳의 마나의 흐름이 이상한가?"

좌표 확인 장치가 감지하는 특정한 마나는 무척이나 미약하여 일정 수준 이상의 마법사가 아니면 감지할 수 없었다.

"낭패인걸."

제스터는 얼굴에 주름이 생겼다. 정신없이 쫓느라 이곳이 어디인지도 모른다. 좌표 확인 장치를 믿었기에 아무 걱정 없이 이곳까지 쫓아온 것이다. 그런데 장치가 먹통이다.

마나석을 교환했다고는 하지만 어디까지나 예비용이다. 기동 가능 시간이 그리 많지 않았다. 단순 보행 기동이라 할지라도 길을 찾으면서 간다면 기동 시간이 모자랄 것이 분명했다.

제스터는 어찌해야 할지 고민에 빠졌다. 물론 마나 엔진은 대기 상태로 낮은 기동 음을 내고 있었다. 산맥 깊숙한 곳이다. 언제 몬스터가 나올지 모르기에 항시 준비를 해야 한다.

"네놈이냐?"

그때 바깥에서 들린 소리에 제스터의 시선이 스코프로 향했다.

한 사람이 오른손에 창을 쥔 채로 허공에 떠 있었다. 검은 머리에 날카로운 인상의 젊은이였다.

'마법사인가?'

허공에 떠 있다면 마법을 사용하고 있다는 말이다. 하지만 마법사라면 창과 같은 무기를 가지고 있을 리가 없는데 이상했다.

그래도 자신의 위치를 잃은 상태에서 만난 사람이다. 어쩌면 길을 가르쳐 줄지도 몰랐다.

[반갑습니다. 전 벨런시아 공화국의 제스터라고 합니다. 이곳이 어디인지 알 수 있을까요?]

제스터는 자신의 신분을 먼저 밝혔다. 상황이 상황이다 보니 상대방의 얼굴에 어린 노기를 읽지 못한 실수를 범했다.

"네놈이 죽을 곳."

제스터의 물음에 살기 넘치는 대답이 돌아왔다.

순간 제스터의 얼굴이 딱딱하게 굳었다. 아직 상황이 완전히 파악되지 않았다.

그 순간 눈앞의 사내가 창을 움직이기 시작했다.

"월영현우."

나직한 중얼거림과 함께 뻗어 나온 창.

사방팔방에서 무수한 창날이 날아오기 시작했다. 하나같이 엄청난 양의 마나를 머금고 있었다.

"피어스 브레이크."

제스터는 낮게 중얼거렸다. 이미 피어스 브레이크에 한 번 낭패를 본 경험이 있는 터다.

제스터는 재빨리 검을 휘둘렀다. 대기 상태였기에 대응이 빨랐다.

콰콰콰쾅!

요란한 폭음이 터졌다.

그리고 드러난 상황.

정녕 놀라웠다.

자이안이 형편없는 모습으로 파손되어 서 있었다.

"어, 어떻게……!"

입가에 피를 흘리며 제스터는 믿을 수 없다는 얼굴로 전면 상태창을 보았다.

온통 빨간불이 들어오며 기동 불능을 외치고 있었다.

한 번의 피어스 브레이크에 자이안이 이렇게 망가지다니 믿을 수 없었다. 정녕 눈앞의 사람이 인간이란 말인가.

그때 사내는 절벽 위의 땅에 발을 디뎠다. 그리고 천천히 자이안을 향해 걸어왔다.

제스터의 온몸이 덜덜 떨렸다.

처음으로 공포라는 것을 느꼈다.

'설마?'

제스터의 머리를 스치는 생각은 드래곤에 관한 이야기다. 인간이라 생각할 수 없는 무위에 드래곤에 생각이 미친 것이다.

"빌어먹을."

기동 불능을 외치는 상태창을 무시하고 제스터는 전력을 다해 자이안을 움직였다.

"가소롭군."

자신을 향해 다가오는 기간테스를 보며 아크는 입가에 조소를 머금었다.

마도시대의 철거인에도 못 미치는 장난감을 가지고 자신에게 덤벼들다니. 마도시대의 철거인도 자신에게는 상대가 안 되었다.

제스터는 정신이 없었다. 전력을 향해 달려들어 모든 힘을 동원해 사내를 옭아맸다. 거대한 자이안의 손이 사내를 움켜쥐었다.

그와 동시에 제스터는 자이안의 자폭 스위치를 가동했다. 그리곤 곧장 등 뒤의 비상 탈출구로 몸을 내뺐다.

이슈인이 자신에게 썼던 방법을 그대로 쓴 것이다.

그리고 뒤도 안 돌아보고 달렸다.

반드시 도망가야 한다고 자신의 본능이 강렬하게 외치고 있었다.

"눈치는 있는 녀석이군."

아크가 피식 웃으며 중얼거렸다.

꽁지 빠져라 도망가는 녀석의 모습에 자신도 모르게 새어 나온 웃음이다.

눈앞의 장난감이 자폭하려 하고 있었다. 그 정도는 쉽게 알아볼 수 있었다.

"그것과 비슷하면서도 다르군. 사라졌을 것이라 생각했는데 다시 만들어낸 것인가? 인간들이란."

자신을 꽉 붙잡고 있는 기간테스를 보며 아크는 낮게 중얼거렸다.

콰콰콰쾅!

그사이 자이안이 자폭을 일으켰다. 거대한 폭음과 함께 파편이 사방으로 튀었다. 그중 몇 개는 협곡 아래로 날아갔다.

"이런."

협곡 아래 눕혀놓은 아이에게 떨어지면 낭패다. 아크는 빠르게 허공을 밟으며 날아갔다.

자이안의 폭발에 머리털 하나 상하지 않은 모습이다.

도망친 녀석이야 금방 잡을 수 있지만 지금은 협곡 아래의 아이가 중요했다.

혹시나 했던 생각이 맞았다. 장난감의 거대한 팔이 아이 쪽으로 빠르게 낙하하고 있었다.

"현월영."

낮은 중얼거림과 함께 허공을 달리며 창을 휘둘렀다. 그러자 창끝에서 초승달 모양의 마나 덩어리가 날아갔다. 마나 덩어리에 잘린 팔은 이슈인이 있는 곳을 피해 땅에 요란한 소리를 내며 떨어졌다. 이슈인의 곁에 착지한 아크는 위를 쳐다보았다.

"이 아이의 은원이니 이 아이가 해결하는 것도……."

아크는 그 괘씸한 녀석을 그냥 보내주기로 마음먹었다. 현재의 세상 사람들이 정선이라 부르는 곳, 그리고 자신과 자신의 친우는 첩림(疊林)이라 불렀던 곳이다. 시끄러운 것이 싫어서 아크 자신이 직접 대부분의 몬스터를 쓸어버렸다.

본디 친우의 기운 때문에 몬스터들이 근처에도 오지 못했지만 아예 씨를 말려 버린 것이다. 그래도 다른 곳에서 산을 타고 오는 녀석들이 있어 몇백 년이 지나면 다시 시끄러워진다. 지난번에 씨를 말려 버린 것이 고작 백 년 전이니 몬스터의 위협은 없을 것이다. 덕분에 그 녀석은 무사히 산맥을 벗어났을 것이다.

"응?"

쓰러져 있는 이슈인을 살피던 아크의 눈에 이체가 어렸다.

어디서 생긴 상처일까? 오른쪽 눈꼬리에서 입꼬리까지 길게 찢어져 피가 굳어 있었다. 다른 곳의 상처가 워낙에 심해 응급조치를 겸해서 치료 마법을 펼치고 올라갔었다. 이제는 호흡도 고르고 상태도 괜찮아 찬찬히 살피니 눈에 띈 상처다. 급한 곳에 마법을 펼친 탓에 얼굴의 상처는 치료가 되지 않은 것이다.

"뭐, 사내라면 얼굴에 흉터 하나 정도는 있어야지."

자세히 보면 아크의 왼쪽 눈 밑에도 작은 흉터가 하나 있었다.

다른 곳을 살피니 머리칼에 검붉은 피가 말라붙어 있었다. 아크가 이슈인의 머리를 살폈다.

"이런, 뇌호혈을 다쳤군. 어쩌다가……. 쯧쯧쯧, 상태가 안 좋을 수도 있겠는걸."

눈살을 찌푸린 아크가 손을 뻗어 정신을 잃은 이슈인의 손목을 잡고는 지그시 두 눈을 감았다. 그의 손바닥을 통해 이슈인의 손목으로 들어간 마나가 이슈인의 내부를 샅샅이 살폈다.

"이건… 서문가의 심법이로군. 그사이 많은 발전이 있었어. 역시 세월의 힘이란……."

이슈인이 익힌 심법의 기원을 확인한 그의 두 눈이 따뜻하게 변했다. 일족의 아이가 분명했다.

"일단 데리고 들어가야겠군."

아크는 이슈인을 안아 들고 자신이 나왔던 동굴 안으로 들어갔다.

$$* \qquad * \qquad *$$

"뭐야? 랩터2가 완파? 그리고 라이더인 이슈인 써드 나이트는 행방불명?"

정선에서 올라온 보고에 이안은 어이없다는 얼굴을 했다. 자신의 계획대로 전선을 조금씩 물리고 있는 와중에 날아든 청천벽력 같은 소식이었다.

어떤 과정을 거쳐 이슈인이 행방불명되었는지 보고서에 자세히 적혀 있었다. 공화국의 제스터를 홀로 상대했다는 내용의 보고서.

그 덕에 작전을 수월히 진행할 수 있었다.

하지만 그러면 뭐 하는가, 동생이 사라졌다. 그의 얼굴이 딱딱하게 굳었다. 집에 무어라 소식을 전해야 할지 막막했다.

이슈인의 행방불명 말고는 모든 것이 순조로웠다. 심지어 완파된 랩터2까지 무사히 회수했다고 한다.

덕분에 밝혀진 사실은 랩터2가 적에 의해 파괴된 것이 아니라 자폭을 했다는 점이다. 대체 무슨 일이 있었던 것인가. 알 수 없었다.

제스터는 전투 이틀 후에 복귀했다는 정보가 입수된 상태다. 이슈인과 싸우면서 전장을 이탈했던 그가 홀로 돌아왔다.

그의 기간테스도 잃은 상태다. 대체 무슨 일이 일어났단 말인가. 가슴이 답답해졌다.

이안의 그런 심정과 달리 메틀라인 측은 전략대로 움직였다. 공화국과의 전쟁 준비가 순조롭게 진행되고 있었다.

*　　　*　　　*

제스터의 복귀는 공화국 측에서도 커다란 충격이었다. 그가 전장을 이탈한 지 이틀째 되는 날 돌아왔다. 그가 이탈한 탓에 전선 확보에 어려움이 많았다는 것은 둘째 문제다. 공화국 최고의 라이더가 이틀이나 사라졌다가 거지꼴이 되어 돌아온 것이 문제였다.

과연 그사이 무슨 일이 일어났단 말인가?

그가 행방불명된 동안에 공화국 측도 완전 비상 체제였다. 그는 매우 중요한 전력이었다.

덕분에 제스터는 복귀하자마자 벨런시아 공화국의 수도인 리퍼블릭으로 소환되었다.

"혁명! 박스터 통령 각하를 뵙습니다."

제스터는 자신의 눈앞에 있는 공화국의 최고 지도자 박스터를 향해 경례를 붙였다.

"다행이야, 제스터 장군. 난 또 자네가 잘못된 줄 알고 얼마나 걱정했는지 아는가? 어서 앉게."

"감사합니다, 각하."

제스터는 박스터의 오른팔이었다. 벨런시아에서 공화혁명을 일으켰을 때 선봉에서 왕국과 싸웠던 역전의 용사다. 그런 그가 이틀이나 행방불명되었다는 소식에 박스터가 얼마나 노심초사했던가.

"그래, 대체 무슨 일이 있었던 말인가?"

박스터의 물음에 제스터는 누구도 믿지 못할 자신이 겪은 이야기를 풀어놓았다.

"흐음."

턱을 괸 채 신음을 흘리는 박스터.

그로서도 믿을 수가 없었다.

그의 시선이 오른쪽으로 돌아갔다. 그의 오른쪽에는 마법사 복장의 노인이 앉아 있었다.

"어떻게 생각하십니까?"

"믿을 수 없는 일입니다만… 제스터 장군이 직접 겪었다 하니 믿지 않을 수도 없습니다. 정말 놀라운 일입니다."

공화국 최고의 마법사이자 최고의 기간테스 권위자인 엥겔스가 말했다.

제스터가 박스터의 오른팔이라면 엥겔스는 왼팔이었다. 공화혁명의 일등 공신 두 사람이 바로 그들이었다.

"가뜩이나 메틀라인에서 심상치 않은 움직임을 보이는데 그들의 땅에 그런 이가 있다니……."

박스터의 얼굴이 딱딱하게 굳은 채 풀어질 줄을 몰랐다.

애초 공화혁명 확산의 첫 번째 목표는 원글로스였다. 왕과 귀족들 사이가 최악으로 치닫고 있던 터라 너무나 손쉬운 상대였다.

하지만 메틀라인에서 들어온 은밀한 정보에 공화국은 첫 번째 화살을 메틀라인을 향해 쏠 수밖에 없었다.

"메틀라인 쪽의 움직임은 신경 쓰지 마십시오. 그것은 발악일 뿐입니다."

엥겔스가 자부심 가득한 얼굴로 단호하게 말했다.

"그래도 될까요?"

그럼에도 박스터는 불안했다. 메틀라인에서 추진하는 일이 얼마나 무모한 일인지 잘 알고 있다. 하지만 메틀라인에 존재하는 한 가문의 이름이 그의 뒤통수를 간질였다.

기간테스에 관해서는 대륙에서 세 손가락으로 꼽히는 곳들이 있다.

루즈벡 제국 황실 기간테스 연구소, 불의 마탑, 바첼러 가문. 바로 이 세 곳이다.

이 중 바첼러 가문이 메틀라인에 존재했다.

"당연합니다. 아무리 바첼러 백작가라도 안 되는 것은 안 되는 겁니다. 바로 불의 마탑에서 기간테스 마나 엔진의 한계는 3.0이라고 했습니다. 그것을 바첼러 백작가가 넘어설 수는 없지요. 마나 엔진의 한계가 3.0인 것은 엔진의 개발 한계가 아닙니다. 엔진의 운용 한계지요. 단지 그것을 숨기기 위해 불의 마탑에서는 마의 벽이라는 되지도 않는 연막을 피운 겁니다."

"알고는 있습니다만……."

박스터의 대답이 마음에 안 들었는지 엥겔스는 더욱 열변을 토했다.

"불의 마탑이 마의 벽이란 소리를 한 것은 루즈벡 제국의 실험 이후입니다. 루즈벡 제국에서 헤르온을 발표할 당시 이미 3.1의 마나 엔진의 개발에 성공했었습니다. 극비 사항입니다만, 제 제자가 그 개발팀에 있었기에 얻은 정보입니다. 시험 기체에 그 엔진을 장착하고 시운전을 한 결과, 기간테스는 박살나고 라이더는 폐인이 되었다 합니다. 2.8과는 비교할 수 없는 출력 덕분입니다. 불의 마탑 역시 그 정보를 얻고 찾아낸 한계 출력이 3.0인 겁니다. 3.0이 넘는 출력을 견딜 수 있는 금속은 흔한 것이 아닙니다. 티타만티움 합금이라면 모르겠습니다만, 거대한 기간테스를 만들 정도의 티타만티움을 구하기도 어렵거니와 그만한 양을 합금에, 제련, 성형하려면 그 시간만도 어마어마합니다. 게다가 3.0을 넘어서는 기간테스를 조종할 수 있는 라이더도 없습니다. 그것은 인간의 한계를 벗어난 일이니까요. 그것은 루즈벡 제국도, 불의 마탑도 알고 있을 겁니다. 그런데 그런 시도를 하다니 바첼러가 미쳤다고밖에 할 수 없습니다."

엥겔스는 단언했다.

바첼러 백작가에서 3.5 엔진의 운용의 벽으로 지적한 것들이다. 엥겔스는 이미 그것을 알고 있었던 것이다. 아니, 사실은 불의 마탑에서 알아낸 것이다.

물론 바첼러 백작가도 어렴풋이 알고 있었다. 알고도 시도한 것이고 해결 방법을 찾았다. 불가능에 가까운 해결 방법이지만 말이다.

하지만 엥겔스는 아예 불가능하다 단언하고 있었다. 어떻게 될 것인지는 두고 볼 일이다.

"제스터에게 줄 선물은 완성되었습니까?"

"아직 마법진을 모두 넣지 못했습니다. 적어도 3개월은 필요합니다."

엥겔스가 면목없는 듯한 얼굴로 대답했다.

"아닙니다. 그만큼 힘든 일이니까요."

두 사람의 대화에 제스터는 연신 두 사람의 얼굴을 번갈아 바라보았다.

"완성된 줄 알고 운을 떼었는데 미안하게도 석 달은 기다려야겠네."

"대체 무슨 말씀이십니까?"

제스터가 의아하다는 얼굴로 물었다.

"우리 공화국의 얼굴이나 다름없는 라이더인 자네가 언제까지나 양산형 기체를 탈 수 없지 않은가. 비록 자네에게 맞게 한 번 개조한 리빌드라고는 해도 말이지."

"그 말씀은?"

"자네를 위한 프라이비트 기체를 개발 중이지."

"네?"

박스터의 대답에 제스터의 두 눈이 크게 뜨였다.

프라이비트 기체는 말 그대로 한 개인만을 위해 만들어진 단 한 기만 존재하는 기간테스다.

"출력은 3.0이네. 불의 마탑에 거금을 주고 들여왔지."

박스터가 입을 닫고 엥겔스가 이야기를 시작했다. 엥겔스가 총지휘를 해서 개발한 기간테스다. 자이안의 양산 준비를 위해 바쁜 상황에서 그 일까지 해낸 것이다.

제스터는 너무나 놀라 숨도 제대로 못 쉬었다.

3.0의 기간테스라니 믿기지가 않았다.

"자네에게 걸맞은 기간테스를 준비하느라 불의 마탑과 많은 거래를 해야 했어."

얻은 것이 있으면 잃은 것도 있을 것이다. 그것이 거래다.

제스터는 그 사실을 잘 알고 있었다.

마음이 무거워졌다.

"기간테스의 개발은 끝난 상태일세. 단지 우리 나름대로 더 강력하게 만드느라 아직 석 달의 시간이 남은 것이지."

엥겔스는 거기까지 말하고 입을 다물었다.

박스터가 미소 지으며 입을 열었다.

"기체의 이름은 디스토션(Distortion)이야."

"디스토션."

제스터가 자신의 프라이비트 기체의 이름을 되뇌었다.

"그래. 디스토션이라면 자네가 만났다는 그 괴물 같은 사내도 충분히 이길 수 있을 거라 생각하네."

박스터 통령이 굳이 완성 여부도 확인하지 않고 선물 이야기를 꺼낸 이유였다.

"감사합니다."

제스터는 진심을 담아 고개 숙여 감사의 마음을 표했다.

*　　　*　　　*

이슈인이 눈을 뜬 것은 아크의 손에 구해지고 정확히 이틀이 지난 후다.

아크가 위급한 곳만 마법으로 치료하고 나머지는 이슈인의 자연 치유력에 맡겼기 때문이다.

"치료 마법, 너무 받으면 몸에 안 좋아. 스스로의 몸에 맡겨야지."

그것이 깨어난 지 사흘 후 이슈인이 아크로부터 들은 이유였다.

아크는 막 눈을 뜬 일족의 청년을 난감한 얼굴로 바라보았다.

뇌호혈에 상처를 입었을 때 예상은 했지만 설마 이렇게 심각할 줄은 몰랐다.

기억상실. 그것도 중증이었다.

깨어난 청년은 아무것도 기억하지 못했다. 아무리 뇌호혈에 손상을 입었다 하나 부분적인 것도 기억하지 못할 것이라고는 생각도 못했다.

아크는 자신이 겪은 일만 자세히 말해주었다.

"정말 감사드립니다."

그 말에 이슈인은 허리를 깊이 숙여 감사를 표했다. 비록 기억할 수 없다지만 그의 말대로라면 눈앞의 사내는 자신의 생명의 은인이었다.

"이제 어떻게 할 것이냐?"

아크의 물음에 이슈인은 답할 말이 없었다. 자신이 누구인지도 모르는 터에.

"흐음. 기억을 찾고 싶으냐?"

"당연한 일입니다. 저는 제 이름도 모르고 있습니다."

이슈인의 대답에 아크의 눈에 안타까움이 스쳤다. 그리고 기이함도 함께 나타났다.

기억을 잃은 사람이기에는 너무나 침착했다.

"기억을 잃었는데도 별로 당황하거나 두려워하지 않는구나."

"그건… 저도 잘 모르겠습니다."

아크의 물음에 머리를 긁적이며 대답한 이슈인의 말이다.

아크는 한숨을 내쉬었다.

기억을 잃었다는데 무엇을 알겠는가. 아마 철저히 훈련받으며 단련됨은 물론, 타고난 침착함을 가진 아이이겠거니 하고 추측하는 수밖에 없었다.

"이곳은 내 친우의 집이자 무덤이다."

기억 얘기에서 갑자기 엉뚱한 이야기로 이어지자 이슈인은 고개를 갸웃거렸다. 하지만 아무런 물음 없이 아크의 말에 집중했다. 자신이 궁금해하는 것을 말해주리란 생각 때문이었다.

"내 친우는 마법에 아주 뛰어난 존재였지. 그리고 나에게 그만의 마법을 전수해 주었어. 하지만 본디 마법에 별 관심이 없던 나는 기본적인 것 몇 가지만 익혔지. 그 모습에 친우는 안타까워하며 혹시 나중에 마음이 바뀌면 익히라며 많은 마법서를 남겨주었다."

이슈인은 아크의 친우가 무척 대단한 사람이라 생각했다.

"그 마법 중에는 기억을 읽고, 지우고, 되돌리고, 조작하는 마법도 있을 것이다."

이슈인의 두 눈에 희망이 감돌았다.

"네가 내가 떠나온 일족의 아이이기에 내 이런 말을 하는 것이다."

그것은 아크의 착각이었다.

이슈인은 그의 일족을 만나 인연을 만들어 일족의 무술을 배웠을 뿐 일족의 아이는 아니었다. 하지만 이슈인이 기억을 잃었기에 그 사실을 알려줄 수도 없었다.

참으로 공교로운 일이었다.

"그럼?"

이슈인의 물음에 아크가 고개를 끄덕였다.

"그래, 내 그 마법을 찾아 익혀보마. 하지만 시간이 많이 걸릴 것이다."

"얼마나 걸립니까?"

"글쎄, 적어도 일 년은 잡아야겠지."

보통 마법이 아니었다. 인간의 마법과는 그 궤를 달리하는 것이었다. 이슈인은 그런 것을 알 턱이 없었다.

"감사합니다."

이슈인은 다시 한 번 허리를 숙였다.

"괜찮다. 같은 일족인 것을."

이슈인은 아크의 말을 들으며 고개를 갸웃거렸다.

마치 나이를 무척이나 많이 먹은 것처럼 말하고 있었기 때문이다. 그냥 보기에는 자신보다 고작 서너 살 많은 것 같았다.

'그러고 보니 난 몇 살이지?'

그리고 나이조차 기억하지 못한다는 사실을 깨달았다.

"흐음. 일단 기억을 되찾을 때까지라도 사용할 이름이 있어야겠구나. 그냥 아이라 부를 수도 없는 노릇이니."

이슈인의 내심과는 상관없이 아크는 자신의 말만 한 후 생각에 잠겼다. 이슈인의 이름을 생각하기 위함이다.

"서문가의 아이이니 서문이라 불러야겠구나. 내 친우가 나를 악이라 부른 것처럼."

"사이몬?"

이슈인의 물음에 아크가 고개를 갸웃거렸다.

"허어, 일족의 아이인 네가 어찌 대륙의 사람들처럼 발음을 하느냐?"

사실 지금 두 사람이 사용하는 것은 대륙 공용어였다. 아크는 자신이 일족을 떠난 지 아주 오랜 세월이 흘렀기에 일족의 말이 어떻게 바뀌었을지 몰랐기에 대륙 공용어로 이야기했다.

"사이몬?"

이슈인은 아크의 말을 못 들은 듯 아크가 자신에게 지어준 이름을 되뇌었다. 무언가 그리운 느낌이 드는 익숙한 말이었다.

아크는 그 모습을 가만히 바라보았다.

"악."

"아크."

"악."

"아크."

자신의 성을 들은 친우의 행동이 갑자기 떠올랐기 때문이다.

"네 짧은 성도 이리 어려울 진데 이름은 도저히 내가 말할 수 없을 것 같군. 지금부터 나에게 네 이름은 아크다."

기이했다. 자신은 대륙 공용어를 정확히 구사할 수 있는데 친우는 일족의 말을 구사하지 못하다니. 더군다나 그와 같은 대단한 존재가.

"후우, 세월이 흐르면 인간은 변하는 법이지."

아크는 일족의 말이 바뀌었을 것이라 받아들였다. 변하지 않고 있기에는 너무나 많은 세월이 흐르지 않았던가.

"페니카이아……."

갑자기 세월의 흐름에 변함이 없던 친우가 그리워졌다.

그렇게 이슈인, 아니, 사이몬과 아크의 공동생활이 시작되었다.

두 사람의 생활은 단조로웠다.

오전에는 대련을, 오후에는 아크의 마법 수련이 전부였다. 기억을 잃었다고는 하나 그것은 머리가 잃은 것이다. 몸의 기억은 남아 있을 것이란 생각에 시작된 대련이었다.

과연 사이몬은 서문가의 검법 중 한 가지를 펼쳤다. 아크가 기억하는 것과는 좀 다른 것을 보니 그사이 발전한 것 같았다.

아크와의 대련은 그렇게 사이몬이 다시금 검법을 펼치게 도와주었다. 사이몬은 빠르게 자신이 익힌 검법을 기억해 냈다. 얼마나 많은 수련을 했었는지 알 수 있었다.

한 달이 흘렀다.

사이몬은 자신이 익힌 것에 대한 기억은 거의 되찾았다. 하지만 아크의 마법 수련은 지지부진했다. 본디 마법보다는 창을 휘두르는 것을 좋아했던 그의 성향 탓이 큰 듯했다.

"왜 그러느냐?"

사이몬이 자신을 찾자 아크가 물었다.

"제 나름대로 기억을 찾아보도록 하겠습니다."

사이몬의 말에 아크는 가만히 그를 바라보았다.

사이몬은 뒷머리의 흉터를 만지며 말했다.

"아무래도 큰 충격으로 기억을 잃은 것 같습니다. 세상에 나가 부딪치다 보면 혹 제 기억의 실마리라도 찾을 수 있지 않을까 싶습니다."

사이몬의 말에 아크는 잠시 생각에 잠겼다. 일리있는 말이었다.

"잠시 기다리거라."

아크는 옛 친우의 보금자리로 들어갔다. 친우가 자신에게 남겨준 것들 중 몇 가지를 챙기려는 것이다.

잠시 후 아크가 무언가를 들고 나왔다.

가장 먼저 그가 내민 것은 검이었다.

한눈에 보아도 엄청난 가치를 지닌 듯한 바스타드 소드다.

"받아라."

사이몬은 선뜻 손을 내밀지 못했다. 자신에 대한 기억은 없지만 눈앞의 검이 엄청난 물건이라는 것은 알 수 있었다.

"받으라니까."

아크의 재촉에 사이몬은 마지못해 검을 받았다.

"너의 검은 이리 다오. 검집은 가지고 가고 검만 다오. 검집에 너의 기억과 관련된 무언가가 있을지도 모르는 일이니."

그간의 대련으로 형편없이 상해 있었다. 아크의 창을 상대하느라 망가진 것이다.

아크가 두 번째로 내민 것은 반지였다.

"이곳의 좌표가 저장되어 있는 반지다. 이곳에 마나를 불어넣고 이곳의 지형을 생각하면 이곳으로 텔레포트할 수 있을 것이다. 이곳의 좌표는 보통의 방법으로는 기록이 불가능하니 잘 가지고 있어라. 단 한 번 사용할 수 있으니 기억을 되찾았거나 내가 반지를 통해 마법을 완성했다는 소식을 전할 때만 사용하도록 하거라."

"네."

다시 이곳으로 돌아올 수 있는 끈인 반지였기에 사이몬은 순순히 반지를 받아 손가락에 끼웠다.

"사람들 속에 들어가면 돈이 필요하지."

마지막으로 아크는 작은 주머니를 내밀었다. 사이몬은 순순히 받았다.

"그럼 가보아라."

더 이상 줄 것이 없다는 듯 아크는 그 말을 남기도 동굴로 들어갔다.

사이몬은 가만히 그 모습을 바라본 후 허리를 꾸벅 숙이고는 절벽을 박차고 달렸다. 아크처럼 허공을 밟고 달리지는 못했지만 깎아지른 듯한 절벽을 아무렇지도 않게 밟고 달렸다.

라이트 바디 런의 수준이 몇 단계 올라갔기에 가능한 일이다. 한 달이라는 짧은 시간이었지만 아크의 도움으로 사이몬은 자신의 실력을 몇 단계 올릴 수 있었다.

사이몬이 타고 올라간 절벽은 자신이 떨어진 곳 반대편의 것이다. 일부러 그곳으로 올랐다.

자신이 떨어졌다면 그곳에는 자신의 적이 있을 터. 일단 다른 곳에서 천천히 기억을 찾고 싶었던 것이다.

그렇게 사이몬은 북쪽으로 올라가 산맥을 벗어났다.

CHAPTER 9
또 다른 단서

　이슈인의 행방불명 소식은 바첼러 영지에도 전해졌다. 무려 한 달이란 시간 동안 사라졌으니 소식이 전해지지 않으려야 않을 수 없었다.

　바첼러 백작가의 분위기가 침울하게 가라앉았다. 연구도벽에 막힌 터에 가족의 행방불명이라니. 전투 중의 행방불명은 거의 전사와 같은 의미였기에 백작의 성은 무거운 공기로 가득 차 있었다.

　이레아는 오빠의 소식에 발악하듯 연구에 몰두했다.

　슬픔을 잊기 위한 그녀 나름의 방법이었다.

　그녀가 연구에 몰두한 곳은 바첼러 백작가의 도서관이었

다. 기간테스의 시작부터 다시 찬찬히 정리를 해볼 생각으로 도서관을 찾은 것이다. 기본부터 다시 본다면 자신이 놓친 것을 발견해 벽을 넘을 수 있을지 모른다는 생각 때문이었다.

이레아의 솔직한 심정은 현실을 잊을 수 있게 해줄 것이 필요하다는 것이었지만 말이다.

대륙력 1435년.

가히 혁신이라 할 만한 일이 발생했다.

대마도사 라폰에 의해 세상에 그 모습을 드러낸 마장갑.

그것은 정녕 경이였으며 기적이었다.

갑옷과 무구에 새긴 마법진으로 궁극의 병기라는 별칭을 얻었으며 마장갑의 출현으로 대륙의 양상은 급변했다.

먼저 전쟁의 전개 방식이 달라졌으며 대륙의 세력 판도가 바뀌었다.

대마도사 라폰의 조국 마리오 왕국은 주변의 세 개 왕국을 병탄하면서 제국으로 그 위상을 올렸으며 각국은 마장갑의 개발에 전력을 다했다.

후일 역사가들은 대륙력 1435년에 라폰에 의해 마장갑이 처음 만들어진 사건을 이노베이션이라 명명했다.

가히 세계의 역사를 바꾼 기술의 혁신이란 뜻에서 이노베이션이라 명명한 것이다.

물론 마법사들은 그 명칭에 반발했다.

기술의 혁신이 아닌 마법의 혁신이라면서. 하지만 이미 사람들은 그 사건을 이노베이션이라 받아들였으며 대륙력 1435년 이후의 시대를 이노베이션 시대라 부르기도 하였다.

기술의 혁신은 거기에서 끝난 것이 아니었다.

마장갑을 보며 궁극의 병기라 부르며 그 이상 완벽한 병기는 없을 것이라 하며 사람들은 그 개발에 전력을 다했다.

하지만 한 괴짜 드워프와 괴짜 엘프의 만남은 인간들의 상상력을 허무하리만치 잔인하게 깨뜨려 버렸다.

기계 제작에 있어 그 끝에 도달했다는 드워프 메킨과 마법진의 끝을 보았다고 스스로 주장하는 엘프 엘라시아.

앙숙과도 같은 엘프와 드워프지만 서로 각자의 분야에서 끝을 보았기 때문인가. 둘은 의외로 잘 맞아 금세 친구가 되었다.

그리고 각자의 최고의 성과물을 서로에게 보인 후 그 둘을 합쳐서 만들어진 그 시대의 상상을 초월할 물건.

그것은 바로 마나 엔진이었다.

마나의 힘을 원천으로 동력을 생산하는 기계.

그것을 한 엘프와 한 드워프가 만들어낸 것이다.

그 사건은 사실 인간계의 역사에는 그리 큰 사건이 아니었다.

그 둘은 그저 재미로 그 물건을 만든 것이다. 서로에 대한 우정의 증표로서 각자 최고의 성과물을 합작해서 새로운 물건을 만든 것. 그 이상의 의미는 없었다.

유사 인종인 엘프와 드워프였기에 그 일은 딱 그만큼의 의미를 가졌었다.

하지만 그들이 떠난 후 남겨져 있던 그들의 연구실이 한 인간 탐험가에 의해 발견되면서 그 의미는 전혀 다르게 바뀌어 버렸다.

또 한 번의 이노베이션!

그랬다.

마나 엔진이란 마장갑 이상의 영향을 세계에 미쳤다. 마장갑은 전쟁의 방법을 바꾸어 대륙의 세력 판도를 바꾸었다면 마나 엔진은 생활을 바꾸었다.

역사가들은 마나 엔진의 개발은 또 한 번의 이노베이션, 두 번째의 혁신이란 뜻으로 세컨드 이노베이션이라 부르기에 주저하지 않았다.

세컨드 이노베이션의 시점은 논란이 많았다.

메킨과 엘라시아가 마나 엔진을 만들었다고 기록된 대륙력 1792년으로 해야 하는가, 아니면 처음으로 세상에 그 모습을 드러내 세상을 바꾸는 계기가 된 대륙력 1994년으로 해야 하는가가 논란이었다.

때문에 사가에 따라 세컨드 이노베이션의 시작은 1792년과 1994년으로 기록되어 있으며 현재까지도 논란이 되고 있다.

인간의 욕심은 무한했다.

그 욕심이 세컨드 이노베이션에 또 다른 변혁을 몰고 왔다.

군사 무기에 마나 엔진 사용의 시도.

대륙력 2004년.

마나 엔진이 역사에 등장한 지 정확히 십 년이 지난 해.

루즈벡 제국의 한 마법진 연구가에 의해 전혀 새로운 병기가 등장하게 된다.

기간테스.

골렘에 마나 엔진을 장착한 후 각종 마법진과 기계장치로 인간이 탑승하여 움직일 수 있게 한 병기.

세컨드 이노베이션 십 년 만에 새로운 병기가 전장에 등장하게 되었다.

군부의 사람들은 기간테스의 출현을 이노베이션 플

러스라 부르기 시작했다.

이레아는 자신이 보고 있던 논문을 덮었다. '이노베이션 플러스의 시작에 관하여'라는 제목의 논문이었다. 기간테스의 등장에 대해 일목요연하게 정리한 논문으로 예전에도 본 적이 있었다. 하지만 개론적인 성격이 강한 논문이었다.

"결국 기간테스의 시작은 루즈벡 제국이라는 건데… 하긴 던전도 루즈벡 제국에 있었으니까."

이레아는 고개를 갸웃거렸다.

자신이 아카데미에서 공부를 하면서 느꼈던 무언가 석연 찮은 느낌을 다시 받은 것이다. 이레아는 다시 한 번 찬찬히 논문을 읽었다.

어느 순간 이레아의 두 눈이 빛났다.

"그래, 그거였어!"

연구자의 모습으로 한 가지 주제에 빠져든 이레아는 어느새 슬픔도 잊고 있었다.

"마나 엔진. 마나 엔진에 사용된 마법진과 수식, 기계 장치는 이미 고도로 발달된 거야. 그 정도의 기술을 가졌다면 기간테스를 못 만들 리가 없어. 오히려 최초의 기간테스보다 앞선 기술이 던전에서 발견된 마나 엔진에는 이미 사용되어 있었단 말이지. 그런데 던전에는 마나 엔진만 덩그러니 있다?"

무언가 이상했다.

세상에는 알려지지 않은 무언가가 더 있다고 이레아의 예감이 강력히 주장하고 있었다.

이레아는 서둘러 다른 자료를 더 찾았다.

그사이 우연히 이레아의 발치에 떨어진 낡은 문서 한 장.

어느 책의 책갈피 사이에 꽂혀 있다가 이레아가 책들을 뒤적거리면서 떨어진 것 같았다.

그녀의 시선이 무심코 종이로 향했다가 고정되었다.

...철거인의 습격에... 우리는... 분하다........

고대 대륙어였다. 한눈에 해석할 수 있는 몇 안 되는 단어가 이레아의 눈을 사로잡았다.

정확히는 '철거인'이라는 단어가 이레아의 눈을 사로잡았다.

그녀는 서둘러 낡은 종이를 집어 들었다. 그리고 꼼꼼히 해석을 했으나 그녀의 고대 대륙어에 대한 지식의 한계로 세대로 된 해석은 할 수 없었다.

하지만 한 가지는 알 수 있었다.

고대 대륙어가 사용되던 시절, 대륙에는 철거인이라 불리는 무언가가 있었다는 것이다.

"타이탄이라......"

고대 대륙어의 발음으로 타이탄, 현재의 대륙어로 철거인이라는 뜻이다.

고대 대륙어가 대륙에서 쓰인 시기는 마도시대부터 신성
시대까지다.

"뭔가 있어."

이레아가 우연히 발견한 종잇조각.

그것은 신성시대에 자행된 마도시대 기록의 소거를 피해
남은 몇 안 되는 기록 중 하나였다. 현재 대륙에서 구하려고
해도 거의 구할 수 없는 기록이다. 두 제국의 황실 도서관을
뒤져도 한두 개 나올까 말까 한 기록. 하필이면 그것이 바첼
러 백작가의 도서관에 와 있었던 것은, 하필이면 이레아의 눈
앞에 떨어진 것은, 하필이면 타이탄이라는 단어가 씌어 있었
던 것은 운명인지 우연인지 알 수 없는 인연의 장난이었다.

이레아가 도서관을 뒤지고 일주일이 지났다. 혹시나 다른
책 사이에도 무언가 끼워져 있지 않을까 샅샅이 뒤졌지만 나
온 것은 아무것도 없었다. 하지만 이레아의 두 눈은 빛나고
있었다. 어느새 이슈인의 실종을 잊은 듯했다.

그녀의 두 눈은 자신의 발견에 대한 생각으로 빛나고 있었
다.

이레아가 이올린을 찾았다. 물론 자신이 발견한 것과 그것
을 정리한 것을 가지고서였다. 이올린은 여전히 침울한 상태
였다. 지지부진한 연구 결과에 더해 동생의 소식이 그녀를 그

렇게 만든 것이다.

"무슨 일이야?"

무언가 생기가 넘치는 이레아의 모습에 고개를 삐딱하게 기울이고는 이올린이 물었다. 동생의 모습이 마음에 안 든 것이다. 이레아는 그런 언니의 심사를 알아차리고는 고소를 지었다.

"일단 이것을 봐."

이레아는 자신이 발견한 것과 분석한 것을 이올린 앞에 펼쳐 놓았다. 힐끔 그것을 바라보던 이올린이 조금씩 이레아가 펼쳐 놓은 것에 빠져들더니 급기야 몰두하기 시작했다.

그리고 잠시 후 이올린의 눈빛은 이레아의 그것과 똑같아졌다.

"그러니까 네가 하고 싶은 말은 기간테스라는 것이 이 시대에 처음 등장한 것이 아니라 그것이지?"

이레아는 고개를 끄덕였다.

"사실 비공정도 과거 마도시대의 잔재야. 하늘을 나는 물체를 만들어낼 정도의 마법이면 당연히 기간테스도 만들 수 있지 않았겠어?"

"하지만 마도시대의 유적에서 마나 엔진은 발견되지 않았잖아? 비공정 역시 마나 엔진을 이용한 것이 아니라 새로이 변형을 가해서 적용한 것이고."

이올린이 반론을 제기했다.

"남아 있는 유적의 수는 극히 일부야. 너무 적어. 그걸로 과거에는 마나 엔진이 없었다 단언하기도 힘들다는 거지."

이레아의 말에도 일리가 있었다.

"인간에게 몇천 년의 시간은 엄청나게 긴 시간이야. 과거를 잊을 정도로."

이레아의 말에 이올린이 고개를 끄덕였다.

"하지만 엘프와 드워프는 어떨까? 알려진 바로는 그들의 평균 수명은 천 년 내외야."

그 말에 이올린의 두 눈이 빛났다. 동생이 하려는 말을 알 것 같았다.

"평균 육십 년을 사는 인간은 보통 이십 년을 한 세대라고 봐. 그리고 열 세대는 이백 년 전의 일이지. 그 정도의 과거에 대한 기록은 충분해. 그렇지? 그러면 천 년을 사는 엘프랑 드워프는? 한 세대가 삼백 년은 되지 않을까? 그러면 삼천 년 전의 기록도 남아 있다는 말이 돼. 더불어 육천 년 전의 기록이 남아 있을지도 몰라."

과연 그랬다. 엘프와 드워프 모두 고도의 문명을 지닌 종족이다. 단지 인간과 섞이려 하지 않아 깊숙이 숨어서 살 뿐 그들은 분명 대륙에 존재했다.

"아직 남아 있는 극히 드문 기록에 의하면 혼돈의 천 년 전에는 엘프와 드워프도 대륙에서 심심찮게 나타났다고 되어 있어. 단지 제이드 대륙력 이후 모습이 사라졌을 뿐이야."

"메킨과 엘라시아는 그들 중에서는 이단아나 다름없었지."

"그런 그들이 마나 엔진만 만들고 말았을까? 과거의 기록이 있는데?"

"네 말은?"

이올린이 마른침을 꿀꺽 삼키며 동생을 바라보았다.

"난 확신해. 다른 사람이 발견하지 못한 무언가가 그들의 던전에 있을 거라고."

이레아가 두 눈을 빛내며 말했다.

그럴 법한 가설이었다.

"그래서 어떻게 하자는 거야?"

"당연히 찾아가야지."

"이 상황에 루즈벡 제국에?"

이올린이 눈을 동그랗게 뜨고 되물었다. 하지만 그녀의 얼굴에도 흥미가 가득했다.

"어떻게든 가야 해. 그래야만 해. 레퀴엠 프로젝트가 부딪친 벽은 너무 크고 두껍고 거대해. 도저히 넘을 방법이 안 보여. 내 생각에는 그곳에 답이 있을 것 같아."

이레아가 집념을 불태우며 말했다.

이올린도 고개를 끄덕였다.

"아버님은?"

"일단 바톤 프로젝트 최종 단계를 확인하고 계셔."

레퀴엠 프로젝트가 벽에 막히자 카를로 백작은 바톤 프로젝트의 최종 단계를 점검하기 시작했다. 프로젝트는 완성되었지만 실전 테스트는 거치지 않았다. 거대한 기간테스를 대상으로 하는 시험인데다가 특급 기밀인지라 눈이 많은 메테나이져를 이용할 수 없는 탓이다.

"바일론에 적용했다고?"

"랩터2에 적용하기에는 마나 소모가 너무 커."

이레아의 대답에 이올린은 고개를 끄덕였다.

"바톤 프로젝트의 실전 운용이 가능해지면 비공정 규약도 아무 소용 없어지겠네."

"그건 조금 애매하지. 해석의 차이가 있을 수 있으니까. 일단 실전 운용을 하려면 엄청난 마나석이 필요한데, 결국은 규약보다 그게 더 문제야. 결국 마나의 소모를 획기적으로 줄여야만 진정한 프로젝트의 완성이라 할 수 있을 거야."

이레아는 도무지 풀리는 게 없다는 얼굴로 투덜거리듯 말했다.

"그건 그거고, 그것보다 아버님을 어떻게 설득하느냐가 문제인제……."

말하는 것을 보니 이미 이올린도 루즈벡 제국의 던전에 가겠다는 마음을 굳힌 것 같았다.

"일단 천천히 준비하자. 자료도 더 모으고, 왕립도서관도 찾아봐야지. 던전이 일반에 공개된 지 벌써 몇백 년이 흘렀어. 그동안 아무도 못 찾았을 정도니까."

그랬다.

루즈벡 제국은 던전에서 더 이상 나올 것이 없다는 판단을 내린 후 일반에 공개했다.

마나 엔진의 시초가 된 역사적인 던전이었기 때문이다.

학술적, 역사적 가치는 물론이고 훌륭한 관광 자원이기까지 했던 것이다.

*   *   *

슈프림 왕국 어느 곳의 주점.

주점은 지금 벨런시아 공화국과 메틀라인 왕국의 전쟁 이야기로 한창이었다.

왁자지껄한 이야기와는 상관없다는 듯 스스로를 소외시키는 한 남자가 맥주를 마시고 있었다. 짧은 붉은 머리칼의 사내다. 오른쪽 눈꼬리부터 입꼬리까지 이어진 흉터가 인상적이다.

"그 이야기 들었나? 이번에 공화국에서 엄청난 기간테스를 선보였다지?"

"아! 그 디스토션 말인가!"

"그래. 피의 늑대 제스터가 가진 프라이비트 기간테스!"

"온갖 공격 마법으로 무장을 했다지?"

"그 한 기 때문에 속수무책으로 밀렸다지 않은가."

"팽팽한 가운데 조금씩 공화국이 밀고 내려오고 있었지만

디스토션 덕에 공화국이 단번에 레술트 지방까지 밀고 내려
갈 것 같다며?'

주점을 가득 채운 사람들의 입에서는 저마다 새로운 기갑
테스 등장에 대한 이야기였다. 그 탓에 팽팽하던 전장의 분위
기가 단숨에 공화국 쪽으로 넘어간 듯했다.

붉은 머리의 사내가 인상을 찡그렸다. 그리고는 뒷머리를
문질렀다.

'제스터라……. 나의 과거와 관련이 있는 인물인가?'

붉은 머리의 사내. 그는 과거를 찾기 위해 아크와 헤어진 사
이몬이었다. 산맥을 벗어나고 벌써 삼 개월의 시간이 흘렀다.

머리를 짧게 자르고 머리를 붉게 염색했다. 검은 눈썹과 다
른 색이 머리칼을 염색을 했음을 말해주고 있었다. 과거를 찾
기 위해 나와서 자신의 외모를 바꾸다니 이율배반적인 행동
이다.

왠지 그래야 할 것 같았다. 자신은 쫓기다가 추락했다고 했
다. 만약 자신의 친지보다 자신의 적을 먼저 만난다면 기억을
되찾기 전에 영문도 모른 채 쫓길 것 같았다. 그래서 일단 용
모를 바꾼 것이다.

쌉싸래한 맥주가 목을 훑고 내려간다.

사이몬은 생각에 잠겼다. 앞으로 어떻게 해야 할 것인가를
진지하게 고민했다.

지난 삼 개월간 얻은 소득은 자신과 관련된 두 나라를 알았

다는 것이다. 주점 사람들이 입에 올리는 벨런시아 공화국과 메틀라인 왕국.

두 국가의 이름을 들을 때마다 머리가 지끈거리며 가슴이 짠하게 울렸다. 분명 자신과 관련이 있는 곳이다. 두 나라가 전쟁 중이라 했으니 한 곳은 자신의 아군일 것이고 다른 곳은 적일 것이다.

그 사실이 사이몬을 슈프림 왕국에 잡아놓고 있었다. 어느 곳으로 갈 것인지 판단하기 위해.

맥주 한잔을 비워가며 사이몬이 고민하고 있을 때 주점으로 일단의 무리가 들어왔다. 왁자지껄 떠들면서 뭉쳐서 들어오는 것이 한 무리의 용병대 같아 보이기도 했다.

그들이 들어오자 잠시 주점이 조용해졌다. 몇몇 사람들이 그들을 알아본 탓이다.

"블루 타이탄 용병대다."

몇몇이 그들의 눈치를 살폈다. 새로 들어온 이들은 그런 일에 익숙한지 아랑곳하지 않고 적당한 자리를 차지하고 앉았다.

블루 타이탄 용병대라 불린 이들은 주변의 눈치를 살피지 않았다.

"대장, 어떻게 할 거유?"

덩치가 크고 우락부락하게 생긴 이가 날카로운 눈매의 안경을 쓴 남자에게 물었다. 그들 중 가장 왜소한 덩치에 호리호리한 모습이 대장이라 불리지 않았다면 용병대를 찾아온 의뢰자라 착각할 정도였다.

"고민 중이야. 구미가 당기는 곳이 두 곳이라니……."

대장이라 불린 남자는 눈살을 찌푸렸다.

"난 레술트로 갔으면 하는데……."

처음 말을 꺼냈던 거한이 은근히 자신의 생각을 피력했다.

"거, 우리 정도면 제대로 대우받을 수 있잖수."

거한의 말에 동조하듯 다른 아홉 명도 고개를 끄덕였다.

이들은 모두 열한 명으로 이루어진 용병대다. 극히 적은 숫자라 할 수 있다. 그럼에도 주점의 사람들이 그들의 눈치를 살피는 것은 열한 명 모두가 기간테스 라이더이기 때문이다. 더군다나 열한 명 모두 기간테스 오너였다.

국가에서 기간테스를 지급받는 중앙군의 라이더나 영주에게 기간테스를 지급받는 영지의 라이더와 다르게 용병들은 자신의 기간테스를 스스로 구해서 소유해야 했다. 라이더의 능력을 가진 용병들 중 자신의 기간테스를 소유하고 있는 이들을 오너라 불렀다.

블루 타이탄. 고대어로 철거인이란 뜻을 가진 타이탄이라는 말이 용병대의 이름이 된 것은 그런 이유였다. 열한 명의 소규모라 용병대라 하지만 그 위력은 여느 용병단 못지않았다.

"분명 공격 마법으로 도배를 한 디스토션이라는 기체가 끌리는 것은 사실이야."

블루 타이탄의 대장이 눈을 빛내며 말했다.

"역시 프로페서요. 신형 기간테스가 나타났는데 확인하지 않으면 프로페서가 아니지."

거한이 눈을 반짝이며 말했다.

"그런데 나는 다른 쪽이 더 구미가 당겨."

그 말에 거한을 포함한 열 명의 사내의 안색이 어두워졌다. 다른 쪽이 무엇인지 아는 탓이다.

그들은 전쟁터에서 날뛰고 싶었다.

"귀족가 아가씨 호위가 뭐 그리 구미가 당긴다는 거유?"

다들 그 말에 고개를 끄덕였다.

"보통 귀족가가 아니잖아. 무려 바첼러 백작가야."

프로페서라 불린 대장이 여전히 눈을 빛내며 말했다.

그 순간 사이몬은 온몸을 찌르르 울리는 이상한 느낌을 맛보았다. 그들의 대화 중 우연히 바첼러 백작가라는 말을 들은 것뿐인데 온몸에서 일어나는 이 격렬한 반응이란 무엇일까.

사이몬의 두 눈이 깊게 가라앉았다.

블루 타이탄의 이야기는 계속 이어졌다.

"아무리 바첼러 백작가라 하더라도 겨우 집안 딸내미 유학 가는 거 호위 아니유?"

거한이 마음에 안 든다는 듯 말했다.

프로페서의 눈이 심유하게 빛났다.

"그러니까 내가 대장을 하고 있는 거다. 하필이면 이때에 왜 굳이 루즈벡 제국으로 유학을 가야 하느냐 이거지. 메틀라인의 왕립아카데미를 조기 졸업할 정도의 천재가 말이야."

"천재니까 더 뛰어난 것을 배우기 위해서 아니겠수? 대륙에서 기간테스에 관해서는 루즈벡 제국이 최고 아니우. 불의 마탑도 루즈벡 제국에 있는데. 또 그치들 옛날에도 루즈벡 제국에 귀화한 적이 있었잖수. 그러고 보니 전례가 있는데 루즈벡에서 그 아가씨를 받아줄 건지도 모르겠수. 그 기간테스에 눈이 뒤집힌 가문."

메틀라인 왕국의 외부에서 바첼러 백작가를 보는 객관적인 시각이자 평가였다.

기간테스에 눈이 뒤집힌 가문. 참으로 냉소적인 표현이었다.

"지금 전황은 메틀라인에 불리하게 돌아가고 있어. 디스토션이라는 신 프라이비트 기종의 등장으로 말이야. 전장의 핏빛 늑대 제스터의 운용 능력에 그런 성능이라면 말할 것도 없지. 하지만 디스토션이라 해도 객관적으로 보면 대단할 것도 없어."

"오우, 대단한 자신감이유?"

각국에서 화제가 되고 있는 디스토션이라는 신형 기체에 대한 프로페서의 냉정하면서 신랄한 평가에 블루 타이탄의 대원들은 두 눈을 동그랗게 떴다.

"당연한 사실이니까. 기간테스의 위력을 결정하는 것은 출력과 라이더의 운용 능력이야. 그런데 디스토션의 출력은 3.0이야. 물론 대단한 출력이긴 하지만 다른 국가에서도 만들 수는 있어. 물론 불의 마탑에 엄청난 대가를 줘야 하겠지만. 그것 외에 디스토션에 적용된 수많은 마법이라면 솔직히 출력이 뛰어난 기간테스와 붙었을 때 얼마나 효과가 있을지 의문이다. 디스토션의 라이더가 제스터이기에 그런 엄청난 위력을 보일 수 있는 거지."

프로페서라는 사내는 기간테스의 전투에서 마법의 위력에 대해 회의적인 시각을 보였다. 그럴 수밖에 없는 것이, 기간테스의 외장갑에 기본적으로 대마법 방어진이 설치되기에 어지간한 마법 공격은 아무 소용이 없기 때문이다.

"대장은 대마법 방어진 때문에 그러는 모양이오만, 그래도 기간테스가 직접 사용하는 마법인데 사람이 사용하는 것이랑 같겠수?"

"로컬, 네 말도 일리가 있긴 한데……."

우락부락한 덩치의 사내 로컬은 프로페서의 망설이는 모습에 회심의 미소를 지었다. 자신들의 바람대로 전장으로 갈 것 같았기 때문이다.

"그래도 바첼러 백작가로 간다. 아직 전장에 갈 때가 아니야."

"대장!"

프로페서의 말에 로컬이 크게 소리쳤다.

"로컬, 너는 이 전쟁이 일 년 안에 끝날 거라고 봐? 공화국이 아무리 몰아치고 있어도 메틀라인의 잠재력을 너무 우습게 보지 마."

프로페서가 두 눈을 번뜩이며 말했다.

"아직 우리 몸값은 더 오를 수 있어. 벌써 나서는 건 시기상조야."

그 말에 결국 모두 입을 다물었다.

블루 타이탄 용병대는 바첼러 백작가로 가기로 결정했다.

그들이 대화를 끝내고 식사에 열중하는 듯하자 사이몬이 자리에서 일어났다. 그들의 대화에 몇 번이나 등장했던 바첼러 백작가. 그 말이 자신의 가슴을 쿵쾅거리게 만들었다. 분명 자신과 커다란 관련이 있는 곳 같았다.

사이몬은 다음 목적지를 바첼러 백작가로 정했다. 이왕 가는 것, 목적지가 같은 인물들과 함께하는 것이 편할 것이라는 생각에 사이몬은 블루 타이탄 용병대를 향해 다가갔다. 사이몬은 아직 이들에 대해 제대로 아는 것이 없었다. 그들이 어떤 명성을 가진 이들인지도 말이다.

"뭐야?"

사이몬이 가까이 다가오자 로컬이 그를 힐끔 쳐다보고 물

었다. 그들은 타인의 관심을 별로 달가워하지 않는다. 이제는
많은 사람들이 그것을 알기에 주점이나 여관에서 조용히 보
낼 수 있었는데 웬 철부지 하나가 자신들에게 다가온 것이다.

"바첼러 백작가에 갈 계획이라 들었습니다."

타인이 자신들의 이야기를 엿듣는 것은 몹시 불쾌한 행동
이다. 하지만 블루 타이탄 용병대 자신들이 큰소리로 이야기
를 나누었기에 가만히 있어도 들렸으리라. 로컬은 그것은 문
제 삼지 않았다.

"그래서?"

로컬은 이것 봐라 하는 표정으로 사이몬을 쳐다보았다.

"괜찮으시다면 저도 동행하고 싶습니다만……."

사이몬의 말에 로컬의 얼굴이 기괴하게 일그러졌다. 화가
난 것도 어이가 없는 것도 아닌, 어찌할 바를 판단하지 못하
는 듯한 이상한 표정이다.

"후우."

잠시 후 정리를 했는지 로컬이 한숨을 내쉬며 입을 열었다.

"너, 우리가 누군지 아나?"

"블루 타이탄 용병대라 들었습니다만."

"그걸 알면서 그런 말을 하는 건가? 용병에게 동행을 요청
하다니. 용병은 특별한 경우를 제외하고는 의뢰인이나 동료
이외에는 동행하지 않아. 함께 가고 싶으면 의뢰를 해."

프로페서와 대화를 나눌 때와는 전혀 다른 모습이었다. 날

카롭게 눈을 빛내는 그는 이미 산전수전 다 겪은 베테랑 용병이었다.

그의 말에 사이몬은 잠시 고민했다. 의뢰를 하라니. 어차피 가는 길이 아닌가. 그의 말이 맞는 것 같기도 했지만 의뢰를 하기는 싫었다. 혼자 갈 수 있는 곳을 조금 편하게 가고자 한 것밖에 없지 않은가.

나머지 용병들은 둘의 모습을 흥미진진하게 바라보았다. 부대장을 맡고 있는 로컬이 의뢰 하나를 건지는가 하고 보고 있었다. 어차피 가는 길에, 위험한 길도 아니었기에 의뢰까지 맡아서 가면 그들로서도 좋은 일이다.

하지만 사이몬은 고개를 저었다.

"의뢰를 할 수는 없습니다."

"그래? 그럼 이야기는 끝났네. 가봐."

로컬은 더 이상 볼 것 없다는 듯 고개를 돌렸다. 자신의 식사를 마저 하려는 것이다.

"대신 용병대에 들겠습니다."

의외의 말에 로컬은 자신의 행동을 멈출 수밖에 없었다.

이놈은 분명 촌놈이다. 그러니 자신들에 대해 모르는 것이다. 어찌 저리 쉽게 자신들의 용병대에 들겠다는 말이 나오는가.

무언가 분위기 있어 보이는 녀석이었지만 그와 동시에 어수룩한 애송이의 냄새도 물씬 풍겼다.

"그게 말도 안 되는 일이란 건 알고 있지?"

"왜 그렇습니까?"

사이몬의 대답에 로컬의 얼굴이 일그러졌다. 상대가 서서히 자신의 화를 돋우고 있었다.

"우리는 블루 타이탄이라고. 전원이 기간테스 오너란 말이다. 그게 아무나 되는 건 줄 알아!"

결국 고함이 터져 나왔다.

그의 고함에 프로페서가 인상을 썼다. 이런 상황을 별로 좋아하지 않는 것이다. 그는 용병임에도 소란스러운 것을 싫어했다.

"기간테스 오너가 아니라면 누구도 들 수 없는 것입니까?"

사이몬은 집요했다.

사실 사이몬 자신도 자신이 왜 이리 집요하게 구는지 알 수 없었다. 거절당했으면 그냥 혼자 가면 된다.

'그런데 왜 이렇게 이들을 귀찮게 하는 거지? 나도 귀찮은데.'

사이몬은 스스로의 행동에 의문을 품었다.

그때 그의 뇌리에 스치듯 울리는 말이 있었다.

'바첼러 백작가의 아가씨.'

그랬다. 그 말 때문에 그렇게 이들과 함께하려는 것인지도 몰랐다.

'그녀가 나와 무슨 상관이 있기에?'

또 다른 의문이 꼬리를 물고 일어났다. 하지만 사이몬의 생각은 이어지지 못했다.

"우리 용병대에 들어오고 싶다고요?"

프로페서가 로컬을 제지하고 나섰다.

사이몬의 시선이 그를 향했다. 하지만 프로페서의 시선은 사이몬을 향하지 않았다. 아니, 향하기는 향했는데 그 방향이 상대의 시선을 향해서가 아니었다.

프로페서의 눈은 사이몬의 허리에 머물러 있었다.

두 자루의 검집.

그중 검집만 덩그러니 있는 한 자루에 머물러 있었다. 그러면서 연신 고개를 갸웃거렸다.

말을 걸고는 다른 곳에 관심을 돌리다니 사이몬은 무척이나 불쾌했지만 참았다. 자신의 내면의 무언가가 이들과 함께 바첼러 백작가에 가야 한다고 말하고 있었기 때문이다.

"그렇습니다."

사이몬의 대답에 프로페서의 시선이 그의 눈으로 향했다.

"관심이 가는 물건을 가지고 계시군요. 어디에서 얻으셨는지 알 수 있을까요?"

그의 말에 용병대원의 눈이 일제히 빛났다.

프로페서가 다른 이의 것에 관심을 보이는 경우는 단 하나다.

바로 기간테스와 관련된 물건.

프로페서는 그야말로 기간테스에 미친 자였다. 제작과 전술, 그리고 직접 운용하는 것까지 말이다.

오죽하면 본명보다 별명으로 불릴까.

프로페서. 그것은 그의 별명이었다. 기간테스 프로페서를 줄여서 그냥 프로페서라 부르는 것이다.

"모릅니다."

사이몬은 사실대로 말했다. 어차피 숨길 수도 없는 사실 아니던가. 상대가 자신의 검집에 관심을 가진다는 것은 그것에 관해 무언가를 알고 있기 때문이다.

자신은 모르고 상대는 안다. 이런 경우는 사실대로 말하는 것이 좋았다.

사이몬의 대답에 프로페서는 고개를 갸웃거렸다.

"어디에서 얻었는지 모르는데 가지고 있었다라……. 무언가 이해할 수 없는 대답이군요."

프로페서의 말에 사이몬은 담담히 그를 바라보았다.

"그럼, 질문을 바꾸지요. 왜 우리 용병대에 들어오고 싶은 것이지요?"

"그래야 한다는 생각이 들어서입니다."

사이몬의 대답에 프로페서의 머리가 한쪽으로 크게 기울어졌다. 그가 무언가를 고민할 때의 버릇이었다.

"무언가 좀 깊이 있는 대화를 나누어봐야겠군요."

프로페서가 주변을 둘러보았다. 주점 안의 대부분의 사람들이 자신들을 힐끔거리고 있었다. 이런 재미있는 일에 관심을 안 가질 리 없었다.

프로페서는 용병대를 둘러보았다. 대강 식사가 끝난 듯했다.

"같이 가시죠."

프로페서가 자리에서 일어나 앞장섰다. 용병들이 우르르 일어섰다.

사이몬은 프로페서의 뒤를 따라 주점을 나섰다.

아무 말이 없었다.

프로페서의 저런 모습은 오랜만이었기에 용병들도 그냥 묵묵히 뒤를 따랐다.

프로페서가 향한 곳은 용병 길드였다.

"프로페서님, 어서 오세요. 의뢰를 알아보러 오셨나요?"

길드의 의뢰 데스크의 직원이 프로페서를 알아보고 인사를 했다.

"회의를 할 일이 있어서."

"아, 그러면 3번 방으로 가세요. 지금 비어 있어요."

"이용료는 용병대 예치금에서 제해요."

열쇠를 받아 든 프로페서가 3번 방으로 향했다.

용병 길드의 주 업무 중 하나가 이렇게 작은 규모의 용병대에게 회의실을 빌려주는 것이다. 용병대도 나름대로 보안을 요구하는 회의를 할 일이 있었고, 길드가 보안에 책임을 지고 회의실을 빌려주는 것이다. 대신 이용료가 생각보다 비싸서 어지간한 용병대는 여관방 등을 주로 이용했다.

그런데 굳이 프로페서가 이곳으로 온 것은 그만큼 사이몬과 나눌 이야기를 중요하게 생각한다는 반증이었다.

"모두 밖에서 기다려."

잠깐 걸음을 멈춘 프로페서가 뒤를 돌아보며 말했다.

"대장!"

가장 먼저 반발한 것은 역시 로컬이었다.

프로페서는 잠시 그를 바라보다가 어쩔 수 없다는 듯 작은 한숨을 내쉬었다.

"로컬만 따라오고 전부 기다려."

그렇게 세 사람만 3번 방으로 들어갔다.

데스크의 직원이 블루 타이탄 용병대 전부가 회의를 한다고 생각을 한 덕에 회의실에는 제법 큰 테이블이 있었고 의자도 열댓 개나 있었다.

프로페서가 먼저 그중 한곳에 자리를 잡고 앉았다. 그 곁에 로컬이 앉았다. 사이몬은 프로페서의 맞은편에 자리를 잡고 앉았다.

"자, 다시 한 번 묻지요. 왜 우리 용병대에 들어오려 하는 것이지요?"

"그래야 한다는 생각이 들어서입니다."

변함없이 똑같은 대답이다. 덕분에 로컬이 꿈틀했다. 프로페서가 제지하지 않았다면 당장에라도 사이몬에게 달려들 기세다.

"왜 그래야 한다는 생각이 들었을까요?"

"그곳에 가면 잊고 있는 것들 중 많은 것을 찾을 수 있지 않을까 하는 생각 때문입니다."

사이몬은 나름대로 성의를 담아 대답했다. 자신이 느끼기에 이 프로페서라는 사내는 보통 사람이 아니었다.

"잊고 있는 것들이라⋯⋯."

프로페서는 잠시 생각에 잠기더니 손가락으로 사이몬의 검집을 가리켰다.

"가령 그 검집을 어디에서 얻었는지 하는 것도 말입니까?"

사이몬은 고개를 끄덕였다.

"그렇군요."

대중없는 대화이지만 프로페서는 이미 많은 것을 짐작할 수 있었다.

'이 남자, 기억을 잃은 듯하군. 분명 그래. 그랬기에 저 정도의 리콜러를 가지고도 아무것도 모르는 것이지.'

프로페서라는 별명은 괜히 얻은 것이 아니다. 프로페서는 한눈에 사이몬의 허리에 걸린 두 자루의 검 중 하나의 검집이 리콜러임을 알아보았다. 그의 눈썰미로 자세히 살핀 덕분이다.

'아무런 기운도 느껴지지 않은 것을 보니 기간테스와의 계약은 해지된 상태야. 분명 무언가 사연이 있어.'

기간테스와의 계약이 해지되면 리콜러는 소환 능력을 상실하기에 아무런 기운이 느껴지지 않게 된다. 물론 사이몬의 것은 하이드 리콜러라 계약이 해지되지 않았더라도 아무 기운을 느낄 수 없다. 랩터2가 자폭하면서 자동으로 계약이 해지되었기에 프로페서의 추측이 그리 틀린 것은 아니었다.

"그 검집을 제게 보여주실 수 있겠습니까?"

아까 주점에서부터 프로페서가 관심을 보이던 검집이다. 사이몬은 순순히 그에게 검집을 건넸다.

검집을 받아 든 프로페서는 그것을 찬찬히 살폈다. 때로는 경탄하는 표정으로, 때로는 고심하는 표정으로 검집을 샅샅이 살핀 후에야 다시 사이몬을 바라보았다.

그리고 검집을 사이몬에게 돌려주었다.

"제 추측이 틀리지 않다면 아마… 이런, 제가 실례를 했군요. 전 아덴 로이츠라 합니다만 같이 있는 친구들은 저를 프로페서라 부르지요. 저도 그쪽이 더 듣기 좋구요. 그냥 프로페서라고 불러주십시오."

프로페서의 말에 사이몬은 그제야 아직 자신의 소개를 하지 않았다는 것을 깨달았다. 실례를 범한 것은 오히려 자신이었다.

"사이몬입니다."

사이몬이 고개를 숙이며 말했다.

"물론 본명은 아니겠지요?"

프로페서의 말에 로컬이 다시 한 번 울컥하려 했지만 그러지 못했다. 그를 제지하는 프로페서의 팔 덕분이다.

사이몬은 놀란 눈으로 프로페서를 바라보았다. 생각보다 대단한 통찰력을 가지고 있었다.

프로페서는 안경을 치켜 올리며 말했다.

"뭐, 본명은 모르실 테고요."

사이몬의 몸이 부르르 떨렸다.

로컬은 영문을 알 수 없다는 눈으로 두 사람을 번갈아 보았다. 자신이 모르는 무언가가 있는 것 같았다. 조금 전 자신이 무엇을 하려 했는지도 모른 채 고개만 바쁘게 돌렸다.

"제 추측이 틀리지 않다면 아마도 기억을 잃으신 것이겠지요. 무엇 때문인지는 모르겠습니다만. 그리고 저희가 가려는 곳에 기억에 대한 실마리가 있지 않나 생각하신 것일 거고요. 머리에 희미하게 남아 있는 것이 있을 수도 있고요. 아니면 주점에서 저희의 대화를 들으면서 무언가 머리를 뒤흔든 것이 있을 수도 있지요."

사이몬은 입만 벌린 채 아무 말도 하지 못했다. 거의 정확하게 추측하고 있었다. 자신은 아무 말도 하지 않았다. 그럼에도 상대는 거의 모든 것을 아는 듯했다.

"대단한 분이시군요."

사이몬은 솔직한 심정을 말했다.

"대단할 것은 없습니다. 모아진 조각을 순서에 맞게 맞춘 것뿐이니까요."

조각이랄 것이 있었던가? 사이몬은 잠시 생각해 보았지만 딱히 그런 것은 없는 것 같았다.

"일단 제가 검집을 살펴 얻은 바를 보면 사이몬님의 방향은 맞았다 할 수 있습니다."

사이몬의 두 눈이 빛났다.

"그 검집은 리콜러입니다."

"리콜러요?"

사이몬이 고개를 갸웃거렸다. 무엇인지는 모르지만 처음 들은 것 같지는 않은 말이다. 머리가 지끈거린다. 그러면서 곧 리콜러에 대한 기억이 떠올랐다. 사이몬으로서도 처음 있는 일이다.

"네. 처음부터 가지고 있었다는 것으로 보아 기간테스 라이더셨던 모양이네요."

프로페서의 말에 로컬은 놀란 얼굴을 했다. 설마 눈앞의 녀석이 라이더라고는 생각하지 못한 것이다. 프로페서가 관심을 가지는 것으로 보아 기간테스와 관련된 물건을 가지고 있겠거니 했지 그것이 리콜러일 줄이야.

"리콜러에는 각기 독특한 특징이 있습니다. 모든 리콜러가 같은 소환 마법진을 사용하는 것이 아니니까요. 사이몬님의 리콜러에도 역시 그것이 있었지요."

사이몬이 기대 어린 눈으로 프로페서를 바라보았다. 그의 말대로라면 적어도 자신과 관련이 있는 곳을 알 수 있을 것이다.

"사이몬님의 리콜러는 아마도 메틀라인 왕국군의 것이 아닌가 싶습니다."

로컬의 두 눈이 번쩍 뜨였다.

메틀라인 왕국군의 라이더라면 왕립아카데미에서 정식으로 체계적인 교육과 훈련을 받은 라이더다. 자신과 같이 이곳저곳 굴러먹으며 배운 용병 라이더와는 전혀 다른 존재인 것이다.

"독특한 특징이 있다 하셨는데 확실히 말씀하지 못하시는군요."

사이몬의 정확한 지적에 프로페서는 눈을 순간적으로 빛냈다.

'기억을 잃은 상태에서 저런 통찰력이라……'

아마도 보통 사람은 아닐 것이다.

"분명 메틀라인 왕국군의 리콜러와 비슷한 특징을 가지고 있습니다만 무언가 다른 것이 있습니다. 저도 처음 보는 것이더군요. 그래서 시간이 좀 걸렸습니다. 저는 대륙의 모든 왕국과 마탑의 리콜러의 특징을 알고 있습니다. 그런 제 기억에 비추어 가장 유사한 것이 메틀라인 왕국의 것이더군요."

프로페서의 말대로다. 사이몬이 가진 것은 하이드 리콜러다. 일반 리콜러와 같은 소환 마법진이 적용되지 않은 것이다. 하이드 리콜러는 메틀라인 왕국에서는 이제 막 실전에 도입하는 단계기에 그도 알지 못하는 것이다.

사이몬은 고개를 끄덕였다.

"저희 용병대는 모두 기간테스 오너입니다만, 기억은 못한다 하더라도 왕국군의 라이더셨을 확률이 높은 분이시니 객원 대원으로 받아들이도록 하지요."

프로페서가 미소를 지으며 말했다.

"대장!"

로컬이 놀라서 일어섰다.

"난 절대 인정할 수 없수. 더욱이 자신의 기억도 모르는 이라면 더욱 찬성할 수 없수."

로컬이 강하게 반발하고 나왔다.

부대장인 로컬이 이렇게까지 반대한다면 프로페서로서도 강하게 밀어붙이지 못한다. 대원들 간의 믿음이 최우선인 블루 타이탄 용병대이기 때문이다.

"그러면 어떻게 하는 것이 좋을까? 일단 난 이분을 받아들이고 싶은데."

대장과 부대장의 정면 대립이다.

로컬은 사이몬을 찬찬히 살폈다.

솔직히 홍미가 동하는 것도 사실이다. 그리고 왕국군 라이더의 실력을 보고 싶기도 했다. 기억을 잃고 현재 기간테스가 없다고는 하나 왠지 한 번쯤은 볼 수 있을 것 같았다.

하지만 스스로도 자신의 정체를 모르는 이를 받아들이기는 불안했다.

잠시 고심하는 듯한 로컬이 결국 결정을 내렸다.

"용병이라면 실력이 우선이지. 따라와."

그 말을 남기고 로컬은 성큼성큼 걸어갔다.

"죄송합니다. 아마도 저 친구가 사이몬님의 실력을 시험할 것 같군요."

"괜찮습니다. 제가 부탁드리는 입장인걸요."

사이몬은 자리에서 일어나 로컬의 뒤를 따랐다. 그 뒤로 한숨을 내쉰 프로페서가 걸음을 옮겼다.

문이 벌컥 열리고 로컬이 딱딱하게 굳은 얼굴로 나타나자 모두의 얼굴에 궁금함이 어렸다. 대체 안에서 무슨 이야기가 오간 것일까.

하지만 로컬은 아무 말 없이 걸음을 옮겼고, 뒤이어 나온 두 사람이 그 뒤를 따랐다. 자연 다른 용병대원들도 그 뒤를 따랐다.

로컬은 거침없이 연무장으로 향했다.

갑자기 한 떼의 무리가 우르르 연무장에 나타나자 그곳에 있던 용병들의 시선을 받았다. 로컬은 일언반구도 없이 무기 대로 가 목검을 한 자루 집어 들어 사이몬에게 던졌다. 그리고 자신도 목검을 들고 섰다.

"두 사람, 대련하려는 건가?"

"정확히는 시험이지."

한 대원의 말에 프로페서가 대답해 주었다. 당연히 블루 타이탄 용병대의 시선은 그를 향했다.

"일단 객원 대원으로 받아들이기로 했다."

"대장!"

모두들 놀란 눈으로 프로페서를 바라보았다. 로컬의 반응과 크게 다르지 않은 모습이다.

"그래서 부대장이 이곳으로 데리고 온 거로군."

누군가가 수긍한다는 듯 고개를 끄덕였다.

블루 타이탄 용병대는 기간테스 오너의 용병대라 기간테스 운용이 가장 뛰어나고 또한 통찰력과 지력을 겸비한 프로페서가 대장을 맡고 있다. 하지만 단순한 개인의 전투력은 로컬이 조금 더 앞서 있었다.

모두들 흥미진진한 눈빛으로 두 사람을 주시했다.

로컬과 블루 타이탄 용병대를 알아본 다른 용병들의 눈길도 두 사람을 향했다.

"먼저 와라."

로컬이 형형한 안광을 빛내며 무서운 얼굴로 말했다.

사이몬은 상대가 준 기회를 거부하지 않았다.

'처음부터 강하게 나가야 한다. 일단 저들과 함께하기로 한 이상 나를 인정할 수밖에 없게 만들어야 앞으로가 무난해.'

사이몬은 마음을 독하게 먹었다.

어정쩡하게 나가봐야 이도 저도 아니게 된다.

사이몬은 검을 곧게 세웠다. 그리고 자신의 몸이 기억하고 있는, 이제는 머리도 알게 된 검법을 떠올렸다.

인피니트 소드.

대륙의 모든 검법과 그 궤를 달리하는 검법.

그 검법이 사이몬의 손끝에서 펼쳐졌다. 강력한 힘이 사이몬의 몸에서 뿜어져 나오며 로컬을 몰아쳐 갔다.

"뭐, 뭐야!"

로컬은 상대의 몸에서 뿜어져 나오는 기세에 대경했다. 처음에는 아무것도 모르는 애송이라 생각했다. 하지만 기억을 잃은 라이더라는 것을 알았을 때는 한 수쯤은 있는 녀석이라 생각을 고쳤다.

하지만 이럴 줄이야.

감히 자신이 대항할 수도 없는 압도적인 위력이다.

로컬은 이를 악물로 자신의 검을 펼쳤다.

몬스터와의 실전에서, 사람과의 실전에서, 기간테스와의 실전에서 온몸을 부딪쳐 가며 익힌 실전 검법이다. 로컬은 자신의 본능대로 검을 휘둘렀다. 강력한 위력과 빠른 속도다.

사이몬의 얼굴에 이채가 어렸다.

실전에 정형화된 효율적이고도 날카로운 움직임에 놀란 것이다. 하지만 체계없이 스스로 터득한 검법은 한계가 있는 법이다. 사이몬의 움직임에 로컬의 검은 허무하게 허공을 갈랐고, 사이몬의 목검 끝은 정확히 로컬의 왼쪽 가슴 한가운데에 닿아 있었다.

"……?!"

"……!"

누구도 입을 다물지 못했다. 벌어진 입으로는 어떤 소리도 나오지 않았다.

너무도 간단했다.

한 번의 공격에 허무하게 무너진 로컬의 모습은 연무장 전체를 경악의 바다로 만들어 버렸다.

가장 놀란 사람은 로컬 그였다. 직접 부딪쳤으면서도 대체 무엇이 어떻게 된 것인지 알 수 없었다. 상대의 강함에 놀라 반격을 한 것까지는 기억이 났는데 검을 휘두른 후 보니 상대의 검이 자신의 가슴 위에 놓여 있다니. 전장이었으면 자신은 이미 죽었다.

"어떻습니까? 충분합니까?"

검을 거두며 한 걸음 물러선 사이몬이 물었다.

그의 목소리에 사람들은 경악에서 깨어날 수 있었다. 하나둘 정신을 차리며 신음을 흘렸다.

"으음."

"어떻게……."

"믿을 수가 없어."

저마다의 심정을 대변하는 한마디 한마디의 말은 깊은 불신을 담고 있었다.

"이거, 제 생각보다 훨씬 대단하신 분이로군요. 어쩌면 우리로서는 행운인지도 모르겠습니다. 블루 타이탄 용병대에 들어오신 것을 환영합니다."

가장 먼저 평정을 회복한 프로페서가 빙그레 웃으며 손을 내밀었다.

사이몬 역시 미소를 지으며 그의 손을 맞잡았다.

그렇게 사이몬은 블루 타이탄 용병대의 용병이 되었다.

CHAPTER 10
제국으로

    반짝이는 아침 햇살이 기분 좋게 온몸에 내리쬔다. 발코니에 나와 상쾌한 아침 공기를 온몸으로 들이쉬며 평화로운 티타임을 가지는 두 여인이 있었다.

"용병 길드에 의뢰한 것은 어떻게 됐어?"

"아직 이렇다 할 반응은 없어."

언니 이올린의 물음에 이레아가 고개를 저으며 대답했다.

"흐음. 구미가 당기는 조건일 텐데……."

"지금 대부분의 시선이 전쟁에 쏠려 있으니까."

동생의 대답에 이올린은 고개를 끄덕였다.

왕국과 공화국의 전쟁에 지금 온 대륙의 이목이 쏠려 있었다. 자신들은 백작가의 딸들이다. 그런 자신들의 호위에 어설픈 용병들이 지원할 리는 없고 지원한다 해도 받아들일 수 없었다.

어느 정도 수준있는 용병들은 모두 전쟁에 눈을 돌리고 있었다.

귀족의 호위와 전쟁. 비교할 필요도 없이 전쟁이 훨씬 많은 것을 용병들에게 안겨준다. 물론 훨씬 위험하기도 하지만 용병이란 원래 죽음과 삶에 각각 한쪽 발을 걸쳐 놓고 사는 이들이 아니던가.

"한시라도 빨리 떠나야 할 텐데……."

던전에 대한 자료 조사는 끝냈다. 왕도에까지 찾아가서 자료를 조사하지 않았던가. 그 결론은 던전에는 숨겨진 무언가가 있다는 것이다.

보통 사람, 아니, 고위 마법사도 찾을 수 없었던 무언가가 던전에 숨겨져 있을 것이다. 이올린과 이레아는 그런 결론을 얻은 후 더욱 많은 것을 조사했다.

자신들은 마나 공학을 공부했을 뿐 마법사는 아니다. 마법진에 대한 이해는 고위 마법사 못지않지만 사용할 수 있는 마법은 없었다.

'마법사이기에 못 찾은 것은 아닐까?'

이레아의 단순한 의문이었다.

던전이라 하면 보통은 마법사의 거처였기에 고대의 것이

발견되면 고위 마법사들을 중심으로 발굴 작업을 하게 마련이다. 이레아는 거기에서 그런 가설을 세운 것이다. 고위 마법사들이 철저히 뒤졌지만 아무것도 없었다. 하지만 그 던전에는 분명 무언가가 있을 것이다. 그렇다면 마법사여서 못 찾은 것은 아닐까?

너무나 간단하지만 누구도 생각하지 못한 가설이다.

그 가설을 세운 이후 계획은 빠르게 진행되었다.

용병 길드에 의뢰를 해놓고 자신들이 할 준비도 마쳤다. 물론 의뢰를 할 때는 루즈벡 제국으로의 유학이라 하였다. 어수선한 시기이지만 자신들의 유학이라 하면 딱히 이상하게 생각할 사람은 없을 것이다.

'염치도 없는 이들이란 소리는 듣겠지만…….'

선대가 루즈벡 제국에서 한 일을 떠올리며 이레아는 고소를 지었다.

"아가씨, 벨런시아 공주님께서 찾아오셨습니다."

손님의 방문을 알리는 시녀의 말에 이올린과 이레아는 자리에서 일어났다.

이슈인이 실종된 후 종종 포털 마법진을 이용해 자신들을 찾는 아르시안이었다. 자신들도 바쁜 와중에 종종 그녀를 찾았다. 소중한 사람을 잃었다는 슬픔을 함께 가진 이들이었다.

"어서 오세요, 공주님."

응접실로 향하니 아르시안이 우아한 모습으로 앉아 있었

다. 이올린과 이레아를 발견한 그녀가 자리에서 일어섰다.

"오랜만이에요."

빙긋 웃는 그녀의 얼굴은 아름다웠지만 깊숙한 곳에서 우러나오는 슬픔이 그녀의 분위기를 어둡게 만들었다.

세 사람은 마주 앉았다.

"루즈벡으로 떠나신다고 들었어요."

낮은 목소리로 아르시안이 말했다.

"네. 아직 배울 것이 많아서요."

이레아가 작게 대답했다. 아르시안이 고개를 끄덕였다.

"사실 저도 떠나고 싶답니다."

슬픔과 부러움이 가득한 목소리다.

그와의 추억이 있는 왕도에 더 이상 머무를 자신이 없었다. 하루하루 다가오는 슬픔과 공허함이 마음을 아프게 했다.

그랬기에 이곳을 떠날 수 있는 두 자매가 부러웠던 것이다.

아르시안은 망명을 온 망국의 공주다. 그랬기에 다른 곳으로 갈 수가 없었다.

오늘처럼 왕도를 떠나는 것은 가능하지만 메틀라인을 떠날 수는 없는 것이다.

세 사람의 눈이 허공에서 얽혔다. 아픔과 슬픔이 중첩된 그 눈빛들은 서로의 마음을 너무나 잘 이해하고 있었다.

"언제 떠나시나요?"

"호위가 구해지는 대로요. 왕국 사정도 사정이니만큼 저희들 때문에 가문의 병력을 뺄 수는 없어서요."

물론 그런 이유도 있지만 다른 이유도 있었다. 공화국 및 타국의 시선을 자신들에게 집중시키기 싫어서이다. 이런 시국에 타국으로 유학 간다는 것 자체도 이상했지만 거기에 가문의 병력을 대거 이끈다면 더욱 의심을 받을 것이기 때문이다.

"그렇군요."

아르시안은 고개를 끄덕였다.

"부디 무사히 잘 다녀오세요."

"네. 감사해요."

아르시안의 인사에 두 사람은 미소를 지으며 대답했다.

"앞으로 왕도는 더욱 쓸쓸해지겠네요."

처연하게 입가에 걸린 아르시안의 미소가 두 사람의 가슴을 아프게 했다.

"그리 길지는 않을 거예요."

이레아의 말에 아르시안의 미소에서 처연함이 좀 가셨다.

"네. 부디 목적한 바를 이루시길 빌게요."

아르시안이 인사를 남기고 바첼러 백작가를 떠났다.

그녀를 배웅한 두 사람의 얼굴에는 다시금 슬픔이 자리했다.

"아가씨, 용병 길드에서 사람이 찾아왔습니다."

집사의 말에 두 사람의 고개가 번쩍 들렸다. 드디어 그렇게 기다리던 용병이 구해진 모양이었다.

"알았어요. 곧 갈게요."

두 사람은 급히 다른 응접실로 향했다.

백작가답게 찾아오는 손님이 많았기에 여러 곳의 응접실이 있었다.

응접실에 당도하자 바첼러 영지의 용병 길드의 길드 마스터와 십여 명의 용병이 도착해 있었다. 영지의 백작가에서 직접 한 의뢰였기에 길드 마스터가 직접 방문한 것이다.

"다시 뵙네요, 마스터."

"네. 너무 늦은 것은 아닌가 해 죄송할 뿐입니다."

이올린의 인사에 마스터가 답했다.

이레아는 이 자리에 모인 용병들 하나하나를 관찰했다. 인원이나 실력이 자신들이 원하는 수준인 듯하여 만족의 미소가 떠올랐다.

"대신 자신할 만한 이들로 데리고 왔습니다. 저도 솔직히 이 정도의 인물들이 나설 줄은 몰랐습니다."

마스터의 얼굴에 어린 자신감이 대단했다. 그만큼 자신이 구해온 이들이 대단한 존재라는 것이다.

이올린과 이레아의 얼굴에 호기심이 동했다. 두 사람의 시선이 그들의 중심에 서 있는 인물에게로 향했다. 금빛 테의 안경을 쓴 모습이 도저히 용병처럼 보이지 않은 탓이다.

"블루 타이탄 용병대의 대장을 맡고 있는 프로페서라 합니다."

오른쪽 손을 왼쪽 가슴에 올리며 정중히 허리를 숙여 인사를 했다.

"블루 타이탄!"

두 사람은 놀랐다. 정말 이런 거물 용병대가 의뢰를 맡을 줄은 몰랐기 때문이다.

기간테스에 대한 연구를 하는 바첼러 가였기에 용병이라 하나 그들에 대해 잘 알고 있었던 것이다.

"위명이 쟁쟁한 블루 타이탄 용병대에서 이번 일을 맡아주신다니 정말 안심이 되네요."

이올린이 활짝 웃으며 말했다.

의뢰인의 만족을 확인한 길드 마스터가 빙그레 웃었다.

"어떻습니까, 정말 훌륭하지요?"

"네, 마스터께서도 수고해 주셨어요."

사실 수고라고 할 것도 없었다. 대륙 곳곳에 산재한 길드에 1급 의뢰서를 마법 통신으로 전송하고는 의뢰를 맡겠다는 용병을 기다린 것뿐이었으니까. 블루 타이탄 용병대가 찾아온 것은 그로서도 의외였다.

그래서 날이 밝자마자 서둘러 백작가를 찾은 것이다. 그들의 마음이 바뀔지도 몰랐기 때문이다.

마스터는 이올린이 건넨 의뢰 수수료 잔금을 받고는 길드로 돌아갔다. 그리고 이올린과 프로페서 사이에 의뢰에 대한 세부 조율이 이루어졌다.

"그럼 이렇게 하면 되는 것입니까?"

프로페서의 물음에 이올린이 고개를 끄덕였다.

"네, 감사합니다."

"아닙니다. 저희로서도 충분히 만족스럽습니다. 요즘에 이 정도로 간단하면서 보수가 좋은 일은 구하기 어렵거든요."

프로페서의 미소에 이올린은 미소로 답했다.

그녀도 알고 있었다. 그들이라면 이보다 훨씬 보수가 높은 의뢰를 수월하게 해결할 수 있음을 말이다.

그런데도 굳이 자신들의 의뢰를 맡은 것은 무슨 의도가 있다는 뜻이지만 딱히 자신들에게 해가 될 것 같지는 않아 이들과 계약을 했다. 빠르면 빠를수록 좋다는 점도 한몫했다.

"그럼 열한 분이 머무르실 곳을 마련해 드리겠습니다."

이올린이 자리에서 일어서며 말했다.

"아, 죄송합니다. 열둘입니다."

"그래요?"

세상에 알려지기로는 블루 타이탄 용병대는 열하나의 기간테스 오너로 이루어져 있다 했다. 그런데 열둘이라 하니 이올린의 얼굴에 의구심이 일었다.

"얼마 전에 새로 들어온 동료입니다. 비록 오너는 아니지만 우리 중 단신으로는 가장 강한 친구이지요."

그것은 로컬과의 대련으로 증명했다.

"대단한 분이시군요."

"이곳에 도착한 후 잠시 둘러볼 곳이 있다고 어딘가로 갔습니다만 곧 이곳으로 올 것입니다."

"그렇다면 경비병에게 일러두어야겠군요."

용병이라면 행색이 그다지 좋지 않을 것이다. 그런 인물이 백작가에 찾아왔다면 소란이 일기 십상이다. 그전에 미리 언질을 해두어야 했다.

"감사합니다. 사이몬이라는 친구입니다."

"사이몬이라……. 알겠어요. 그럼 먼 길에 피곤하실 텐데 쉬세요. 이틀 후에 떠날 것이니 그동안은 편히 지내시면 됩니다."

"감사합니다."

시종의 안내로 블루 타이탄 용병대는 자신들이 머무를 곳으로 향했다.

"우리도 이제 준비를 서둘러야지."

"응, 언니."

준비는 이미 끝냈고 몇 번이나 점검했다. 하지만 실상 떠나게 되니 다시 한 번 확인해야 할 것 같았다.

*   *   *

그 시각 사이몬은 영주성 근처의 산을 오르고 있었다. 이름조차 알 수 없는 산이었지만 무언가 친숙한 느낌이 들어 한 번 올라보기로 결정한 것이다.

"무척이나 편안한 느낌이야."

사이몬의 입가에 미소가 떠올랐다.

급할 것이 없었기에 산책하듯 천천히 주변을 살피며 산을 올랐다. 산을 오르며 몇몇 사람을 지나쳤지만 그런 것은 상관 없었다.

얼마나 산을 올랐을까?

눈앞에 커다란 바위가 나타났다. 무언가 아련한 느낌의 바위다.

사이몬이 서 있는 곳은 바로 이슈인이 바인트를 만났던 카이럴 산의 바위 앞이었다. 기억은 없으나 몸이 익숙한 곳을 찾아 움직인 것이다.

"후."

한숨을 내쉰 사이몬은 잠시 그곳에 머무른 후 다시 산을 내려왔다. 용병대가 기다리고 있는 곳으로 가기 위함이다.

"이곳은 분명 나와 어떤 관련이 있는 곳이야."

많지 않은 곳을 다녔지만 이곳과 같이 자신의 몸과 마음을 잡아끄는 곳은 없었다.

머리는 잊었지만 몸은 무언가를 기억하고 있는 것 같았다.

사이몬은 블루 타이탄 용병대와 계속 함께하기로 결정을 내렸다.

늦은 밤이 되어서야 사이몬은 바첼러 백작가에 당도했다.

미리 언질이 있었기에 정문에서 별 탈 없이 사이몬은 일행이 있는 곳에 도착할 수 있었다.

이곳도 무척이나 낯익은 느낌이다.

'왜지?'

알 수 없었다.

영주의 저택이 낯이 익을 일은 없었다.

'내가 영주의 아들이라도 된다는 건가? 훗.'

있을 수 없는 일에 쓸데없는 생각을 했다며 사이몬은 고개를 흔들어 잡념을 털어냈다.

그리고 그곳에서 이틀을 머물렀다.

이틀간 별다른 일이 없었기에 사이몬은 이곳의 사람들과 마주치지 않았다. 가끔 연무장에 나가 검을 휘두르는 것이 사이몬이 한 활동의 전부였다.

이윽고 출발하는 날 아침.

사이몬은 비로소 의뢰인을 볼 수 있었다.

무척이나 아름다운 모습의 두 여인이었다.

이올린 바첼러와 이레아 바첼러.

정말 아름다웠다.

용병들도 처음 보았을 때는 감히 눈을 떼지 못했었다.

사이몬은 심장이 세차게 뛰기 시작했다. 자신의 심장의 격한 반응에 고개를 갸웃했다. 두 자매 정도는 아니지만 아름다운 여인은 한두 번 보았다. 그러나 이런 두근거림은 없었다.

'그 정도로 아름답다는 것인가?'

사이몬은 자신의 몸의 반응을 대수롭지 않게 생각했다.

용병대와 마주한 이올린과 이레아는 그들을 찬찬히 살폈다. 앞으로 목적한 바를 이룰 때까지 자신들을 호위해 줄 중요한 이들이었다.

두 사람의 시선이 사이몬의 얼굴에서 멎었다.

어딘가 낯익은 얼굴이다. 그러면서 생소했다.

짧고 붉은 머리칼과 얼굴의 흉터가 강렬하게 다가왔다. 그 강렬함 때문이었는지 도대체 어디가 낯익은 것인지 알 수가 없었다.

"그럼 출발하도록 하지요."

이올린의 말에 용병들은 고개를 끄덕였다. 프로페서가 앞장서고 로컬과 사이몬이 그 좌우를 받쳤다.

이올린과 이레아가 마차에 오른 후 행렬은 천천히 출발했다.

바첼러 백작가의 저택에는 왕도로의 포털만이 있을 뿐이다.

루즈벡 제국으로 가는 포털 마법진을 이용하기 위해 그들은 마법사 길드로 향했다.

루즈벡 제국의 제도 루즈마이론으로의 포털 비용은 엄청났다. 그도 그럴 것이, 거의 대륙의 남쪽 끝에서 북쪽 끝으로 향하는 엄청난 거리였기 때문이다. 덕분에 한 번에 이동이 불가능해 슈프림 왕국에서 하루 쉬었다가 다시 포털 마법진을 이용했다.

그렇게 그들은 제도 루즈마이론에 도착했다.

"휘유! 역시 제도는 다르구먼."

로컬이 발코니 아래에 보이는 풍경을 바라보며 말했다. 그들의 주 활동 영역에서 제도는 벗어나 있었기에 그들도 처음이었다.

"귀족 호위도 좋군요. 이런 고급 호텔에 묵을 수도 있고요."

대원 중 네이가 빙긋 웃으며 말했다.

"그거야 의뢰인을 잘 만나서지. 보통은 이런 방, 용병들한테 내주지 않는다고."

프로페서의 말에 다들 고개를 끄덕였다.

"유학하러 왔다면 이곳의 제도 아카데미에 가야 할 텐데… 일이 너무 쉬운데?"

그랬다.

포털 마법진을 두 번만 이용하면 도착하는 제도다. 물론 엄청난 비용이 들긴 하지만 말이다. 그런 곳에 오자고 자신들을 고용했다니 이건 너무 허무했다.

프로페서는 바로 이곳으로 올 것이라 생각하지 못했다. 이곳을 향하되 중간에 다른 일이 있을 것이라 생각했고, 그것에서 무언가 냄새가 났기에 이 의뢰를 택한 것이다.

그런데 이렇게 허무하게 제도에 도착해 버리다니.

'나의 생각이 틀린 것인가.'

발코니 아래 제도의 풍경을 바라보며 프로페서는 고개를 갸웃거렸다. 지금까지 자신의 예감은 빗나간 적이 없었는데 이번만은 예외인 듯했다.

똑똑.

그때 노크 소리가 들렸다.

"들어오십시오."

문을 열고 이올린과 이레아가 들어왔다.

"무슨 일이십니까?"

프로페서의 물음에 이올린이 빙긋 웃으며 말했다.

"제도 아카데미의 등록까지 아직 한 달이란 시간이 남았다고 하네요."

그 말에 순간 프로페서의 눈이 빛났다. 유학을 한다면서 그런 것도 알아보지 않았을 리 없다. 이들은 그것을 알면서도 이곳으로 온 것이다. 분명 다른 의도가 있었다.

"그래서 그동안 주변을 좀 둘러보려고요. 여러분께 의뢰를 한 것은 입학할 때까지이니 지루하시겠지만 좀 부탁드리겠습니다."

"계약서에 명시된 사항이니까요. 기꺼이 수행하겠습니다."

프로페서가 미소를 지으며 대답했다.

'역시 나의 예감은 틀리지 않았어.'

무언가 진한 냄새가 그를 자극했다.

제도에 도착하고 하루를 쉬었다. 포털 마법진을 이용한 장거리 이동은 알게 모르게 몸에 무리를 주기 때문이다. 세상의 이치를 비틀어 버리는 마법을 이용해 공간을 뛰어넘었다는 효용에 비하면 그리 큰 부작용은 아니다.

다음날.

이올린과 이레아는 일찍부터 호텔을 나섰다. 체크아웃하지 않은 것으로 보아 다시 돌아올 듯했다. 이미 한 달치 숙박료를 선불로 지불한 상태다.

이올린과 이레아가 마차에 올랐다.

일행은 제도의 동문을 빠져나와 줄곧 동쪽으로 향했다.

"어디로 향하는 것입니까?"

마차로 다가간 프로페서가 물었다. 호위를 책임지는 입장에서 목적지를 알아야 했다.

"기간테스가 시작된 곳이요."

이올린이 창문을 통해 생긋 웃으며 대답했다. 프로페서의 눈이 빛났다.

'드디어……'

그가 이 호위 의뢰를 받아들인 진정한 의도가 지금 실현되려 하고 있었다.

기간테스가 시작된 곳이라면 마나 엔진이 최초로 발견된 곳이다.

메킨과 엘라시아의 던젼.

지금 그곳으로 향하고 있는 것이다.

메킨과 엘라시아의 던젼은 제도 동쪽에 위치한 산맥, 세이 지탈에 있다고 알려져 있다. 그곳까지는 제도에서 며칠은 되는 거리이다.

"이렇게 마차로 가기에는 너무 먼 곳입니다만."

프로페서의 말에 이레아가 웃으며 답했다.

"당연하지요. 지금은 관광지가 되어서 던젼 아래 마을로 향하는 포털이 있답니다. 우리는 지금 포털 스팟으로 향하는 거예요."

이레아의 말에 그제야 프로페서는 고개를 끄덕였다. 장거리 여행을 하기에 준비해 온 것이 너무나 없어서 의아했던 탓이다.

오래지 않아 던젼 아래의 마을로만 이동할 수 있는 포털 스팟에 도착했다.

"메킨과 엘라시아의 던젼에 가시려는 겁니까?"

이올린 일행을 본 마법진의 관리인이 물었다.

"네."

마차에서 내린 이올린이 대답했다. 포털 마법진은 무척이나 큰 듯 제법 큰 건물이 앞에 있었고, 많은 이들이 줄을 선

채 기다리고 있었다.

"이 인원 모두 가신다면 비용이 제법 비쌉니다만."

"상관없어요."

이레아가 비용을 치르고 줄 서서 기다렸다.

한 시간쯤 지나자 그들의 차례가 되어 공간 이동을 할 수 있었다.

"엘라시안 마을에 온 것을 환영합니다."

이동을 끝내는 순간 많은 이들이 그들을 환영했다. 포털 마법진이 있는 곳에 예쁘고 잘생긴 외모를 가진 이들이 웃으며 있었다.

"과연 제국의 관광지네요."

그 모습에 이올린이 빙긋 웃으며 말했다.

유적조차 이렇게 활용하는 제국의 모습에 조금 놀란 것이다.

마법진의 건물을 벗어나자 눈앞에 아름다운 마을이 펼쳐졌다.

"엘라시안 마을에 어서 오십시오."

얼굴에 주름이 가득한 노인이 이올린 일행을 기다리고 있었다.

"저는 여러분의 안내를 맡은 카닉이라 합니다."

노인이 정중하게 인사를 했다. 상대가 귀족임을 알아본 것이다.

"이렇게 이곳을 방문하는 사람에게 모두 안내인이 있나요?"

그의 등장에 의외라는 듯 이레아가 물었다.

"그렇습니다. 여러분께서 보시게 될 던전은 제국의 중요한 유적입니다. 그래서 이렇게 저희들이 있는 것이지요."

"물론 무료는 아니겠지요?"

곁에 있던 프로페서가 빙그레 웃으며 물었다.

"여러분이 이곳에서 사용하시는 모든 것에 대한 요금에 안내인에 대한 것도 포함되어 있습니다."

카닉의 말에 다들 고개를 끄덕였다.

'쩝. 이 동네 물가가 장난이 아니겠군.'

하지만 프로페서는 크게 신경 쓰지 않았다. 어차피 비용은 모두 이올린과 이레아가 부담할 것이니까.

"그럼 머무실 곳으로 먼저 안내해 드리지요. 포털 마법진으로 이동을 해오셨으니 오늘 움직이시는 것은 무리이니 하루 쉬셔야지요."

카닉의 말에 이올린은 쓴웃음을 지었다.

'제국의 장삿속이 대단하네.'

어차피 자신들은 목적한 바가 있어 오늘 하루를 묵을 생각이었다. 하지만 이렇게 노골적으로 숙박을 유도할 줄은 몰랐다. 체력이 좋은 사람이라면 오늘 던전을 둘러보고 오늘 떠날 수도 있었다.

제도와 마을이 짧은 거리는 아니었지만 체력이 좋은 성인 남성이라면 능히 하루에 왕복을 버틸 수 있는 거리였다.

　일행은 카닉이 안내한 여관에 도착했다. 과연 예상대로 숙박비가 상당했다.

　"잠시 식사가 나오는 동안 제가 엘라시안 마을에 대해 설명드리겠습니다."

　식당에 일행만이 앉을 수 있게 마련된 방에서 식사를 시킨 후 카닉이 말했다.

　"우리 마을의 이름은 던전의 주인인 메킨과 엘라시아 중 엘라시아의 이름을 따 엘라시안이라 지었습니다. 마을이 생긴 이유는 던전을 구경하는 사람들을 위해서지요. 마을에서 가장 먼저 생긴 건물이 포털 스팟이니까요. 마을 동쪽에 나 있는 길로 주욱 올라가면 던전이 나옵니다. 그 길은 마법으로 보호되어 있어 몬스터가 나오지 않습니다만 이외의 길은 몬스터가 무척 많습니다. 마을 자체는 마법으로 보호받고 있습니다. 그러니 혹시라도 마을 밖이나 던전으로 향하는 길 밖으로 나가는 일이 없도록 주의해 주십시오. 오늘은 이곳에서 쉬시고 제가 내일 아침에 다시 찾아뵙도록 하겠습니다."

　그렇게 설명을 마친 카닉은 꾸벅 인사를 하고 사라졌다.

　곧 식사가 나왔다. 주방장이 상당한 솜씨를 지닌 듯 식사는 맛있었다.

　이제 겨우 정오가 지난 터라 여유 시간은 충분했다.

"저희는 오늘은 이곳에서 쉴 생각이니 주변을 둘러보실 분들은 편한 대로 하세요."

이올린의 말에 프로페서가 답했다.

"감사합니다. 조별로 움직이도록 하겠습니다."

그들도 처음 온 곳이었기에 몸이 근질근질한 사람들이 있을 것이다. 프로페서는 그 생각에 이올린의 제안을 거절하지 않았다.

"그리고 대장님은 잠시 저희를 좀 뵈었으면 해요."

이올린의 말에 고개를 끄덕인 프로페서도 함께 자리에서 일어났다.

이올린과 이레아의 뒤를 따라 프로페서는 그녀들의 방에 들어갔다.

CHAPTER 11
메킨과 엘라시아의 던전

"대장님이라면 저희가 괜히 이곳으로 온 게 아니라는 것을 아실 거예요."

이레아가 먼저 입을 열었다.

"물론입니다."

프로페서는 이제야 자신이 바라던 이야기가 나온다는 생각에 미소를 지으며 답했다.

"아덴 로이츠. 블루 타이탄 용병대의 대장으로 기간테스에 대한 전문적인 지식은 개발자를 능가할 정도. 때문에 프로페서라는 별명이 붙었다. 기간테스에 관련된 것이라면 물불 가리지 않는 열정을 보인다."

이올린의 말에 프로페서는 고개를 끄덕였다. 적어도 백작가라면 자신들에 대한 조사 정도는 마쳤을 것이라 예상했다.

"대장님에 대한 정보로 왜 우리의 의뢰를 맡으셨는지 대강 짐작은 하고 있어요. 때문에 지금까지는 적잖이 실망하시고 있을 것이라 생각하고 있고요."

"맞습니다."

프로페서는 이레아의 말을 부인하지 않았다.

"지금부터는 아마 대장님의 기대에 부응할 거예요."

프로페서의 두 눈이 반짝였다.

"우리가 이곳에 온 것은 단순히 관광 때문이 아니에요. 조사 때문이죠."

"던전을 말입니까?"

"그래요."

"하지만 그곳에는 아무것도 없지 않습니까?"

벌써 몇백 년 전에 발견된 던전이다. 남아 있는 것이 있을 리 없었다.

"아니요. 우리는 무언가 있을 것이라 생각해요. 단지 그것을 찾지 못한 것이라고요."

프로페서는 이올린과 이레아의 말을 이해할 수 없었다.

그동안 제국에서는 이곳에 다른 무언가가 숨겨져 있다는 가정하에 온갖 수를 동원해서 조사했지만 아무것도 발견하지 못했다. 심지어 센티미터 단위로 투시 마법을 펼쳤을 정도다.

"흐음."

프로페서는 잠시 생각에 잠겼다. 일리가 있는 것 같기도 하지만 그간 제국의 노력을 생각해 보면 허황되기도 했다.

"조사하러 가는 것이기 때문에 관람 시간에는 갈 수가 없어요. 같이 따라붙는 안내인도 있고요."

그 말이 뜻하는 바는 간단했다.

"하지만 관람 시간이 아니면 던전으로 가는 동쪽 길을 폐쇄하지요."

언니의 말에 이레아가 첨언했다.

"그래서 우리는 마을을 벗어나 산속으로 우회해서 갈 거예요. 그래서 여러분을 고용한 것이죠."

이올린과 이레아가 번갈아 가면서 설명했다.

"왜 그곳으로 가려 하는지 물어봐도 됩니까?"

고민하던 프로페서가 입을 열었다.

"벽을 넘기 위해서죠."

"벽이라 함은……?"

"대륙 최고 출력의 기간테스의 개발이요."

프로페서의 표정이 달라졌다.

"3.0이 한계 아닌가요? 엔진은 몰라도 기간테스의 재질과 구조상 그 이상은 힘든 것으로 알고 있습니다만."

"과연 대장님이시네요. 맞아요. 엔진의 개발은 끝냈지만 기간테스의 적용에서 벽에 막혔어요. 그 해답이 던전에 있지 않을까 해서 찾는 겁니다."

이올린은 솔직히 말했다.

'빙고. 정확했어.'

역시 끌리는 의뢰였다. 그랬더니 이런 대박이 있을 줄이 야.

저들은 엔진의 개발을 끝냈다 했다. 그러면 출력이 3.0이 넘는 마나 엔진이 바첼러 가에 존재한다는 이야기다. 과연 전 쟁의 와중에 굳이 루즈벡 제국으로 온 이유가 있었다.

'가서 손해 볼 것은 없을 것 같군.'

프로페서는 결정을 내렸다.

"알겠습니다. 도와드리도록 하겠습니다."

이올린과 이레아의 얼굴에 미소가 떠올랐다.

"오늘 밤 자정에 출발할게요."

"알겠습니다."

이올린 자매와 프로페서의 대화가 마무리될 무렵 사이몬 은 마을 길을 걷고 있었다.

'과연 방어 마법으로 보호되고 있는 마을이로군.'

하늘을 올려다보면서 사이몬은 고개를 끄덕였다.

허공을 덮고 있는 마나의 움직임이 이상했다. 결코 자연스 러운 모습이 아니었다.

사이몬은 아크와 검술 수련을 하면서 자신의 눈에 이상한 것이 보이는 것을 깨달았다. 그것이 마나라는 사실을 깨닫기까지 제법 시간이 걸렸다.

그리고 자신의 의지로 마나가 보이는 것을 조절하는 데는 더욱 시간이 걸렸다.

일단 조절하는 것에 익숙해지자 평소에는 마나를 보지 않을 수 있었다. 그리고 보려는 의지를 가지면 마나의 움직임이 일목요연하게 눈에 들어왔다.

사이몬은 자신에게 주어진 자유 시간에 마을을 구경하면서 마나를 살폈다. 방어 마법 이야기에 흥미가 동한 것이다.

과연 카닉의 말대로였다.

"흥미로운 곳이야."

사이몬은 고개를 끄덕였다. 그리고 다시 여관으로 향했다.

자신이 지켜줘야 할 두 사람이 있는 곳이다. 무엇 때문인지는 모르겠지만 그 둘을 보면 마음이 푸근해졌다.

짙은 어둠이 사방을 뒤덮었다.

8월의 날씨는 어두운 밤에 오히려 시원함을 느끼게 했다.

"간다."

프로페서의 지시에 따라 블루·타이탄 용병대는 은밀히 여관을 빠져나와 곧장 마을을 벗어났다.

외부의 공격에만 대비한 마법이었기에 마을을 벗어나는데는 아무런 무리가 없었다. 마을을 벗어나자마자 곧장 산맥으로 접어들었다.

몬스터는 대부분 야행성이다.

이런 밤에 산맥으로 들어간다는 것은 그야말로 자살 행위다.

"다섯이 소환한다."

마을에서 멀리 떨어지자 용병 중 다섯이 기간테스를 소환했다.

바클러라는 기간테스로 출력 1.5의 중형 급이었다.

용병들이 사용하는 기간테스는 왕국군의 그것에 비해 손색이 있는 것이 보통이었다.

"흙의 마탑의 것이군요."

"네."

이올린은 기간테스의 제조 마탑을 알아보았다.

철컹철컹.

기간테스의 움직임에 따라 소리가 울려 퍼졌다. 마을에 들릴 수도 있겠지만 무시했다. 오늘따라 유독 시끄러운 몬스터들의 울음소리에 묻혔기 때문이다.

몬스터들의 울음이 들릴 때마다 두 여인은 어깨를 움찔 떨었다.

그녀들에게 이런 경험은 처음이었기 때문이다.

여인의 몸으로 이런 대담한 일을 결행할 정도로 두 사람은 절박했다.

"걱정 마십시오. 이 산의 몬스터들은 그리 걱정할 것이 아닙니다."

어느새 곁에 다가온 것일까. 사이몬이라는 용병의 말이었다. 이상하게도 이올린과 이레아는 그의 말에 가슴이 진정되는 것을 느꼈다.

어둠 속에서 기간테스를 보았음인지 몬스터들의 습격은 없었다.

산속을 두 시간쯤 헤매고야 나서야 겨우 던전을 발견할 수 있었다. 그사이 두 마리 트롤의 습격을 받은 후였다.

"이상해요."

"네?"

던전을 눈앞에 두었을 때 곁에서 들린 프로페서의 말에 이올린이 그를 쳐다보았다.

"우리가 처리한 트롤들은 이곳에 원래 살던 녀석들이 아닙니다."

"네?"

"트롤들도 사는 곳에 따라 생김새가 미묘하게 다릅니다. 우리가 처리한 트롤들은 대륙 남부의 녀석들이에요."

"그렇다면?"

이레아의 물음에 프로페서가 고개를 끄덕였다.

"사람들의 접근을 막기 위해 제국에서 일부러 풀어놓은 것일 수도 있습니다."

그의 말에 주변 인물들의 얼굴이 딱딱하게 굳었다.

몬스터를 근처에 풀어놓을 정도면 경비가 상당할 것이기 때문이다.

하지만 그런 그들의 기대와는 달리 던전에 경비는 없었다. 몬스터들을 믿은 듯하다.

아니, 아무것도 없는 던전에 침입할 사람은 없을 것이라는 생각에 허술하게 방치한 것일 수 있었다.

문제는 방어 마법이었다.

방어 마법에 충격을 주지 않고 안으로 들어가야 한다. 마법에 충격을 주었다가는 사람들이 몰려올 것이다.

던전을 눈앞에 두고 고민에 잠겼다.

그때 사이몬이 한 발 앞으로 나섰다.

"따라와요."

자신에 찬 목소리로 말을 한 후 사이몬은 아무렇지도 않게 마법을 통과했다.

모두들 두 눈을 부릅떴다.

어떻게 이런 일이 가능한지 믿기지 않는다는 얼굴이다.

하지만 꽉 닫힌 사이몬의 입술은 그들의 의문을 해소해 줄 것 같지 않았다.

사람들은 하나둘 사이몬이 들어간 곳으로 들어갔다.

아무도 지키지 않는 던전의 입구는 적막만이 감돌고 있었다.

"던전 안으로는 나와 사이몬만 들어간다. 나머지는 매복한 채 밖을 지켜."

이제는 아무도 관심을 보이지 않는 던전이다. 그랬기에 너무도 손쉽게 올 수 있었다.

그래도 만일이란 것이 있었기에 프로페서는 조용히 명령했다.

나머지 대원들은 불만없이 그의 말을 따랐다.

프로페서는 대장이었고 사이몬은 그들 중 가장 강했으니까. 기간테스를 소환할 수 없는 던전 내부에서는 사이몬이 필요했다.

그렇게 네 사람만이 던전 안으로 들어갔다.

던전은 입구도 막아놓지 않은 상태였다. 마을에서 던전으로 향하는 길목을 지킬 뿐 그 위로는 허술해도 너무 허술했다.

던전 안은 과연 아무것도 없었다.

이올린과 이레아가 인내심을 가지고 천천히 살폈음에도 아무것도 보이지 않았다.

"후우, 너무 쉽게 생각했나?"

이레아는 문득 그런 생각이 들었다.

제국이 오랜 시간을 들여서 찾지 못한 것을 자신들이 찾으려 했다니 너무 광오한 자신감을 가진 것이 아닌가 하는 생각이 들었다.

이올린은 고개를 흔들며 허리를 폈다.

"정말 깨끗하네."

던전은 아무것도 없는 보통의 굴이었다.

곳곳에 관광객들을 위한 안내문만이 붙어 있을 뿐이다. 그것이 없었더라면 누구도 이곳이 위대한 발견이 있었던 던전이라고는 생각하지 못했을 것이다.

두 사람의 안색이 어두워졌다. 혹시나 하고 기대했던 프로페서의 얼굴도 함께 어두워졌다.

사이몬은 주변을 두리번거렸다.

두 눈에는 이곳의 마나가 똑똑히 들어왔다.

평화롭고도 정제된 마나였다. 자연의 흐름에 따라 자연스레 흩어져 있는 마나는 편안한 기분이 들게 해주었다.

그런데 어딘가가 이상했다.

뒤통수를 살살 간질이는 듯한 느낌이 들었으나 그 원인을 알 수 없어 답답했다.

'대체 뭘까?'

"한 시간만 더 찾자."

벌써 시간은 4시를 향해 가고 있었다. 아침 7시면 던전에서 일하는 이들이 올라온다. 그전에 여관으로 돌아가야 했다.

이올린의 말에 고개를 끄덕인 이레아는 다시 두 눈을 빛내며 샅샅이 주변을 살폈다.

사이몬은 얼굴을 찌푸린 채 주변을 살폈다. 자신을 거슬리게 하는 이질감의 정체를 알아내기 위해서였다.

사이몬은 천천히 주변을 둘러보았다.

지극히 정상적인 마나의 흐름이다.

한참을 주변을 살피던 이레아가 잠시 쉬기 위해 허리를 펴고 천천히 목을 움직였다. 그러던 중 그녀의 눈에 사이몬이라는 용병이 들어왔다.

"응?"

무언가를 집중해서 찾는 것 같았다. 자신들과는 다른 것을 찾는 듯했다.

그런데 그 모습이 너무나 익숙했다. 어디선가 본 듯한 모습이다.

푸근한 미소를 지으며 바라보던 모습.

그랬다.

오빠의 모습이었다.

머리 색깔도 다르며 분위기도 다른 사람이다. 그런데 왜 오빠의 모습이 겹치는 것인지 이레아로서는 알 수가 없었다.

'설마……'

이레아는 머리를 세차게 저며 잡생각을 떨쳤다.

'오빠, 무사한 거지? 그렇지?'

오빠 생각에 갑자기 눈가에 눈물이 핑 돌았다.

행방불명 이후 시간이 많이 지났다. 다른 곳도 아닌 치열한 전장에서의 실종이다. 이제 대부분의 사람들은 이슈인이 전사했다고 생각하고 있었다.

"이레아, 시간 얼마 없어."

"알았어, 언니."

이슈인에 대한 생각을 떨치고 이레아는 다시 집중해서 주변을 살폈다.

—나에게 오라.

순간 사이몬은 자신의 머리를 울리는 소리에 깜짝 놀랐다.

마나의 흐름에 대해 생각하고 있는데 갑자기 울리다니. 귀로 들어온 소리는 분명 아니었다.

사이몬은 자신이 헛것을 들었다는 생각에 고개를 갸웃거리며 다시 정신을 집중해 마나를 살폈다.

—이리로 오라.

그때 다시 들리는 소리.

아니, 이번에는 소리만 들린 것이 아니었다. 마나가 변했다.

'어떻게……!'

믿을 수 없었다.

정갈하고 자연스럽던 마나에 변화가 생긴 것이다. 움직임과 흐름은 그대로였다.

변한 것은 빛깔이었다.

'마나에도 빛깔이 있었단 말인가?'

사이몬은 처음 깨달은 사실이다.

단 한 줄기의 마나만이 빛깔이 달라졌다.

사이몬은 그곳으로 걸음을 옮겼다.

"사이몬."

프로페서가 불렀다. 호위 대상을 떠날 수 없었기 때문이다. 그럼에도 사이몬은 홀린 듯 걸음을 옮겼다.

이레아와 이올린의 눈에도 그런 사이몬의 모습이 들어왔다.

"사이몬, 돌아와!"

대장의 명령이다. 그럼에도 사이몬은 계속 걸음을 옮겼다.

이제 시간이 얼마 없었다.

"대장님, 저분을 따라가 보도록 하죠."

이레아가 말했다. 이올린이 의외라는 얼굴로 동생을 바라보았다.

"어차피 오늘은 아무것도 못 찾았잖아."

이레아의 말에 이올린은 어쩔 수 없다는 듯 고개를 끄덕였다. 하루 만에 찾을 것이라고는 생각지 않았지만 한 가닥의 실마리조차 찾지 못했기에 자괴감이 들었다.

이레아는 눈을 빛내며 사이몬의 뒷모습을 보았다.

무언가에 집중했을 때의 오빠의 모습과 너무나 닮아 있었다.

사이몬은 자신을 유혹하는 듯 빛깔이 변하는 한 줄기의 마나를 따라 걸음을 옮겼다.

미로처럼 얽혀 있는 던전의 중심부를 향하고 있었다.

잠시 후 네 사람은 던전의 중앙에 이를 수 있었다. 처음 이곳을 살폈을 때 보았던 현란한 문양의 벽들이 다시 눈에 들어왔다.

―공간을 넘으라.

다시 사이몬의 머리에 울린 목소리.

사이몬은 얼굴을 찌푸렸다. 대체 자신에게 왜 이런 일이 일어나는지 알 수 없었기 때문이다.

"공간을 넘으라고?"

작게 중얼거린 목소리다. 이레아는 그것을 들었다.

"공간?"

의문을 가지고 주변을 살폈다.

그제야 눈에 들어왔다. 현란한 문양 중간중간에 이동 마법진의 수식이 섞여 있는 것을.

이곳을 조사한 마법사들도 그것을 보았을 것이다. 그럼에도 아무런 소문이 없는 것을 보면 그것은 그저 장식 목적의 단순한 문양일 것이다.

이레아는 고개를 저었다.

이곳의 비밀이 그렇게 쉬울 리 없었다.

아니, 비밀이 있기는 한 것인지 자신이 없었다.

"무슨 던전이 구조가 이렇게 복잡하지?"

이올린이 마나 엔진이 놓였던 장소를 보며 중얼거렸다. 마나 엔진은 던전의 중심부 한가운데서 발견되었다고 예전 엔진이 있던 자리에 안내문이 있었다.

언니의 말에 이레아의 머리를 번득 스치고 지나가는 것이 있었다.

이레아는 곰곰이 생각에 잠겼다.

일반적인 던전과는 달리 매우 복잡한 구조를 지닌 던전이었다. 덕분에 처음 개괄적으로 전부를 둘러보는 데 상당한 시간을 소요하지 않았던가.

보통은 이렇게 만들지 않는다.

중심 굴의 좌우로 필요한 방을 만들 뿐이다.

이곳은 미로와도 같았다. 흡사 마법진처럼 말이다.

'마법진!'

생각을 이어가던 이레아는 그 부분에서 멈췄다.

그리고 자신이 움직였던 경로를 곰곰이 다시 떠올려 보았다. 경로가 머릿속에서 선을 그렸다. 지도도 없이 그저 움직였을 뿐인데 그 경로만을 정확히 머릿속에 재현할 수 있을 정도로 이레아의 머리는 뛰어났다.

'분명해!'

그랬다.

자신들이 움직인 길은 입체적으로 마법진의 형태를 띠고

있었다.

'그러면 벽의 수식들도 단순한 장식이 아니야.'

이레아는 면밀히 벽을 살폈다. 던전 자체를 거대한 하나의 마법진으로 가정했을 때 수식이 있는 위치는 정확했다.

이레아의 두 눈에 희열이 떠올랐다.

너무도 우연히 비밀을 푼 것이다.

"왜 그래? 뭔가 알아냈어?"

동생의 변화를 가장 먼저 알아차린 것은 이올린이었다. 그녀는 동생의 얼굴에 떠오른 희열을 알아보았다.

이레아는 고개를 끄덕였다.

두 사람의 모습에 프로페서의 얼굴에도 기대가 어렸다.

"지금 시간이 어떻게 되지?"

"곧 5시야."

"어쩔 수 없어. 우리는 남아서 조사를 마치도록 하고 용병들은 마을로 돌아가서 기다리라고 해야 할 것 같아."

이레아의 말에 프로페서가 고개를 저었다.

"저는 갈 수 없습니다."

프로페서의 그런 반응을 예상했다는 듯 이레아는 고개를 끄덕였다.

"당연해요. 우리를 지켜줄 분들은 있어야지요. 밖에 계신 분들만 돌려보내 주세요."

"알겠습니다."

이레아의 말에 프로페서가 재빨리 밖으로 향했다. 그의 두 눈은 희열로 가득 차 있었다.

이레아는 다시 던전의 벽을 살폈다. 분명 요소요소에 수식이 숨어 있을 것이다. 그 수식을 모두 알아야 시동어를 유추할 수 있다.

마법진이라면 마법을 발현하는 시동어가 있어야만 공간을 넘을 수 있다.

─공간을 넘어 나에게 오라.

세 사람이 바삐 움직이는 가운데 사이몬은 한 손으로 머리를 꽉 누르며 서 있었다. 이제는 제정신을 차릴 수 없을 정도로 시끄럽게 머릿속을 울리고 있었다.

한 시간 후.

세 사람은 다시 사이몬이 있는 곳에 나타났다.

사이몬의 얼굴은 처참하게 일그러져 있었다.

"대체 무슨 일이에요?"

깜짝 놀란 이레아가 사이몬에게 다가갔다. 그러나 그에게서는 아무런 말이 없었다. 그저 얼굴이 더욱 심하게 일그러질 뿐이다.

그의 모습에 이올린이 고개를 저었다.

"그래, 알아냈어?"

지금 사이몬보다 급한 것은 던전의 일이다.

"응. 이곳은 던전 자체가 3차원으로 구성된 거대한 마법진

이야.”

“뭐?”

이올린은 깜짝 놀랐다.

3차원 마법진이라니. 그것은 이론으로만 존재하던 고위 마법진이 아니던가.

“던전의 중심에서 사방으로 뻗어 있는 길이 바로 마법진을 이루고 있어.”

“대체 무슨 마법진이야?”

“공간 계열 같은데…….”

“시동어를 못 찾았구나.”

“거의 찾긴 했는데… 한 단어가 모자라.”

동생의 말에 이올린은 경악한 표정을 지었다.

이론으로만 존재하던 3차원 마법진의 구조를 이해하고 그 속의 수식을 찾아 시동어를 유추해 냈다니 얼마나 대단한가. 과연 동생은 천재 중의 천재였다.

─나는 시공을 초월한 자, 아스카론. 공간을 넘어 나에게 오라.

“크윽.”

사이몬은 신음을 흘렸다. 머릿속에 울리는 말이 길어질수록 더 고통스러웠다.

셋의 시선이 사이몬을 향했다.

대체 무엇 때문에 저리도 괴로워하는지 알 수 없었다.

비밀은 푼 것 같은데 결정적인 한 단어를 모른다. 게다가 일행 중 하나가 이상 상태에 빠져 있다. 시간도 흘러가고 있다. 이제 그만 다음을 기약해야 할 것 같았다.

— 나는 시공을 초월한 자, 아스카론. 공간을 넘어 나에게 오라.

다시 한 번 머릿속에 말소리가 울렸다.

"크윽. 닥쳐. 아스카론이고 나발이고 닥쳐."

사이몬이 가중되는 고통에 절규하듯 중얼거렸다. 본래는 외침이 되어야 했으나 머릿속의 고통이 그저 중얼거림으로 만들었다.

"아스카론!"

그때 이레아가 놀란 듯 외쳤다.

두 사람의 시선이 이레아를 향했다.

"빨리 마나 엔진이 있던 자리로 가요."

사람들의 접근을 막기 위해 울타리가 있었으나 셋은 아랑곳하지 않았다. 사이몬을 데리고 가운데로 향했다.

"네라."

이레아의 입에서 고대어가 튀어나왔다. 그 순간 던전의 마나가 서서히 움직이기 시작했다.

"라쿰."

두 번째 단어가 이레아의 입에서 나오는 순간, 사방으로 뻗어 있는 던전의 길이 빛나기 시작했다.

"타이탄."

마나의 움직임이 거칠어지기 시작했다. 광포한 마나의 움직임은 곧 엄청난 힘으로 다가왔다.

"세이바라."

네 번째 단어가 이레아의 입에서 흘러나오는 순간, 그들이 서 있는 중심부가 빛나기 시작했다.

두 사람은 긴장 어린 눈으로 이레아를 바라보았다. 지금 이레아가 던전 자체로 이루어진 마법진을 움직이고 있었다.

반드시 성공해야 했다.

이미 밖의 마을에서는 던전의 변화를 알아차렸을 것이다.

이 정도 마나의 요동을 감지하지 못할 리가 없었다. 포털 마법진을 관리하기 위한 마법사도 마을에 있지 않았던가.

"꿀꺽."

이올린과 프로페서가 마른침을 삼키는 순간,

"아스카론."

마지막 단어가 이레아의 입에서 튀어나왔다.

순간 강렬한 빛이 던전을 가득 채우며 네 사람을 집어삼켰다.

『3권으로 이어집니다』

저작권 보호!!
장르문학의 성장에 힘이 되어주십시오.

저작물의 무단 전재와 복제, 불법 다운로드!
이것은 관심이 아니라 무관심입니다!

작가님들은 창의적 열정과 시간을 투자해 자신의 꿈과 생계를 유지합니다.
한 권의 책을 만들어 많은 사람들은 자신의 인생과 미래를 설계합니다.

저작물 속에는 여러 사람의 노력과 희망이
담겨 있습니다!

저작물의 무단 전재와 복제, 불법 다운로드는 여러 사람들의 꿈과 생계를
위협함으로써 장르문학을 심각한 상황에 빠뜨리고 있습니다.

이제는 무관심이 아니라 관심으로 장르문학의
성장에 힘이 되어주세요.

[도서출판 **청어람**은 항시적인 저작권 보호를 통해 장르문학과
여러분의 희망을 지키겠습니다.]

The
LORD

성진 게임 판타지 소설

더 로드

간절한 갈망은 기적을 만들고
기적은 결코 만들어질 수 없는
연결 고리를 만든다.

그렇게 이어진 연결 고리.
그것은 새로운 시작이었다.

자, 일인군단(一人軍團)의
독보천하(獨步天下)가 지금부터 시작된다.

은하의 계곡

무천향
武天鄕

허담 新무협 판타지 소설

뿌리를 찾아가는 목동 파소의 여행.
그 여정의 끝에서
검 든 자들의 고향 대무천향 (大武天鄕)을 만난다.

검객 단보, 그는 노래했다.

…모든 검 든 자들의 고향 무천향.
한 초식의 검에 잠든 용이 깨어나고, 또 한 초식의 검에 잠든 바다가 일어나네.
검의 흐름을 따라가다 보면 어느새, 세월도 잊어버리고, 사랑도 잊어버리고,
무공도 잊어버려…….
결국에는 자신조차 잊어버리는…….

은하의 가장 밝은 빛이 되어버린다는
그 무성(武星)들의 대지(大地).

아, 대무천향(大武天鄕)이여!

유행이 아닌 자유추구 -
WWW.chungeoram.com
Book Publishing CHUNGEORAM

閻王眞武
염왕진무

김석진 新무협 판타지 소설

"그, 그럼 어디서 오셨습니까?"
무심하게 고개를 돌리며 진무가 속삭이듯 말했다.

……지옥에서.

인간이라면 절대 익힐 수 없다는 강호삼대불가득!
그것에 얽힌 비사를 풀기 위해 그가 강호로 나섰다!
피처럼 붉은 무적의 강기, 혼돈혈애를 전신에 두르고
수라격체술과 염왕보로 천하를 질타하는 쾌남아, 진무!
염왕의 진실한 무학을 발현하여 무림삼패세와 고금십대천병을
이겨내고 속세의 악업을 심판하는 진정한 염왕이 되어라!

이제 강호는 진무의
일거수일투족에 열광한다!

유행이 아닌 자유추구 -
WWW.chungeoram.com
Book Publishing CHUNGEORAM

신일룡
新무협 판타지 소설

풍신유사

**태초에 우주를 구성하는
세 개의 기운이 있었다.**

그것은 빛[光], 땅[地], 그리고 물[水]이었다.
이것들이 서로 조화되어 만휘군상(萬彙群象)을 이루었다.
그리고 이들 사이에서 또 하나의 기운이 탄생했으니,

그것은 바로 바람[風]이었다.

'풍령문' 제삼십구대 전인 관우.
제세(濟世)의 사명을 위한 길이 그의 앞에 펼쳐졌다.

"사람이 어찌 하늘의 뜻을 다 알 수 있을꼬?"

바람에 미쳐 바람이 된 자.
사람이되 신이 되어버린 자.
하늘의 뜻을 좇아 하늘을 거역한 자.

이것은 그에 관한 '남겨진 이야기[遺事]'다.

유행이 아닌 자유추구 -
WWW. chungeoram.com
Book Publishing CHUNGEORAM

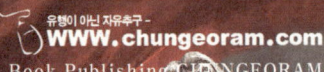

絕代君臨
절대군림

장영훈 新무협 판타지 소설

문피아 골든베스트 1위, 선호작 베스트 1위

「보표무적」, 「일도양단」, 「마도쟁패」에 이은 장영훈의 네 번째 강호이야기.

절대군림

"왜 나를 선택했지?"
"당신은 좋은 어른이니까."

호북 제패를 시작으로 적이건의 강호 제패가 시작된다.

"비록 아버지의 강호가 옳다 해도, 난 어머니의 강호에서 살 거야.
아버지의 강호는 너무… 고리타분하거든."

왼손에는 군자검을, 오른손에는 지옥도를 든 천하제일 과일상 행운유수의 장남 적이건.
그의 유쾌하고 신나는 강호제패기

"문파를 세울 거야. 이 강호에서 가장 강하고 멋진."